건

너

간

다

건너간다

이인휘 장편소설

창비

차
례

1
부

어디에도 붉은 꽃을 심지 마라

길은 끊임없이 이어져 있었다. 산기슭을 따라 휘뚤휘뚤 굽어진 산길을 달린다. 차창을 다 열어놓았다. 9월 눈부신 햇살이 초록빛 넘실거리는 숲속에 쏟아져내린다. 옥빛 물속처럼 하늘도 맑다. 뭉게구름은 산 위에 더 높은 하얀 구름산을 만들어놓는다. 나무숲 사이를 지나온 산들바람이 차창을 넘어와 온몸을 부드럽게 간질인다. 길 밑으로 남한강 물이 유유히 함께 달린다. 풀냄새가 바람결에 묻어온다. 콧노래를 흥얼거리며 풍경 속으로 젖어들었다. 흥에 들뜬 마음으로 라디오 스위치를 누르려다가 CD 한장을 떠올렸다. 보름 전 대청소를 하다가 우연히 다시 찾은 CD였다.

박해운에게 하태산이.

선배의 싸인이 박혀 있는 CD이다. 십년 전 소포로 배달된 CD

안에는 슬픔이 가득 담겨 있었다. 그는 그 노래를 끝으로 지상에서 증발해버렸다. 전화도 불통이 됐고 그의 집주소도 다른 이의 이름으로 바뀌었다. 그와 가까웠던 사람들조차 그의 연락처는 물론 근황에 대해서도 알지 못했다.

하태산은 1978년 스물넷 나이에 통기타를 들고 텔레비전에 나왔다. 히피 머리와 파마머리가 유행이던 그 시절 더벅머리를 하고 있었다. 넥타이도 안 맨 하얀 와이셔츠 위에 미색 체크무늬 양복 윗도리를 걸친 채 청바지를 입고 있었다. 까만 구두, 햇볕에 그을린 듯 거무튀튀한 얼굴색, 고집스럽게 입을 꾹 다문 모습은 시골 청년이 결혼식장에 가는 모습을 연상시켰다.

사랑과 이별 타령으로 범벅이 돼 있던 대중가요 속에서 그의 노랫말은 한편의 시였다. 나직하면서도 선이 굵은 그의 목소리가 음을 타고 흐르면 고독한 시인의 모습을 연상시켰다. 어린 나이에 쓴 것임에도 노랫말이 의미심장했다. 이듬해 그는 방송 가요대상에서 신인가수상을 받고 작사상도 받았다.

그는 가사를 직접 써서 곡을 만들고 기타와 하모니카를 불면서 노래를 부르는 싱어송라이터였다. 그의 노래는 사람들 마음속까지 깊숙이 파고들어갔다. 그는 음유시인, 고독한 나그네,라고 불리며 많은 히트곡들을 몇년에 걸쳐 내놨다. 그런데도 세월이 갈수록 그의 모습은 텔레비전에서 보기 어려워졌다. 대중가수로서 독창적인 노래세계를 갖고 있다는 평을 들으며 명성을 쌓던 그가 방송국이 아니라 거리나 사람들 속에서 노래를 부르기 시작했다. 독재정권과 사회의 모순들을 비판하면서 집회 장소에서 노래를 불렀다.

사람들은 그의 노래를 들으며 눈물을 흘렸고 분노했다. 그런 그가 십년 전 마지막 노래를 세상에 던져놓고 사라져버렸다. 처음 가수로 데뷔할 때 인터뷰도 안했던 사람이었다. 사람들은 그의 사생활에 대해 알 수 없었다. 그의 고향과 부모와 형제들에 대해서도 알려진 게 없었다. 그가 사라지자 추측성 보도가 난무했지만 흐르는 시간의 속도만큼 그에 대한 관심은 물처럼 녹아 흘러가버렸다.

CD를 틀어놓고 노래를 따라 부르자 그와 만났던 시간들이 두서없이 떠올랐다. 노동자들의 투쟁 현장에서 독재정권 타도를 외치던 모습, 반전 반핵 평화선언을 알리는 거리에서 이마에 핏줄을 세운 채 노래를 부르던 모습, 황폐한 세월의 그림자 속을 힘겹게 걷던 사람들의 모습. 그 고달픈 지난 시절을 가로질러 「92년 장마, 종로에서」라는 곡의 전주가 흘러나오자 가슴이 서늘해졌다. 낮고 음울하게 울려퍼지는 기타 소리를 따라 심장이 빠르게 뛰었다. 그의 목소리가 장맛비 쏟아지는 종로 한복판으로 나를 끌어들였다.

모두 우산을 쓰고 횡단보도를 지나는 사람들
탑골공원 담장 기와도 흠씬 젖고
고가차도에 매달린 신호등 위의 비둘기 한마리
건너 빌딩의 웬디스 햄버거 간판을 읽고 있지
비는 내리고 장맛비 구름이
서울 하늘 위에 높은 빌딩 유리창에
신호등에 멈춰 서는 시민들 우산 위에
맑은 날 손수건을 팔던 노점상 좌판 위에

그렇게 서울은 장마권에 들고

종로4가 집회장 바닥에는 소식지들이 비에 젖어 쓰레기처럼 나뒹굴고 있었다. 거리엔 우산들이 하늘을 가리며 지나가고 있었다. 집회장에서 나부끼던 깃발들은 쓰러져 있었다. 하태산이 몇십명 앞에서 비를 맞으며 노래를 부르고 있었다. 거리를 지나가는 사람들은 그에게 눈길조차 주지 않았다.

다시는, 다시는 종로에서 깃발 군중을 기다리지 마라
기자들을 기다리지 마라
비에 젖은 이 거리 위로 사람들이 그저 흘러간다
흐르는 것이 어디 사람뿐이냐
우리들의 한 시대도 거기 묻혀 흘러간다 워—
저기 우산 속으로 사라져가는구나
입술 굳게 다물고 그렇게 흘러가는구나 워—

우리 사회의 불의를 걷어내자는, 세상은 변해야 한다는 노랫소리는 지친 몸을 가누지 못하는 그의 몸부림처럼 바람결에 휩쓸려 사라졌다. 사람들은 땅에 코를 박은 채 무심히 흘러갔다. 기자들이 취재하러 오지도 않는 쓸쓸한 집회장에는 무관심이 장대비처럼 쏟아져내렸다.

그 황량한 풍경이 눈앞에 아른거리자 내 몸은 비에 젖은 듯 무거워졌다. 눈앞에 펼쳐져 있는 맑은 하늘이 흐려지고 마음 깊은 곳에서 거센 바람이 불었다. 차를 세우고 담배를 태웠다. 지난 세월이 끌고 온 슬픔을 털어내려고 연거푸 담배연기를 내뿜었다. 그러나 목구멍까지 차올라온 아픈 기억들이 눈가로 몰려들었다. 나는 끝내 치받아오르는 감정을 삭일 수 없어 운전대에 머리를 박은 채 눈물을 쏟고 말았다.

이년 전 가을에 겪은 일이었다.

나는 공장에 다닌다. 점심시간에 밥을 먹은 뒤 햇볕을 쬐기 위해 건물 밖으로 나왔다. 못 쓰는 박스를 깔고 앉아 담배 한개비를 태우는데 정문을 넘어서는 검은 승용차를 봤다.

우리 공장은 식품공장이다. 거래처 사람들과 시청 위생과 등등 각 분야의 사람들이 자주 방문을 했다. 그럴 때마다 이사나 공장장이 달려와 손님이 왔다고 호들갑을 떨었다. 그들은 작업자들에게 위생모와 마스크를 쓰도록 했고 주변 청소를 한 뒤 작업하라고 지시했다. 그런데 예고도 없이 두명의 어떤 사람이 작업장에 들어왔다. 그들의 행색은 이제까지 업무차 내사한 정장 차림의 사람들과는 달랐다. 한사람은 목까지 올라온 티셔츠에 잠바를 입고 있었고 또 한사람은 넥타이가 없는 검은 양복 차림이었다. 이상했다. 업무차 나온 사람들이라면 호떡의 무게가 맞는지, 제품상태가 좋은지 등을 살펴보면서 작업자들에게 궁금한 것을 묻기도 하는데 그들은 말없이 서서 내 쪽을 지켜만 보다 돌아갔다. 그들이 간 뒤 일주일쯤 지났을 때 사장이 나를 불렀다.

"소설 쓰는 분이신가요?"

나는 사장이 직원을 호출하는 경우를 일년 반 동안 한번도 보지 못했다. 내가 소설가인 걸 알았다는 그의 말은 내 글이 어떤 내용을 담고 있는지 알고 있다는 뜻이기도 했다.

"네, 소설도 씁니다."

"아니, 소설 쓰시는 분이 공장은 왜 들어오셨나? 소재를 찾으러 오셨나?"

사장이 반말을 섞어가며 비아냥거리듯 말했다.

"사장님, 제가 돈 벌러 왔지 인격까지 팔러 온 거 아닙니다. 나이도 저와 같으신데 하실 말씀 있으면 제대로 해주십시오."

사장이 나를 쫓아내려는 게 분명했다. 나는 그에게 주눅 든 표정을 보이고 싶지 않았다. 시시비비를 명확하게 가리면서 맞대응하지 않으면 대부분 사장들은 비열할 정도로 야비하게 물어뜯는다는 걸 오래전부터 많이 봐왔다.

"우리 공장 이야기도 쓰셨던데?"

"식품공장이 여기만 있는 건 아니죠."

"아니던데. 소설 속 공장이 우리 공장이던데? 아주 악랄하게 묘사했던데, 내가 주는 돈 받아먹으면서 그렇게 쓰시면 안되지."

사장은 곱슬머리에 사각형의 얼굴을 하고 있었다. 키가 작고 개구리처럼 배가 불룩 나와 있었다. 흘깃거리면서 눈동자를 계속 돌리는 날카로운 눈엔 검은 뿔테 안경이 걸쳐 있었다.

사장은 외국인 노동자도 불법체류자들만 데려다 일 시키는 사람이었다. 공장이 바쁘게 돌아갈 때마다 브로커를 통해 그들을 대거 모집했다. 그들이 갖고 있는 약점을 이용해 우리보다 하루 한시간씩 일찍 나와 일하게 만들었다.

　나이 든 아주머니들을 쓰면서 그들도 무시하기 일쑤였다. 나이 때문에 다른 일터로 옮겨가기 어렵다는 것을 알고 깔봤다. 몇년씩 장기근속을 하면서 일하는데도 대우가 형편없었다. 보너스도 없이 명절 휴가비 명목으로 십만원 주는 게 전부였다. 그것도 이년 전까진 공장에서 나오는 찐빵과 이웃 공장에서 만드는 막걸리 한상자로 대신했다고 한다.

　"난 당신이 소설을 쓰든 뭘 하든 상관 안해요. 근데 정보과 형사들이 와서 당신 동태를 살펴보라는데 내가 왜 그래야 해? 안 그래요?"

　사장의 인상이 구겨졌다. 그는 일분에 한번씩 신경질적으로 머리를 획획 돌리며 흔든다. 몇년 전 뇌졸중을 겪고 난 뒤의 후유증이었다.

　"그건 사장님 문제지 제 문제가 아니지 않습니까? 그리고 우리들 동태는 늘 스마트폰으로 파악하고 계시잖습니까?"

　현장 안에는 CCTV가 이십여대나 설치돼 있다. 실장은 사무실에서 모니터로 직원들을 지켜보고, 사장은 스마트폰으로 수시로 들여다본다. 그러다가 마음에 안 드는 모습들이 보이면 실장에게 전화를 했다. 실장은 득달같이 달려와 아주머니들을 쥐어짰다.

　"미친개라니까요!"

　칠십을 코앞에 두고 있는 왕언니가 호떡을 누르면서 가끔씩 내 귀에 속삭였다. 임금을 시급으로 받으면서 일하는 아주머니들. 사장은 치밀한 계산법으로 최저임금에 맞춰 월급을 지급한다. 그녀는 칠년을 일했는데도 늘 최저임금이라는 목줄에서 벗어나본 적이 없었다.

"당신 지금 나하고 싸우자는 겁니까? 당장 그만둬요!"

"내가 왜 그만둬야 합니까?"

"당신 우리 공장 말아먹으려고 들어온 사람이잖아!"

사장의 얼굴이 벌겋게 달아올랐다.

"제가 여기서 그런 말을 했거나 그런 행동을 한 적 있습니까? 너무 막말하시는 거 아닙니까?"

"사장이 직원한테 말 좀 막 하면 어때? 당신 왜 이렇게 건방져? 피곤하니까 당신 그냥 집에 가서 소설이나 써요. 왜 소설가가 공장을 와?"

"전 이유 없이 안 나갑니다. 확실하게 말씀드리죠. 사장님이 강제로 저를 내쫓으려 한다면 저와 전쟁을 치러야 할 겁니다."

"뭐야? 이 사람이 정말!"

사장은 한발자국 앞으로 다가왔다. 그는 마치 말 안 듣는 아이에게 화를 내듯이 핏대를 세우고 나를 노려봤다.

"말 함부로 하지 마세요. 난 사장님이 이 회사를 어떻게 운영하고 있는지 누구보다 더 잘 압니다."

나는 공장의 비리를 하나하나 늘어놓았다. 쥐의 똥오줌이 묻어 있는 밀가루를 체에 걸러 쓰게 하고 뜨거운 호떡 위에 기름종이 대신 단가가 싼 비닐을 올려놓게 해 발암의 위험성을 높이고 찌든 핫도그 기름에 마가린을 넣어서 한달 이상을 쓰게 하고 유기농 호떡 반죽을 일반 밀가루로 대체하게 하고 생산에만 급급해 곰팡이가 핀 쟁반이나 대차(호떡을 쟁반에 담아 차례차례 꽂아놓는 이동식 걸이대)를 닭지도 않다가 위생 검열 나오는 정보를 미리 얻어 그때만 모든 생산을 중단하고 청소를 시킨다는 것.

게다가 법정 공휴일도 특근 처리를 안하고 불법체류자들을 시도 때도 없이 불러다 쓰고 CCTV로 사람들을 감시하고 남자 직원들의 월급을 최저임금에 맞춰놓고 월급의 일부를 현금으로 지급하며 세금을 포탈하고 있다는 것.

나는 사장에게 이런 모든 사실을 거래처와 근로감독관, 인권위원회, 신문사에 제보하고, SNS를 통해 고발할 수 있다고 했다. 몇 증거들은 이미 사진으로 찍어 갖고 있다고도 했다. 사장은 얼굴이 사색이 되었다.

"분명히 말씀드리지만 저는 돈이 필요해 일하러 온 것뿐입니다. 사장님이 저를 건드리지 않으면 그냥 일만 할 겁니다. 일하러 갈 테니 사장님께서 알아서 하십시오."

"이봐, 당신!"

사장이 나를 불렀지만 그냥 나왔다. 사장도 사무실 밖으로까지 쫓아오진 않았다. 나는 화를 삭이기 위해 현장 밖에서 담배 한대를 태웠다. 아무리 생각해도 정보과 형사가 찾아왔다는 게 이해가 되지 않았다. 8, 90년대에는 형사들이 학교와 공장에 상주하기도 했지만 소설 한권 때문에 형사가 찾아왔다는 게 납득이 안됐다. 현장으로 돌아가자 아주머니들이 무슨 일이냐고 눈빛으로 물었다.

"일 잘한다고, 더 분발해달라고 하데요."

"아닐걸? 분명히 멍멍 짖었을걸!"

아주머니들이 깔깔대고 웃는다. 웃음소리가 더위를 식혀주는 바람소리처럼 듣기 좋다.

"오빠! 노래 한곡 불러줄게. 기분 풀어!"

인순이 나이는 오십셋이다. 아직 중고생 자식이 있는데도 세살 짜리 손녀가 있는 할머니가 됐다. 그녀가 호떡 반죽에 설탕을 넣으며 장난꾸러기처럼 웃음을 얼굴 가득 담고서 노래를 불렀다.

별 따러 가세! 그녀가 나를 쳐다보며 어깨를 들썩였다. 첫 소절이 나오자마자 아주머니들이 박장대소했다. 오빠와 함께 별 따러 가세! 아주머니들은 자지러지듯 허리를 꺾으며 일손을 멈췄다. 나는 기가 막혀서 헛웃음을 쳤다.

처음 동네 아주머니의 소개로 식품공장에 들어왔을 땐 막막했다. 나에게 말을 걸어주는 사람도 없는 작업장엔 더위만 들끓었다. 여름철 가만히 있어도 땀이 줄줄 흐르는 더위에 호떡실에 들어가면 열기가 온몸을 휘감았다. 그 무더운 더위에도 아랑곳하지 않고 나이 든 아주머니들은 땀을 뻘뻘 흘리면서 호떡을 한개라도 더 만들려고 기를 쓰고 있었다.

그녀들의 몸은 기계처럼 숙달돼 있었다. 천천히 만드는 게 더 어렵다고 했다. 순식간에 호떡 반죽에 설탕을 넣고 불판에 올리면 그걸 끌어다 누르고 누른 호떡을 철판 끝 쪽으로 밀면 기다리고 있는 사람이 뒤집어준다. 나는 그 호떡을 노릇하게 익혀 쟁반에 주워 담는 일을 했다. 200도의 뜨거운 열기에 달아버린 몸에선 끊임없이 땀이 흘러나와 팬티를 축축하게 적셨고 머리카락에는 땀방울이 매달렸다.

나는 나이가 나보다 많은 아주머니들이 안간힘을 쓰는 것을 보면서 힘들어서 못해먹겠다는 말을 꺼낼 수조차 없었다. 공장이라는 곳이 언제 편한 적이 있었던가. 열기를 빼내는 환풍기조차 힘겨워 떨고 있는 공장이었다. 대리는 위생복을 딱 한벌 주고는 빨아입으라고 했다. 장갑은 호떡을 집어내다보면 기름으로 찌들어 다음날 쓰기도 어려운데 여덟켤레를 주며 한달을 쓰라고 했다.

나는 이왕 일하기로 작정한 거 즐겁게 다니자고 마음먹었다. 이틀 후부터 출근을 하면서 만나는 사람들에게 무조건 알은척을 했다. 안녕하세요! 대답이 시큰둥했다. 그래도 쫓아가면서까지 인사를 했다. 인사를 안 받으면 어깨를 살짝 쳐서 고개를 돌리게 한 뒤 인사를 건넸다. 며칠이 지나자 아주머니들이 인사를 받으며 관심을 보였다.

"목소리가 참 이쁘세요."

내 옆에서 호떡을 누르는 왕언니의 귀에다 대고 말했다. 현장은 환풍기 돌아가는 소리 때문에 시끄러웠다. 모두들 보청기를 꽂아야 할 지경이라고 투덜거렸다.

"장난치지 말아요."

"아니, 정말이에요. 젊었을 때 성우 하셨으면 아주 잘하셨을 것 같은데."

왕언니가 웃었다. 칠십을 눈앞에 두고 있는 왕언니의 작은 입술엔 빨간 립스틱이 꽃처럼 그려져 있다. 인중에 주름이 잡혀 있긴 했지만 예뻤다. 키가 크고 늘씬한데 허리가 굽었다. 다리가 휘어져 안짱다리로 걸었지만 중저음에 비음이 섞인 목소리는 매력적이었다.

왕언니 옆에 있던 명자씨가 그녀의 귀에 속삭였다. 왕언니가 다시 옆사람에게 속삭였고 속삭이는 소리들이 한바퀴 빙 돌더니 왕언니를 형이라고 부르는 명섭 언니가 소리쳤다.

"형아는 좋겠네!"

아주머니들이 일제히 웃음을 터뜨렸다. 현장 안이 웃음소리로 환하게 밝아졌다. 더위도 한숨도 다 날아가버렸다. 그날 이후 나와 아주머니들과의 거리는 점점 좁혀져 모두가 서로를 아껴주는 연인 사이처럼 되었다.

한바탕 콸콸 흐르는 시냇물처럼 웃음소리가 지나가자 아주머니들은 호떡 만들기에 집중했다. 나는 일년 반 동안 호떡을 뒤집고 건져올리면서 달인이 됐다. 긴 철판을 사이에 두고 마주 보는 아주머니가 호떡을 뒤집어 밀어주면 다 익은 것들을 차례차례 쟁반에 담는다. 숙련이 되면서부터는 맞은편 사람이 덜 힘들도록 뒤집는 것까지 도와준다. 집게로 0.5초에 한개씩 호떡을 뒤집어 철판 제일 구석에 일렬로 정렬시킨 뒤 한꺼번에 세개씩 집어 쟁반에 담아냈다.

이 공장에서 집게질을 삼개월 이상 한 사람이 없었다. 손가락이 뒤틀려서 다들 못하겠다고 나갔다. 그런데 나는 일년 반 동안 이 일을 했다. 중지에 물집이 잡혔다 낫기를 반복하면서 돌덩이 같은 굳은살이 박였다. 손가락이 옆으로 휘어지긴 했지만 일하는 데 지장을 주진 않았다. 그 바람에 아주머니들이 나를 손가락 도인이라 부르곤 한다. 하지만 내가 그 시간을 견뎌낸 건 바로 단순노동의 최대 장점을 즐겼기 때문이었다.

단순노동은 숙련이 되면 명상하기 좋다. 손과 발을 기계적으로 움직이며 정신세계를 끊임없이 돌아다닐 수 있기 때문이다. 나는 지난 일년 동안 호떡을 뒤집으며 다섯편의 중단편을 썼다. 정치범들이 감옥에서 사색을 통해 책을 썼듯이 나는 호떡을 뒤집으며 소설을 끌어올렸다. 호떡이 뜨거운 기름에 지글지글 익듯이 쓰고 싶은 글들이 찾아오면 그것들을 붙잡고 악착같이 글로 옮겨냈다.

공장이 내게 글을 쓰게 만들어줬다. 칠년 동안 아내의 병을 고치기 위해 모든 것들과 단절하며 살았다. 다행히 아내는 병마와 싸워 이겨냈지만 나는 많은 것을 잃어버렸다. 친구들은 물론 사회적 관계와 소설 쓰는 것까지 잃어버렸다. 상관없다고 생각했다. 아내가 나은 것만으로도 고맙게 여기며 살자고 했다.

내 의지와 상관없이 시간이 지날수록 마음이 공허해졌다. 괜찮다고 자신을 다독였지만 삶이 무의미해지고 가슴에 화가 들어찼다. 아내의 병을 고치는 동안 빚도 쌓였다. 나는 일자리를 구하기 위해 공단을 돌아다녔지만 나이 든 사람을 선호하지 않았다. 지역 고용센터에 구직을 신청해도 연락이 오지 않았다. 그러다가 『교차로』 구인광고를 보고 합판공장에 들어갔다.

합판공장은 일이 험하고 작업 강도가 높은 데 비해 월급이 낮았다. 젊은 사람들은 거의 없었고 오십대가 대부분이었다. 나는 일할 수 있는 곳이 있다는 것만으로도 다행이다 싶어 출근을 결심했다. 그곳에서 만난 동료들과 한솥밥을 먹으면서 퇴근 후에 컴퓨터에다 공장일기를 간간이 적곤 했다. 그러다가 십년 전에 썼다가 방치해 놓은 글을 보았는데 만해마을 창작실에 들어갔다가 겪은 일을 적은 글이었다. 당시 나는 비정규직 차별 철폐를 외치며 분신했던 이

용석의 생애를 소설화하고 있었다.

그때 나는 창작실에서 일주일이 지나도록 한 글자도 쓰지 못하고 있었다. 답답해서 아침 일찍 산책을 나섰다가 창작실 앞에 있는 만해 흉상을 봤다. 일주일 동안 지내면서도 슬쩍 엿보며 비껴갔던 흉상이 그날따라 이상한 기운으로 나를 붙들어세웠다. 청동으로 제작된 흉상은 고개를 약간 수그린 채 눈을 내리깔고 있었다. 칼끝 같은 눈썹과 눈꼬리, 우뚝 솟아나 있는 높은 코, 그 밑에 꽉 다문 얇은 입술 선이 매끈한 턱 선과 어우러져 오만스러울 정도로 고집스러워 보였다.

내가 알고 있는 만해는 승려이자 시인이었다.「님의 침묵」을 비롯한 몇편의 시를 썼고 독립선언서를 낭독한 민족 대표 33인 중의 한사람이라는 기억만 갖고 있었다. 흉상을 들여다보면서 그에 대한 생각을 하고 있을 때, 한순간 그의 흉상이 흔들거리는 게 느껴졌다. 처음엔 착시인 줄 알았다. 그런데 만해 선사의 흉상이 천천히 얼굴을 들어올렸다. 나는 놀랐지만 꼼짝을 할 수 없었다. 흉상은 계속 고개를 들어올리더니 나를 정면으로 뚫어지게 쳐다봤다.

내가 얼마 동안 그곳에 서 있었는지는 알 수 없었다. 후배 시인이 부르는 소리에 정신을 차렸다. 그날 이후 이해할 수 없는 일들이 벌어졌다. 그것도 며칠이 아니라 한달 이상을 정신이 나갈 정도로 만해와 얽힌 기이한 일들을 겪었다.

나는 도저히 견딜 수 없어 만해마을에 들어선 순간부터 글로 옮겨보고 싶었다. 도대체 왜 그런 일이 벌어졌는지 글을 쓰면서 알 수 있기를 바랐다. 컴퓨터 앞에 앉아 자판에 손을 얹고 글을 쓰기 시작했다. 시간이 얼마나 흘렀는지도 모른 채 글을 썼다. 원고지 백 팔십매를 쉼 없이 쓰고 난 뒤 기절하듯 쓰러졌다.

나는 오래전에 써놨던 그 글을 공장일기를 쓰면서 우연히 다시 봤다. 다 써놓고 나서도 무엇을 얘기하고 싶었는지 몰랐던 글이다. 오랜 시간이 흐른 덕분인지 글의 형상이 비로소 눈에 잡히고 그 의미가 되새겨졌다. 나는 그 글을 다듬어 문학잡지에 「알 수 없어요」라는 단편소설로 발표했다. 그때부터 소설 창작이 이어졌다. 한편을 쓰고 나면 더이상 쓸 수 없을 거라고 생각했는데 또다른 글이 써졌다.

하루 열시간씩 노동을 하고 글을 쓰면서 몸이 많이 수척해졌다. 그래도 무의미했던 삶에 활기를 되찾아 기뻤다. 몇편의 소설을 발표하면서 못 만났던 친구들도 보고 선배들로부터 격려도 많이 받았다. 나는 죽었다가 다시 살아난 사람처럼 고마웠다. 그런데 시간이 지날수록 분노가 내 안에 들어찼다. 혼자 중얼거리며 욕설을 내뱉는 경우들이 더 심해졌고 화가 요동치며 나를 괴롭혔다.

내가 소설을 쓰면서 다시 본 세상은 끔찍했다. 소설 한편이 무슨 소용인가 싶었다. 모든 생명이 빛을 좇아 움직이듯 이 세계가 상실된 인간 회복의 빛을 찾아 나아갈 수 있을 것인지에 대한 회의가 끊임없이 계속 들었다. 어느날 새벽에 담배를 피우러 마당으로 나갔다. 캄캄한 어둠을 바라보며 담배연기를 내뿜고 있는데 환청처럼 소리가 들렸다.

'자본의 세상에 태어나 자본이 가르쳐준 것만 보다가 죽는구나!'

일년 동안 내가 쓴 다섯편의 소설들이 파노라마처럼 펼쳐졌다.

모두 삶의 무게를 견디지 못하고 과거와 현재에 죽음을 선택한 사람들의 이야기였다. 내가 썼지만 그들이 나를 통해 이야기를 한 것만 같은 소설들이었다. 우리가 살고 있는 세상의 참상을 냉철하게 바라보고 폐허 같은 삶을 치열하게 각성해서 보아야 희망도 찾을 수 있지 않겠느냐라고 썼지만 현실 밑바닥에 두꺼운 콘크리트처럼 깔려 있는 탐욕적이고 이기적인 모습들은 그런 이야기들에 관심을 기울이지 않았다.

우리 사회의 구체적인 현실상황은 나에게 한줄기 빛 같은 기대조차 주지 않았다. 눈만 뜨면 텔레비전에서 쏟아내는 수많은 거짓과 위선들로 가득 찬 말들, 그 말들 속에 숨어 있는 사악한 폭력의 눈빛들이 시도 때도 없이 내 신경을 곤두세웠다. 몇십년 전에도 보았던 공장의 어두운 현실과 노동자들의 일상에 젖은 말과 삶의 행태들은 무기력하고 비굴하게 보였다. 소설 속에서 상처를 치유하며 희망을 찾고 싶었으나 현실은 암울했다.

그런데 느닷없이 정보과 형사가 나타났다. 왜 나를 찾아온 것일까. 마음에 걸리는 게 하나 있다면 반년 전 김성은 목사가 찾아온 일이었다. 구로동에서 노동운동을 할 때부터 알고 지내던 목사였다. 그가 이십일 전 국가보안법 위반으로 구속됐다. 국가정보원 여섯명이 새벽 한시에 들이닥쳐 자고 있던 그를 연행했다. 그들은 장장 열여섯시간 동안 집 안팎을 수색했다. 부인과 자식 셋을 구석으로 밀어놓고 군데군데 벽지까지 뜯어내면서 집 안을 난장판으로 만들어놓고 이 잡듯이 뒤졌다. 부인과 자식들은 영문을 모른 채 공포에 떨었다.

그의 석방을 위한 대책위원회가 꾸려졌다. 위원들 중의 한명인 후배 박제민을 통해 목사의 구속 소식을 들으며 세상이 미쳐가고 있구나 싶었다. 제민이의 말에 의하면 2011년 목사 가족이 중국으로 여행을 한번 갔다 온 적이 있는데 그때 북한 공작원과 접촉했다는 혐의를 받고 있다고 했다. 그건 다시 말하자면 오년 전부터 그를 사찰하고 미행해왔다는 얘기였다.

제민이는 목사와 더불어 세사람이 함께 조사를 받고 있다고 했다. 그는 국정원이 간첩단 사건을 만들고 있는 것 같다고 했다. 나는 그 소리를 듣고 이십여년 전에 수없이 일어난 일이 다시 벌어지고 있는 것 같아 어이가 없었다. 이런 시점에 정보과 형사들이 찾아온 것이다. 나를 그 속에 연결시키려는 것이 아닐까 하는 생각이 안 들 수가 없었다.

만약 그것이 사실이라면 기가 막힌 일이었다. 나는 오래전 추악한 기억으로 남아 있는 구시대의 망령들을 바라보며 깊은 밤 혼자 술잔을 기울였다. 술 몇잔을 기울이자 어둠 저편에서 하태산이 쓸쓸한 모습으로 나타났다. 이년 전 가을에 눈물을 흘리게 만든 그의 노래 「92년 장마, 종로에서」가 어둠속에서 나직이 다시 들려왔다.

비가 개이면 서쪽 하늘부터 구름이 벗어지고
파란 하늘이 열리면 저 남산 타워쯤에선 뭐든 다 보일 게야
저 구로공단과 봉천동 북편 산동네 길도
아니 삼각산과 그 아래 또 세종로 길도
다시는, 다시는 시청 광장에서 눈물을 흘리지 말자

물대포에 쓰러지지도 말자

절망으로 무너진 가슴들 이제 다시 일어서고 있구나

보라 저 비둘기들 문득 큰 박수소리로

후여 깃을 치며 다시 날아오른다 하늘 높이 휘―휘이휘얼

빨간 신호등에 멈춰 섰는 사람들 이마 위로

무심한 눈길 활짝 열리는 여기 서울 하늘 위로

한무리 비둘기들 문득 큰 박수소리로

후여 깃을 치며 다시 날아오른다 하늘 높이 휘―휘이휘얼

물길이 트이고 길이 열리는 듯한 연주 위로 하태산의 목소리가 희망을 끌어올리고 있었다. 아스팔트 위로 떨어지는 장맛비가 물보라를 일으키며 튀어오르고 있었다. 일그러진 하태산의 얼굴처럼 목소리가 경련을 일으키며 떨고 있었다. 절망으로 쓰러지지 말자고 울부짖는 그의 노래가 수많은 사람들의 우산 위로 내려앉는데 아무도 쳐다보지 않았다.

꺼져버린 촛불, 앞이 보이지 않는 어두운 세상, 절규하듯 사람들을 향해 희망을 외치는 그의 목소리가 점점 비명처럼 들려왔다. 나는 숨이 막혔다. 오래전 집회장에서 들었을 때에도 사람들에게 현실을 외면하지 말라는 그의 간절한 심정이 느껴져 쓸쓸한 감정을 불러일으키던 노래였다.

이년 전 다시 들었을 때 그 노래는 체념으로 모든 것을 내려놓고 돈 몇푼 때문에 공장을 다니던 나를 뒤흔들었다. 무관심 속으로 돌아서는 사람들을 바라보는 그의 안타까운 눈길이 세상사를 뒤로하

고 숨 막히는 세월을 건너가던 내 심장을 터뜨렸던 것이다.

빚을 갚기 위해 공장을 다니던 그때, 나는 다시는 소설을 쓰지 못할 거라고 여기고 있었다. 그러다 다시 글을 쓰고 사회현실 문제에 관심을 기울이면서 그의 노래를 가끔씩 읊조렸다. 그럴 때마다 하태산의 고통이 이 시대의 어두운 그림자와 맞물려 외롭게 흘러왔다는 것을 느낄 수 있었다.

나는 하태산의 삶을 소설로 써보고 싶다는 생각을 마음에 담아두고 살았다. 그러다가 국가보안법과 같은 구시대의 망령들이 사방에서 튀어나오자 그가 더이상 노래를 하지 않고 자취를 감춰버린 이유가 구체적으로 무엇이었을까 하는 궁금증이 일었다.

한 여자가 떠올랐다. 묘한 인연으로 만났던 서화연이라는 여자, 그 사람을 찾아가면 하태산의 거처를 알 수 있을 것 같았다. 하태산에 관한 소설을 쓰겠다는 결심만 서면 그녀를 찾아나설 작정이다.

어린 시절, 나는 여름만 되면 맨발로 산속을 뛰어다니고 다리 위에서 냇가로 뛰어내렸다. 산에선 산딸기를 따 먹으며 새를 쫓아다녔고 냇가에선 물고기를 잡았다. 비가 내리는 날은 비가 그치기를 기다렸다가 소쿠리를 들고 냇가로 달려갔다. 먹구름 사이로 맑은 햇살이 쏟아져내리는 냇가엔 늘 사람들이 몰려들었다. 수초가 자라 있는 가장자리에 물이 흘러내리는 반대 방향으로 소쿠리를 세워 잡은 후 열을 세고 들어올리면 십여마리의 피라미들이 은빛 비늘을 반짝이며 파득거렸다. 아이들의 환호성이 여기저기서 터져나오는 냇가는 축제의 장소였다. 막대기에 물고기 아가미를 꿰어 불을 지펴 구워 먹고 나면 팬티만 입은 채 물속으로 몸을 던졌다.

"고추 보여!"

팬티가 물살에 끌려내려가 엉덩이가 뽀얗게 드러나도 웃음이 번졌던 시절. 나는 흥이 많아 노래와 춤을 좋아했다.

여섯 형제 중에 막내로 태어난 내 곁에 늘 어머니는 없었다. 내가 걷고 뛰며 사람들이 하는 말들을 알아차릴 무렵, 어머니가 무당이라는 것을 알게 됐다. 아버지는 '노가다' 십장이었다. 전국 공사판을 떠돌던 아버지는 큰아들이 장가갈 나이가 되자 어머니를 집에서 내보냈다. 무당집 자식에게 시집올 여자가 어디 있겠느냐는 것이었다.

어머니는 서울 응암동 냇가 한쪽의 판자촌에다 신당을 차렸다. 젖을 많이 먹이지 못했다고 하며 나를 어루만져주던 어머니. 나는 일주일에 서너번씩 어머니를 찾아갔다. 어머니는 치성이나 굿을 지내고 나면 고기와 과일을 챙겨놨다가 내게 먹였다.

어머니의 집에는 항상 하얀 깃발이 나부꼈다. 신당 안에는 불상과 산신령들을 그린 족자들이 걸려 있었고 사천왕의 칼과 창이 세워져 있었다. 촛불과 향 타는 냄새가 그윽한 신당은 낯설었다. 처음 그 방에 들어섰을 때는 으스스한 기운에 몸이 움츠러들어 방구석에 쭈그려 앉은 채 이곳저곳을 힐끔거리기만 했다.

어머니가 모시고 있는 신들의 모습은 기이했다. 하얀 머리카락만큼 긴 수염을 허리까지 늘어뜨리고 있던 산신령들의 눈빛은 인자했고 사천왕들의 부리부리한 눈빛은 귀신도 놀라 달아날 것같이 기세가 등등했다. 그 모든 신령들의 모습이 익숙해지면서 신당은 점점 어머니의 품처럼 아늑해졌다. 개울가 동네 사람들은 나를 알아보고 무당집 막내아들이라고 불렀다.

어머니를 찾아가는 이는 나뿐이었다. 아버지의 불호령이 무서워 다른 형들은 어머니를 찾아가지 못했다. 더 큰 이유는 무당집 자식이라는 소리가 듣기 싫었기 때문이었다. 나 역시 무당집 막내아들이라고 불리는 것이 싫긴 했으나 어머니를 만나는 기쁨이 더 컸다. 그곳에 가면 집에서는 먹을 수 없는 맛있는 것도 먹을 수 있었고 용돈도 얻을 수 있어서 자주 드나들었다.

넷째 형은 내 용돈에 군침을 흘렸다. 나보다 여섯살이 많은 형은 극장에 데려가주겠다면서 내 용돈을 갈취했다. 초등학교도 들어가지 않은 나를 끌고 한시간을 걸어서 수색극장에 갔다. 나는 극장이 뭐하는 곳인지도 제대로 알지 못한 채 쫓아갔다가 극장을 본 순간 입이 딱 벌어지고 말았다. 큰 건물에 매달린 극장 간판이 화려한 색채로 나의 두 눈을 사로잡았다. 형이 입장표를 사갖고 와서 간판에 매료돼 있는 내 머리통을 치며 극장 안으로 끌고 들어갔다.

영화관 안은 캄캄했다. 형은 내 손을 잡아끌어 자리에 앉혔다. 사람들이 웅성거리고 엿과 찹쌀떡과 사탕을 파는 판매원이 목판을 들고서 돌아다녔다. 형이 사탕을 사서 내 입에 넣어주었다. 나는 영화가 상영되기 전에 대한뉴스가 스크린에 펼쳐지며 말들을 쏟아내자 충격을 받았다. 고개를 돌려 영사실에서 발산하고 있는 빛과 화면을 번갈아 보다가 왕위(王羽)의 영화 「외팔이」가 총천연색으로 나올 땐 탄성까지 질렀다. 나는 완전히 화면에 압도됐다. 하늘을 날아다니며 칼을 휘두르는 왕위는 세상에서 가장 멋진 사람으로 뇌리에 박혀 아직도 그를 잊지 못한다.

초등학교에 입학하고 나서도 영화에 느낀 매력은 수그러들지 않았다. 나는 어머니가 주는 용돈도 모자라 점을 볼 때 사용하는 쌀그릇 속의 동전을 야금야금 꺼냈다. 그럴 때마다 넷째 형은 머리를 쓰다듬으며 나를 극장에 데리고 갔다. 만화영화나 순정영화뿐만 아니라 성인영화까지 무조건 보았다. 특히 무협영화만 들어오면 어머니에게 달려가 돈을 훔쳐왔다.

나는 영화에서 본 모든 것들을 흉내 냈다. 집에서도 학교에서도 동네에서도 발동만 걸리면 연기를 했다. 칼잡이나 총잡이를 했다가 연인들의 사랑 타령도 모노드라마로 남녀 역할을 바꿔가면서 펼쳤다.

"무당집 막내 놈이네. 어이, 성춘향 좀 혀봐."

어머니가 있는 판자촌 동네 초입의 점방 앞에서는 늘 술판이 벌어졌다. 그곳을 지날 때마다 어른들은 나를 불러세웠다. 그럼 나는 씩 웃으며 넉살 좋게 성춘향이 되어 눈물을 흘리고 이도령이 되어 "암행어사 출두여!"를 외쳤다.

어른들은 낄낄거리며 박수를 치고 과자 봉지를 던져주었다.

중학생이 된 넷째 형은 동네 건달들과 어울리면서 친구들을 자주 집에 데려왔다. 그들은 손가방처럼 생긴 주황색 야외전축을 틀어놓고 춤을 추었다. 「상하이 트위스트」와 「울리 불리」, 톰 존스의 「프라우드 메어리」 같은 노래의 리듬에 맞춰 남녀가 어울려 춤을 추면 나도 흉내를 냈다.

형 친구들, 특히 누나들이 내게 춤을 가르쳐줬다. 스텝 밟는 법,

손을 흔드는 법, 발가락을 꺾는 법, 손가락을 놀리는 법. 나는 그들이 가고 나면 음악을 틀어놓고 수없이 연습했다. 땀이 옷에 흥건히 젖어들 때까지 신들린 듯 춤을 춘 뒤 다음날 학교에서 추임새를 넣어가며 재연했다.

"해운이, 나와서 장기 자랑 좀 해봐라."

선생님도 내 노래와 연극과 춤을 좋아했다. 나는 서영춘의 개다리춤은 물론 그의 코미디도 흉내를 잘 냈다. '시골 영감 처음 타는 기차놀이에'라는 가사를 그의 말투로 종알거리면 선생님은 자지러졌다. 허장강과 이예춘의 악역도 멋지게 소화해냈다. 몽당연필을 담배처럼 입에 문 채 교실 마룻바닥 위를 나뒹굴면서 총 쏘는 흉내를 내면 아이들은 책상을 두들기며 신나 했다.

그 무렵, 일년에 서너번씩 극장가에 '쇼쇼쇼'가 들어왔다. 무대가 절대적으로 부족했던 그때 가수들의 쇼는 극장에서 열렸다. 그날이 되면 극장가는 북새통이 됐다. 이미자가 들어오면 여자들이, 남진이나 나훈아가 들어오면 젊은 남녀가 모여들어 아수라장을 만들었다. 어느날 형과 함께 남진 쇼를 보기 위해 신영극장에 갔다. 공연이 시작되기 한시간 전인데도 극장은 사람들로 꽉 들어찼다. 신나는 노래들이 대형 스피커를 타고 쾅쾅 울려퍼졌다. 좌석이 없는 젊은이들은 통로를 메운 채 흘러나오는 음악에 몸을 흔들며 담배를 피워댔다. 검은 커튼이 쳐져 있는 무대 앞을 조명 서너개가 밝히고 있었다. 불빛들 사이로 담배연기가 짙은 안개처럼 뿌옇게 흘러다녔다.

내 몸이 불처럼 달아올랐다. 사람들의 열기도 대단했지만 스피

커에서 터져나오는 음악소리는 야외전축으로 듣던 소리와는 성량이 달랐다. 그 소리는 어린 나를 집어삼킬 듯이 달려와 온몸을 들뜨게 했다. 그런데 때마침 「상하이 트위스트」가 요란한 기타 음을 튕기면서 나를 흔들었다. 다다다탕!으로 시작되는 기타 소리는 총탄처럼 날아와 나를 일으켜세웠다. 좌석도 없어서 무대 앞에 쭈그려 앉아 있다가 신들린 사람처럼 일어서서 춤을 췄다. 초등학교 오학년짜리 꼬마가 춤을 추기 시작하자 곁에 있던 사람들이 깔깔거리며 박수를 치기 시작했다. 사람들의 시선이 일제히 나한테 쏟아졌다.

박수소리가 커지자 영사실 창구에서 불이 켜졌다. 영화를 돌릴 때처럼 그곳에서 쏟아진 빛이 나를 허공으로 들어올렸다. 빛을 타고 스텝을 밟았다. 신발을 벗어던지고 맨발로 춤을 췄다. 엄지발가락을 뒤로 젖히고 발바닥을 꺾어가면서 양손을 밑으로 찔러댔다. 휘파람 소리가 불빛 속으로 날아들고 웃음소리, 박수소리, 함성소리가 내 몸을 점점 하늘로 치올렸다. 음악이 멈추고 춤이 그치자 사람들이 '앙코르'를 외쳤다.

"어떤 음악 틀어줄까?"

누가 내 귀에 대고 속삭였다. 나는 숨을 헐떡이면서도 '울리 불리'를 외쳤다. 음악이 다시 시작되고 새 곡에 맞춰 춤을 더 추면서 기진맥진했지만 황홀한 어떤 세계에 날아갔다가 온 기분을 느꼈다. 그날 이후 거리에 나서면 나를 알아보는 사람들이 있었다. 그러면 슬쩍슬쩍 몇 스텝 보여주고 다니기도 했다. 도대체 무슨 흥이 그렇게 많았던 것일까. 돌아보면 웃음이 저절로 매달리는 추억이다.

그런데 내 친구가 비웃었다. 자긴 고만할 때 한국 노래는 들으려고 하지도 않았다고 했다. 하태산에 대해 쓰기 위해 음악 얘기를 들으려고 부른 친구였다. 이름은 장재범이었다. 십대 후반에 만난 이 친구는 팝송에 대해 잘 알고 있을 뿐만 아니라 대부분의 곡들을 기타로 치면서 부르기까지 했다. 그는 오랜만에 우리집에 와서 기타를 튕기며 존 레넌의 「이매진」을 불렀다.

천국이 없다고 상상해봐요 / 해보면 쉬운 일이죠 / 지옥 또한 없다고 / 오직 푸른 저 하늘만 / 이 모든 사람들이 / 오늘을 위해 산다고 상상해봐요 / 국경이 없다고 상상해봐요 / 어렵지도 않아요 / 서로 죽일 일도 없고 / 종교 역시 없는 세상 / 이 모든 사람들이 평화스럽게 살아가는 것을 상상해봐요 / 당신은 꿈만 꾼다고 하겠지만 / 혼자만의 꿈은 아니죠 / 언젠간 당신도 함께하겠죠 / 하나 되는 세상을 / 내 것이 없다고 상상해봐요 / 할 수 있을 거예요 / 탐욕과 궁핍도 없고 인류애만 넘치는 / 이 모든 사람들이 / 그런 세상을 나누어가죠

재범이는 초등학교 삼학년 때부터 팝송을 들었다고 했다. 타이어공장 공장장으로 일하던 아버지의 영향을 받은 그는 영화와 팝을 좋아한 아버지 밑에서 존 웨인과 오드리 헵번 같은 영화배우 이름을 들었고 팝을 들었다. 팝에 익숙해지자 초등학교를 다닐 때 이미 AFKN을 통해 팝송을 듣곤 했다. 뜻을 몰랐지만 리듬이 좋아 마냥 듣다가 LP판을 만지작거리면서 영어 공부를 했다.

비틀스를 유난히 좋아했던 재범이는 사전을 뒤져가며 가사를 번역하곤 했다. 힘들게 번역을 하고 나면 뿌듯해 다른 팝송들도 번역하기 시작했다. 그는 수없이 따라 부르며 몸에 익숙해진 팝송을 통해 세상을 배웠다.

"난 대통령이라는 작자들이 제일 싫다!"

재범이가 초등학교 오학년 때 내뱉은 말이었다.

'새벽종이 울렸네. 새 아침이 밝았네'라는 노래가 전국토를 울리던 그 시절 우리는 학교 조회시간마다 '국기에 대한 맹세'를 외워 복창했다.

"나는 자랑스러운 태극기 앞에 조국과 민족의 무궁한 영광을 위하여 몸과 마음을 바쳐 충성을 다할 것을 굳게 다짐합니다."

학교 교실마다 태극기와 박정희 대통령의 사진이 나란히 벽에 걸려 학생들을 내려다봤다. 그럴 때마다 재범이는 "퍽큐!"를 외쳤다. 베트남 전쟁이 한창이던 그 시절, 미국의 팝송에선 전쟁 반대를 외치는 목소리가 높았다. 그는 전쟁을 무조건 반대해야 한다는 걸 그때 알았다고 했다. 십대 후반의 나는 그의 이야기를 처음 들었을 때 큰 충격을 받았다.

내가 초등학교 육학년 때 셋째 형이 월남전에 참전했다. 어느날 느닷없이 엽서가 날아왔다. 형이 참전하니 청량리역으로 아침 일곱시까지 나오라고 했다. 딱 오분간만 열차를 세우고 면회를 할 수 있게 한다고 했다. 초겨울로 접어들던 때였다. 큰형수와 나는 새벽부터 서둘러 청량리역으로 갔다.

역사 안에서는 많은 사람들이 철로를 따라 길게 늘어선 채 열차를 기다리고 있었다. 태극기를 준비해온 사람들도 있었고 음식을 보자기에 싸온 사람들도 있었다. 그들은 추위에 서성거리며 열차가 오는 방향을 향해 두리번거렸다. 걱정스러운 표정으로 모여 있던 사람들의 얼굴은 스산한 새벽 공기에 휩싸여 더욱 어두워 보였다. 얼어붙은 철로 위로 까닭 모를 불안감들이 떨면서 다녔다.

멀리서 기차가 굉음을 내며 들어왔다. 칙칙, 바퀴를 굴리며 열차가 승강장 안으로 들어서자 사람들이 분주하게 움직이며 태극기를 흔들었다. 모두들 누군가의 이름을 부르며 차창에 얼굴을 붙인 채 밖을 내다보는 군인들 얼굴을 살펴보았다. 열차는 설 것처럼 천천히 움직였지만 멈추지는 않았다.

"왜 열차를 안 세우는 거야!"

사람들은 열차를 따라가며 자식의 이름, 남편의 이름, 형제의 이름을 불렀다. 증기기관차가 긴 굉음을 울리며 구름 같은 연기를 뿜어올렸다. 형수도 밥과 반찬을 싸온 보따리를 든 채 달리고 있었고, 차창 안에 있던 누군가의 얼굴을 본 사람들도 그들의 이름을 애타게 부르며 쫓아갔다.

내 눈앞에 보이는 모든 풍경들이 슬픔을 몰고 왔다. 점점 멀리 사라져가는 열차를 따라 뛰어가던 사람들은 눈물을 흘리며 넋을 잃고 말았다. 철길로 뛰어내려 달리던 사람들, 그들 중에 아기를 업고 있던 애엄마가 넘어지는 것을 보았다. 사람들 제일 뒤편에서 쓰러진 채 열차를 향해 손을 흔들던 애엄마, 나는 달려가 그 애엄마를 일으켰지만 그녀의 눈물을 닦아줄 순 없었다. 새벽 공기를 찢으며 울부짖는 그녀의 울음소리, 태어나서 처음으로 가장 처절하게 가슴에 박히던 그 울음소리를 나는 재범이의 노래를 들으며 다시 기억해냈다.

재범이는 한국 노래 중에서 세 가수의 노래를 자주 불렀다. 한대수의 「바람과 나」를 부르며 그를 서구의 포크송을 자기 언어로 만들어낸 싱어송라이터라고 말했다. 김민기의 「친구」를 부르면서는 70년대의 암울한 시대 상황을 그림처럼 펼쳐놓은 노래라고 평했고, 신중현은 한국의 록을 그만의 서정으로 끌어온 사람이라고 하며 좋아했다.

재범이는 사랑과 이별 노래들을 싫어했다. 사랑과 이별이라는 가사가 싫은 게 아니라 그런 노래 일색인 우리 대중가요를 비웃었다. 그는 그런 노래가 판치게 된 이유는 딱 한가지라고 했다. 일제 식민 치하에서 억압받았던 정신이 해방 이후에도 청산되지 않고 청산은커녕 이승만의 독재정치와 박정희 군사정권이 또다른 억압을 가하자 재생 불능이 됐다고 말했다.

"이미자의 「동백 아가씨」가 금지곡이라니! 동백꽃이 빨갛다고 빨갱이를 찬양한다나 어쨌다나!"

재범이는 킬킬거리며 수많은 대한민국 금지곡들의 사연을 유머처럼 늘어놓았다. 이금희의 「키다리 미스터 김」은 박정희 대통령의 작은 키와 대비된다는 이유로, 이장희의 「한잔의 추억」은 음주를, 신중현의 「미인」은 퇴폐를, 조영남의 「불 꺼진 창」은 불륜을, 송창식의 「왜 불러」는 반말을 조장한다는 이유로 방송 불가 처분을 받았다고 했다.

재범이는 박정희가 눈부신 경제성장을 이루어냈다는 말도 무시했다. 대한민국을 금방석에 올려놨다고 해도 박정희는 인간의 정신을 죽인 무서운 독재자라고 했다. 사회란 자유로운 정신으로 만들어져야 하는데 그의 통치 속에는 억압밖에 없었다고 거침없이 말했다. 민족의 정서는 돈으로 환산될 수 없는 가치 중의 가치라고 하면서 정치에 관심도 없던 나를 놀라게 했다.

재범이는 히피적 사상에 젖어 있는 친구였다. 나는 그가 평생 기타를 어깨에 메고 세상을 떠돌 줄 알았다. 한치 앞을 내다볼 수 없는 게 삶이라서 그 역시 우여곡절을 겪으며 살았다. 그는 아버지의 영향을 받아 대학에서 기계설계를 공부하긴 했지만 그 일을 업으로 삼아 살게 될 줄은 몰랐다고 했다.

재범이는 지금 작은 공장 사장이다. 여전히 기타를 분신처럼 가지고 다닌다. 돈에 대한 욕심을 과하게 부리지 않고 산다. 나이 사십 중반에 정수기 꼭지 특허를 받아 그것만 만들어 납품하며 생활한다. 정수기가 처음 나오던 시절, 어린아이들이 뜨거운 물에 손을 데는 것을 목격하고 정수기를 뜯어봤다. 자동차 설계로 잔뼈가 굳은 그에게 너무도 간단한 방법이 떠올랐다. 그는 뜨거운 물이 나올 땐 버튼을 누르게 설계를 했다. 그걸 가지고 정수기 회사와 납품 계약을 체결해 지금까지 먹고살고 있다.

내가 얼마 전 하태산의 삶을 글로 써보겠다고 하자 득달같이 달려왔다. 하태산은 그가 네번째로 좋아하던 가수였다. 그 이후로 들국화와 몇몇 가수들 외에는 더이상 자신이 좋아할 만한 가수를 보지 못했다고 했다.

"야, 너 좋은 소재 잡았다. 그 양반 알아?"

"조금."

"지금 어디 살아?"

"그건 몰라."

"그런데 왜 잘나가던 대중가수를 때려치운 건지, 나 참. 대한민국에선 민중가수는 어려워. 대가리에 똥만 든 인간들이 그들을 받아들이겠어? 참 아까운 인물인데 왜 사라져버렸는지 모르겠어. 어떻게 쓰려고 하는 거야?"

"너를 통해서 써보려고."

"나? 나를 말하는 거야, 지금?"

"그래. 니가 살아온 삶을 통해서 그의 삶을 들여다봤으면 싶어서."

"미쳤냐? 농담하지 마. 너 그 사람 안다며? 살아 있기는 하냐?"

"몰라. 안 본 지 십년도 더 된 거 같아."

"찾아봐."

"그 양반 자서전 쓰려는 거 아냐. 어쨌든 그건 나중 문제고 먼저 내 얘기나 들어봐."

나는 재범이에게 소설 줄거리를 펼쳐 보였다. 어릴 적부터 재범이가 경험해온 음악세계를 전세계 저항음악과 엮으면서 하태산을 그리고 싶다고 했다. 히피적 삶을 살고 싶었던 재범이가 현실에 부딪히며 수없이 우여곡절을 겪은 것이 매력적이었기 때문이었다.

실제로 재범이는 자동차 업계에서 유명했던 설계사였다. 유망 중소기업에서 그를 동업자로 스카우트해 돈도 많이 벌었지만 IMF로 한순간에 모든 것을 날려버렸다. 대기업에 자동차 부품을 납품

하던 그 공장은 대기업이 화의신청에 들어가면서 모든 자금이 끊기고 말았다. 결국 공장은 부도가 나면서 한순간에 무너졌다. 그 역시 통장과 집, 그리고 집에 있던 모든 물품에 압류 딱지가 붙으면서 집 밖으로 내몰렸다. 재기하기 어려운 상황으로 떠밀리자 아내마저 그의 곁을 떠나버렸다.

"니 생도 파란만장하잖아. 시대의 흐름에 따라 무너졌다 일어서고."

재범이는 IMF로 모든 것을 잃어버렸지만 IMF로 돈을 다시 벌었다. 그 당시 경영이 불투명해진 기업들은 주요 기술을 외국에 많이 팔아먹었다. 국내에서 잘나가던 프라이드 자동차 기계설비도 영국의 중개인을 통해 중동으로 팔려나갔다. 그런데 문제가 생겼다. 설비 이전을 해주고 잔금을 주고받는 과정에서 계약이 깨진 것이다. 국내 기업은 기술 이전을 해주지 않았고 중동 쪽에서는 잔금을 보내지 않았다.

중개를 맡았던 영국 기업은 프라이드 설비를 다룰 수 있는 기술자를 찾았다. 낚시나 하면서 세상을 등지고 있던 재범이는 영국 중개인을 만난 지 일주일 만에 중동으로 날아갔다. 그곳에서 일하며 한달에 한번 국내에 들어와 가족을 보았다. 그는 중동 전역을 돌아다니며 자유롭게 살았다. 외국인들의 자유가 보장되는 곳에서 술과 여자와 노래에 빠져 세상을 조롱하면서 다시 히피적 삶을 찾아 떠돌아다녔다.

"좆같은 세상! 제발 나를 건들지 말라고 해. 나도 이 더러운 세상과 복잡한 인연 만들고 싶지 않거든."

요즘도 술이 거나하게 들어가면 그가 내뱉는 말이다. 어쩌다가 정치 얘기가 나오면 욕설을 퍼부었다. 그는 세상에서 가장 희망이 없는 나라 중의 하나가 대한민국이라고 했다. 여전히 군사문화에서 벗어나지 못한 미개한 나라라고 했다.

이제 그의 나이도 육십을 바라보고 있다. 귀촌을 해서 낚시나 하며 살고 싶다고 한다. 그의 걱정은 늘 한가지다. 인디 음악을 하고 있는 딸이 어떤 식으로든 안정된 삶을 찾는 것이다. 어릴 적부터 자신이 듣던 음악을 똑같이 듣고 자란 딸에게 못된 유산을 물려줬다는 죄의식도 갖고 있었다. 딸아이는 재능이 있어서 방송계로 나갈 기회도 얻었지만 자기 피를 이어받아 앵무새처럼 남이 만들어준 노래 부르는 걸 좋아하지 않는다고 했다.

나는 히피적 삶을 사는 아버지와 인디 음악을 하는 딸 얘기를 소설로 엮으면서 하태산의 삶을 끌어오고 싶다고 말했다. 대수롭지 않다는 표정으로 귀를 기울이던 재범이는 내 얘기 속으로 점점 들어왔다.

"뭔가 있을 것 같네. 좋아. 니가 줄창 쓰고 있는 노동소설보다 훨씬 낫다. 해봐. 내가 할 수 있는 건 다 할게."

그는 열흘 만에 전세계적으로 유명한 저항의 노래 중 스무곡을 선정해 CD로 구워왔다. 첫 노래가 존 레넌의 「이매진」으로 기타 반주를 넣어 노래까지 불렀다. 비틀스의 맏형인 존 레넌이 오노 요오꼬를 만난 얘기도 해주었다. 우연히 길거리를 지나다 오노 요오꼬가 발가벗은 채 퍼포먼스 하는 걸 보고 한눈에 반해 결혼했다고 한다. 더불어 존 레넌이 내가 좋아할 만한 말을 인터뷰를 통해 전

세계로 퍼뜨린 기사들도 모아서 갖고 왔다.

　　노동자들이 세상을 바꾸는 데 나서게 만들어야죠.

　　저는 노동자들이 자신이 처한 불행한 상태를 정말로 인식하게 만들고 싶어요. 그건 그들을 둘러싼 꿈을 깨뜨려야 가능하다고 생각해요. 그들은 훌륭한 자유언론의 나라에 살고 있다고 생각하거든요. 자동차와 TV가 있고 인생에서 그 이상의 것이 있다고 생각하고 싶어하지 않죠.

　　재범이는 다시 기타 줄을 튕겼다. 나는 술잔을 기울였다. 많이 들었던 광주항쟁 관련 노래여서 나도 모르게 노랫말을 흥얼거렸다. '왜 찔렀지. 왜 쏘았지. 트럭에 실려 어딜 갔지.' 재범이가 기타를 멈추고 나를 보며 웃었다.

　　"이 노래가 어느 나라 노랜지는 알면서 부르는 거냐?"

　　재범이는 「누가 할머니를 죽였는가」라는 프랑스 샹송이라고 했다. 할머니의 꽃밭이 재개발에 밀려 사라지자 꽃도 나무도 잃어버린 할머니가 더이상 생의 기쁨을 찾을 수 없어 죽을 수밖에 없었다는 내용을 담고 있다고 했다. 그 쓸쓸한 곡에 광주항쟁에서 벌어진 살육의 현장을 누군가가 노랫말로 입혀 불렀던 노래라고 했다. 훗날 이 곡을 편곡한 연주곡이 「겨울연가」라는 드라마 삽입곡으로 나와 사람들에게 널리 퍼진 멜로디인데 드라마를 좋아했던 사람들이 그 멜로디에 숨어 있는 비극적 슬픔을 알기나 했을까, 라는 말을 자조적으로 흘리며 재범이는 다시 기타를 두들겼다.

공장은 외국인 노동자들로 득실거렸다. 11월부터 밀려드는 주문을 처리하기 위해 태국에서 온 불법체류자 열여섯명과 키르기스스탄에서 온 노동자 두명이 고용됐다. 이십대 중후반에서 삼십대 중후반으로 보이는 젊은 사람들이었다. 한국말을 할 줄 아는 사람은 이십대 중반의 태국 여성 한명뿐이었다. 그녀는 한국에 들어온 지 삼년이 됐다고 했다.

태국인들의 얼굴은 햇볕에 까맣게 그을려 있었다. 그들은 여름내 감자밭과 배추밭에서 일하다가 이 공장에 왔다고 했다. 음식이 맞지 않아 고생했다는 여자들의 얼굴엔 여드름 같은 것이 자글자글 돋아나 있었다. 공장이 사람들로 들어차 요란스러웠다.

호떡실에는 두개의 철판 라인이 있었다. 가을까지 한 라인만 돌리다 두 라인을 돌리게 됐다. 날씨가 추워지면서 학교 급식으로 호떡이 많이 들어가게 되었기 때문이다. 아주머니들이 호떡 반죽에 설탕을 넣고 감싸서 철판에 올려놓는 시범을 보인다. 말이 안 통하니 아주머니들 혼자서 말한다. '알았지? 알았지?' 외국인 노동자들의 얼굴에 입을 들이대고 말해보지만 그들은 비쭉거리기만 했다.

"복장 터져 죽겠네."

나 역시 한 태국 남자에게 호떡 뒤집는 시범을 보이고 집게질 하는 요령을 알려준다. 단순한 일이니 반나절이면 방법을 터득할 수 있다. 문제는 숙달이다. 그건 일차적으로 시간이 해결해줄 수밖에 없다. 그다음부터는 스스로 부지런히 손놀림을 익혀야 한다.

외국인 노동자들은 이틀 동안 아주머니들의 꾸지람을 들으면서 열심히 방법을 익혔다. 사흘쯤 되자 그들은 자기들끼리 이야기를 주고받는 여유를 보였다. 깔깔거리는 웃음을 터뜨리거나 서로 핏대를 세우면서 목청을 높여 다투기도 했다.

"태국에 있는 공장에 일하러 왔구먼. 일 끝나고 관광이나 하자고!"

아주머니들은 그네들의 떠드는 소리가 싫었다. 늘 귓전을 울리는 환풍기 소리 때문에 모두들 가는귀가 먹은 상태였다. 자신들이 가끔 떠들고 웃는 것은 스트레스 해소의 일환이지만 낯선 목소리들은 환풍기 소리처럼 짜증을 불러일으키는 소음일 뿐이었다.

공장에서 만드는 품목은 모두 여섯종류였다. 호떡, 찐빵, 핫도그, 감자떡, 김말이, 붕어빵. 주문 순서에 맞춰 생산을 하지만 호떡은 매일 만들었다. 인원이 늘어나자 사장은 매일 현장에 나와 작업과 정을 살폈다. 나는 쳐다보지도 경계하지도 않고 오직 생산량 확대에만 매달렸다.

나는 사장이 전혀 의식되지 않았다. 사장과의 문제는 사장이 문제를 다시 꺼내들 때 대처하기로 했다. 연변 동포 부부, 인도에서 온 부부, 그리고 태국에서 온 불법체류자들과 키르기스스탄에서 온 젊은 여성 둘. 공장은 우리까지 다섯 나라 사람들로 북적거렸다.

나는 호떡을 집어 담는 데 열중했다. 모든 시끄러운 소리들이 점점 멀어져가고 하태산의 얼굴이 떠올랐다. 그는 과연 어떤 사람일까. 한때 몇년을 같이 활동했지만 그의 고향도 그의 집안 내력도 알지 못한다. 그가 세상 밖으로 알리지 않은 이유가 있을 것 같아서 묻지 않았다. 힘겹게 투쟁하던 시절, 그런 것은 관심 밖의 일이기도 했다.

이상하게도 하태산의 삶을 더듬을수록 내가 끌고 온 생의 발자취가 보였다. 돌아보면 기쁨보다는 슬픔이 많았던 세월이다. 셋째 형이 월남에 간 그 이듬해 집 안의 모든 물건들에 빨간 딱지가 붙었다. 아버지가 평생 동안 공사판을 떠돌면서 장만한 집도 압류를 당했다. 큰형이 하던 사업이 부도나면서 우리는 거리로 나앉게 됐다.

큰형 부부가 개봉동에 월세방을 얻어 떠나고 남은 가족은 어머니 집으로 들어갔다. 당시 어머니는 응암동에서 대흥동 빈민가로 신당을 옮겼다. 아버지가 어머니를 더 멀리 내쫓았던 것이다. 어머니는 아무런 말 없이 반갑게 자식들을 맞이했다. 여섯 가구가 각각 방 하나에 부엌 하나를 맞대고 살면서 마당 한가운데에 수도꼭지가 매달려 있는 기와집이었다.

초등학교 육학년 때 졸업을 얼마 남겨놓지 않고 벌어진 일이었다. 학교는 새벽같이 일어나 한시간 동안 버스를 타고 간 뒤 삼십분을 걸어야 도착할 수 있었다. 선생님은 나에게 중학교를 가야 한다고 했다. 나도 중학생 모자를 쓰고 공부하고 싶었다. 현실은 냉혹했다. 밥 먹는 쌀조차 한되씩 봉투로 사먹고 연탄도 매일 몇장씩만 사서 겨울을 보내는 고단한 생활은 생존활동 이외의 다른 것을 허락하지 않았다.

초등학교 내 졸업식엔 아무도 오지 않았다. 괜찮다고 나는 자신을 다독였다. 졸업장은 물론 우등상장을 뿌듯하게 받아 안았다. 선생님은 나중에라도 꼭 중학교에 들어가 공부를 해야 한다며 격려를 해줬다. 졸업식이 모두 끝나고 아이들은 가족들과 함께 꽃다발을 한아름 안은 채 저마다 음식점으로 향했다. 나는 화장실에 숨어 그들이 모두 돌아가기를 기다렸다. 웅성거리는 소리가 잦아들고 복도를 걷는 발걸음 소리도 멈추어 텅 빈 적막감만 흐를 때 화장실 밖으로 나왔다. 복도 유리창 너머로 보니 아이들이 정문 밖으로 사라지고 있었다.

나는 사층 계단을 내려와서 건물 밖으로 향했다. 발걸음 소리가 어깨를 밟고 짓눌렀다. 먼지처럼 쌓이던 슬픔이 점점 커다란 무게로 온몸을 뒤덮었다. 건물 밖으로 나오니 한쪽 구석에 있는 쓰레기 소각장에서 연기가 피어오르고 있었다. 그곳으로 다가갔다. 뻘건 불길이 뱀의 혀처럼 몸을 놀리며 불쌍한 놈이라고 조롱했다. 눈물이 핑 돌았다. 손에 둘둘 말아 쥐고 있던 우등상장과 졸업장을 폈다. 모든 의미가 사라진 종이 쪼가리들을 갈기갈기 찢어 불 위로 던졌다. 눈물이 뚝뚝 떨어져내리는 눈으로 그것들이 타오르는 것을 보았다. 아무런 생각도 들지 않았다. 암울한 기운에 휩싸인 채 집을 향해 걸었다.

버스가 온 길을 되짚어서 나는 걸었다. 맵찬 겨울바람이 불어대는 도로 갓길을 걸으며 울었다. 자동차들이 내게 먼지바람을 내던지며 지나갔다. 우는 게 힘들 땐 허리가 끊어질 듯한 통증이 일어난다는 걸 그때 알았다. 힘이 들어 쭈그려 앉아서 마음을 진정시키며 노래를 불렀다. 몇곡을 불렀지만 흥은 일어나지 않고 오히려 기운만 뺏어갔다. 그날 이후 내 몸 안에선 흥이 사라지고 우울이 들어찼다. 추위에 얼어붙은 몸을 끌고 집에 도착했을 땐 온통 사방이 어둠에 가려져 있었다.

현실은 내게 선택권을 주지 않았다. 어떤 의사 표시도 저항도 할 수 없게 만들었다. 집에서 놀 수는 없어 공장에 들어갔다. 어머니의 소개로 동네 개눈박이 형이 공장장으로 일하는 실공장에 들어갔다. 공장은 양철지붕 아래에 판자로 벽을 둘러 만들었는데 문의 아귀가 잘 맞지 않았다. 지붕에 올렸던 것과 똑같은 철판에 나무를 대서 만든 문을 개눈박이가 발로 찼다. 그를 따라 어두침침한 공장 안으로 들어서자 매캐한 냄새가 눈과 코를 찔러댔다. 전구에서 쏟아져나온 불빛 사이로 뿌연 먼지가 벌레처럼 날아다녔다.

"쫄다구 왔나?"

실을 매만지고 있던 촉새가 하얀 이를 드러내며 웃었다. 곱슬머리에 키가 컸다.

문 앞쪽엔 사람 키만 한 높이에 선반이 설치돼 있었다. 그곳에는 커다란 실통 다섯개가 매달려 쉴 새 없이 돌고 있었다. 촉새가 있는 곳에도 그의 허리 높이 정도로 선반이 설치돼 있었다. 재봉질을 할 때 쓰는 실패가 앞쪽 실통이 돌아가는 속도에 맞춰 부지런히 돌며 실을 감았다. 책이나 가죽을 제본할 수 있는 실을 실패로 옮겨 감는 곳이었다.

"몇살?"

촉새가 다가왔다. 그의 머리와 눈썹 위에는 먼지가 수북이 내려앉아 있었다.

"열네살이에요."

"완전 애기네? 너 여기서 일할 수 있겠어?"

나는 고개를 끄덕였고 일을 배우기 시작했다. 어려운 일은 아니었다. 실통에서 실패로 옮겨 감는 실이 매끈하게 감길 수 있도록 하면 되는 일이었다. 그러려면 실을 손바닥에 대고 실패에 잘 감길 수 있게 올리고 내려줘야 했다. 기계가 스스로 그 일을 하고 있었지만 잘못 감기는 일이 많아서 실들을 지켜보면서 손바닥으로 조절을 해줘야만 했다.

기계를 보고 실통을 갈아 끼우는 일은 촉새가 했다. 개눈박이는 사장처럼 영업을 하면서 오토바이로 거래처에 물건을 납품했다. 반나절 일을 하고 나니 손바닥이 얼얼했다. 장갑을 낀 채 하라고 했지만 실이 골고루 감기는지 감각을 알 수 없어 장갑을 벗었다 끼기를 반복했다. 점심은 문 앞쪽 촉새가 기거하는 쪽방에서 라면을 끓여 먹었다. 촉새가 김치와 마가린을 넣고 라면을 끓였는데 맛이 일품이었다.

촉새의 방엔 늘 『선데이 서울』과 만화책이 나뒹굴었다. 이불은 한쪽 구석에 둘둘 말려 있었다. 열여덟살인 촉새는 퀴퀴한 냄새가 진동하는 쪽방에서 늘 여자 이야기를 꺼내 떠벌렸다. 월급은 오천 원이었다. 나는 그곳에서 촉새의 구박을 받으며 일년 동안 지냈다. 여린 손바닥은 날카로운 실에 베여 상처를 입었다 나으면서 굳은 살이 똘똘 뭉친 손으로 바뀌었다.

나는 꿈도 희망도 없이 촉새가 꺼내놓는 말에 재미를 붙여가며 지냈다. 출퇴근을 하면서 중학생 모자를 쓴 아이들을 볼 때마다 기운이 빠졌다. 그들이 쓰고 있는 모자를 나도 쓰고 싶었다. 그들이 들고 다니는 가방을 들고 다니고 싶었고, 선생님이 칠판에 쓰는 분필 글씨도 보고 싶었다. 공부를 하려고 마음을 다잡았다. 반년쯤 지나면서 독학으로 영어 공부를 시작했다. 점심시간에도 현장 구석의 불빛 아래서 책을 들여다봤다. 촉새는 뱁새가 황새 쫓아가다 가랑이 찢어진다며 영어 책을 자주 내던졌지만 상관하지 않았다. 나는 검정고시를 통과해 고등학교에 들어가고 싶었다.

"이 새끼가 나를 놀려!"

어느날 촉새가 책을 던지고 나를 벽에 세워 밀치며 두 눈을 노려봤다. 그는 공장에서 책 보지 말라는 자기 말이 말 같지 않냐며 뺨을 서너차례 갈겼다. 나에게 잘못했다고 빌라고 했다. 나는 그의 눈을 멀뚱멀뚱 바라보며 놀리는 거 아니라고 했다. 그러자 그는 자기를 얕잡아본다며 더 흥분했다.

"이 좆같은 새끼!"

그는 왼손으로 내 목을 조르며 뺨을 갈기기 시작했다. 때릴 때마다 '개새끼'를 연발했다. 나는 정신이 없었다. 그의 거친 숨소리가 코앞에서 들려오며 철썩철썩 소리가 날 때마다 뺨에서 불이 났다. 셀 수도 없을 만큼 거침없이 뺨을 가격당하자 무릎이 꺾어졌다. 그는 내 몸이 밑으로 처지면 목을 올려세우며 다시 후려갈겼다. 나는 숨이 막혀 눈을 감은 채 컥컥거렸다. 침과 피가 범벅이 되어 턱밑으로 흘러내리자 촉새는 그제야 손을 놓고 뒤로 물러났다. 나는 쭈그려 앉은 채 눈물을 흘렸다.

"이 좆만한 새꺄! 너 한번 더 까불면 여기서 뒈진다. 쥐뿔도 없는 새끼가 어디서 건방을 떨어, 좆만한 새끼!"

나는 며칠 동안 뺨이 퉁퉁 부은 얼굴로 다녔지만 아무도 관심을 두지 않았다. 나는 사람들 시선을 피해서 다녔고 도대체 내가 공부한다는데 왜 놈이 발광을 하는지 알 수 없어 한동안 분을 삭이지 못해 그의 등짝을 노려보기도 했다.

그날 이후 촉새에 대한 두려움이 생겼다. 억울하게 맞으면서도 대항 한번 하지 못했다는 무력감이 나를 움츠러들게 했다. 그렇다고 공부를 중단할 순 없었다. 그를 피해 다니며 책을 봤다. 내가 불쌍했는지, 아니면 대견스럽게 보였는지 촉새도 더이상 나를 건드리지 않았다. 나는 중학교 과정의 영어와 수학을 어느정도 독파했다. 일년쯤 됐을 때 개눈박이에게 그동안 맡겨둔 월급을 달라고 했다. 개눈박이는 둘째 형이 일주일 전에 찾아갔다고 했다. 청천벽력 같은 소리였다. 검정고시 학원을 다니기 위해 집에다가도 일년 동안 공장에 월급을 맡겨놓을 거라고 했었다. 나는 울면서 형을 찾았으나 그날 이후 형은 자취를 감춰버렸다.

나는 상실감을 견디지 못해 공장을 그만뒀다. 형들은 뿔뿔이 흩어져 어디론가 돈을 벌기 위해 떠났다. 나는 어머니 곁에서 공부를 하며 지냈다. 동네 친구들을 통해 일자리도 알아보았다. 그러다가 이듬해 비가 추적추적 내리는 봄날 월남전에 참전했던 형이 돌아왔다. 그는 내게 뭐하느냐고 물었다. 나는 공장을 다니다가 그만두고 일자리를 알아보고 있다고 했다. 다음날 형은 내 손을 잡아끌고 서울역 근처에 있는 야학을 찾아갔다. 나는 형이 목숨을 걸고 벌어온 돈으로 공부를 시작했다.

점심시간이 됐다. 나는 마지막까지 남아서 호떡을 다 집어 담은 뒤 마지막으로 나가야 했다. 사람들은 이층에 있는 식당으로 서둘러 올라갔다. 외국인 노동자들이 많아서 밥을 먹으려면 줄서서 기다려야 한다. 작업장 불을 끄고 올라가니 시끌벅적했다.

"태국 식당에 왔는데 한국 음식뿐이네. 아줌마, 전화 걸어. 맛없는 한국 음식 말고 태국 음식 가져오라고 해."

쏘니가 싱글싱글 웃으면서 말했다. 그는 삼년째 이 공장을 다니고 있는 인도에서 온 불법체류자로 한국말도 잘하고 실없이 웃기는 소리도 잘하는 덩치가 산만 한 친구였다. 부인 이름은 립이었다. 아주머니들이 유일하게 좋아하는 외국인 부부였다. 그들은 내게도 각별한 인상으로 남아 있다. 처음 이 공장에 들어와 많이 힘들어할 때였다. 하루 종일 호떡 불판에서 땀을 비 오듯이 쏟으면 아주머니들이 걱정스러운 눈빛으로 나를 쳐다보곤 했다. 공장을 다닌 지 일주일쯤 됐을 때 인도인 부부가 나를 불렀다.

"아저씨, 우리랑 바꿔서 일할래요?"

내게 아무도 관심을 갖지 않을 때 그 부부가 따뜻한 손길을 내밀었다. 그들의 작업은 호떡 반죽이었다. 그곳은 덥지 않았고 라인 작업이 아니어서 바쁘지도 않았다. 부부의 얼굴을 들여다봤다. 립의 눈엔 안쓰러워하고 걱정스러워하는 눈빛이 짙게 배어 있었다.

"고맙지만 우리 마음대로 바꿀 순 없잖아. 괜찮아요, 할 만하니까."

인도에 있는 립의 아버지는 나와 나이가 같았다. 그녀는 자기 아버지는 일 안한다고 하면서 나보고 대단하다고 했다. 사랑스러운 여인이었다. 키도 크고 늘씬했다. 돈을 벌면 영문학을 공부하고 싶어했다. 영어를 잘해서 외국인 노동자 중에 영어를 하는 사람이 있으면 그녀가 통역을 해줬다.

사람의 성품은 타고난 것도 있지만 상황이 만들어내기도 한다.

태국 친구들은 국내에서 몇년째 도망 다니며 일하고 있었다. 그들은 한국 사람을 별로 좋아하지 않았다. 불법체류자라는 약점을 잡아서 차별대우 하는 걸 잘 알고 있기 때문이었다. 그들은 보이지 않게 경계를 하면서 일은 적당히 했다. 모두들 돈만 챙기면 그만이라는 식이었다. 작업하고 나서 뒷정리도 대충했다. 아주머니들은 그런 태도를 싫어했다. 남의 돈을 얻으려면 그만큼 일해줘야 한다는 강박관념을 가지고 있었다. 평생 가난을 등에 지고 살면서도 일 시키는 사람이 만들어놓은 말에 길들여져 있는 것이다. 일 시키는 사람은 일한 만큼 댓가를 지불하지 않는다는 것을 알면서도 그들은 남의 돈 얻기가 쉽지 않다는 점만 강조했다.

아주머니들은 유행가 메들리를 틀어놓고 오후작업을 시작했다. 그네들은 태국 사람들이 떠드는 소리가 정신없다며 수천곡이 담겨 있는 주크박스를 갖고 왔다. 명섭 언니가 노래를 따라 불렀다. 그녀는 목청이 좋을 뿐만 아니라 노래 실력도 수준급이다. 머리도 좋고 배짱도 좋아 뒤늦게 들어왔는데도 아주머니들을 휘어잡고 있다. 모든 아주머니들에게 존중받고 있는 왕언니를 형이라고 부르면서 보이지 않게 중심 역할을 했다.

태국 사람들은 눈살을 찌푸렸지만 아주머니들의 기세를 막을 수 없었다. 환풍기 소리를 뚫고 울려나오는 노랫소리에 맞춰 아주머니들이 빠르게 움직였다. 평소에도 점심시간 후에는 활기차게 일이 시작되곤 했다. 밥도 먹었고 점심시간 때 쉬었으니 힘이 생기는 것이다. 그네들은 유행가를 따라 부르며 몸을 흔들기까지 했다. 「오라버니」라는 노래를 찾아 틀고서 명자가 다가왔다. 그녀는 마흔아홉살로 막내 아주머니였다.

인순이는 나를 오빠라고 부르고 명자는 오라버니라고 부른다. 그네들은 아침에 한번 오후에 한번 반드시 내게 장난질을 치며 호떡실에 웃음을 뿌렸다. 작업도구를 흔들면서 다가온 명자는 내 골반을 엉덩이로 툭툭 치면서 오라버니 나 왔어유, 한다. 흘러나오는 노래도 걸작이었다.

오라버니 어깨에 기대어볼래요
커다란 가슴에 얼굴을 묻고
지금 이대로 죽어도 여한 없어요
나는 정말 여자라서 행복해요

명자는 춤을 추면서 노랫말에 따라 내 어깨에 머리를 기대고 얼굴을 묻는 척했다. 심지어는 작업도구를 든 채 하트 모양을 그리면서 껴안는 시늉까지 했다. 내가 화들짝 놀라 뒷걸음질이라도 치면 아주머니들의 웃음소리가 호떡실을 가득 메웠다. 사장은 모니터로 그 광경을 보면서도 뭐라 하지 않았다. 노래가 사람의 흥을 일으켜 생산이 더 늘어난다고 계산하는 것이다.

사장은 우리가 쉬는 시간도 아까워했다. 육개월 전만 해도 오후 세시 반에 십오분을 쉬었다. 나중에 안 일이지만 쉬는 시간을 무급으로 시급에서 제하고 있었다. 그 말을 듣고 참 지독한 인간이라고 여겼다. 근로기준법은 네시간 노동을 하면 삼십분을 쉬게 해줘야 한다고 규정하고 있으니 불법이었다. 그런데 아예 쉬는 시간을 없애고 한사람씩 돌아가면서 화장실만 갔다 오게 했다.

아주머니들이 공장장에게 항의했지만 소용없었다. 공장장은 사장에게 직접 가서 따지라고 하면서 뒷전으로 물러났다. 사장의 말 한마디가 공장의 법이었다. 그는 생산량을 극대화하기 위해 작업시간도 변경했다. 오후 다섯시 사십분에 작업을 끝내고 청소를 해야 그나마 기름을 닦아낼 수 있는데 여섯시 십오분까지 작업을 하라고 지시했다.

그건 어리석은 일이었다. 오후 네시만 돼도 작업장엔 침묵이 내려앉았다. 아주머니들이 힘에 겨워하며 몸이 무거워지고 있다는 신호였다. 그런데 여섯시가 넘어서까지 작업을 하라고 하자 아주머니들은 일하는 속도를 줄였다. 생산량은 사장이 생각한 것보다 늘어나지 않았다.

가뜩이나 부족한 청소시간이 줄어들자 현장은 늘 지저분했다. 구멍 뚫린 철판이 덮여 있는 배수구엔 기름때가 덕지덕지 굳은 채로 붙어 있었다. 기름기를 제대로 닦아내지 못한 바닥은 늘 미끄러워 위험했다. 호떡 철판 너머로 흘러내린 식용유가 누런 고름처럼 매달려 있었다. 벽에 튀어 흐르다 붙어 있는 기름 찌꺼기도 누렇게 말라 있었다. 환풍기 후드의 갓 안쪽은 기름때에 절어 새까맸다.

해썹(HACCP, 위해요소 중점관리기준)만 피해가면 된다는 계산이었다. 이년 전만 해도 가능한 방법이었다. 식품의약품안전처(식약청)는 기업 하기 좋은 나라를 만든다는 국가 정책에 발맞춰 관리를 느슨하게 했다. 해썹 검열을 나가는 날짜까지 미리 알려주어 검사를 받게 했다. 하지만 해썹 관리가 엉망이라는 보도가 텔레비전에 자주 나오면서 식약청에서도 적극적 관리로 선회해갔다. 당국은 작년부터 어느 달에 나간다는 정보만 주고 검열을 나왔다. 달까지 알려줬지만 우리 공장은 세번을 탈락했다. 눈치를 보다 제때에 청소를 하지 못했기 때문이었다.

해썹은 세번 통과하지 못하면 인증이 취소된다. 그런데도 우리 공장은 무사했다. 공장과 그들 사이에 무슨 일이 있었던 것일까. 사장이 사정사정해서 통과됐다는 후문이 있었지만 알 수 없었다. 사정만 하면 통과가 되는 해썹 검열을 왜 하는지 이해할 수 없었다.

전에 다니던 합판공장에서도 본드가 섞인 물을 하수구로 그냥 흘려보냈다. 일년 전, 주변 농가에 의해 신고를 받고 벌금을 냈는데도 시간이 흐르자 희석제를 섞는 비용이 다시 아까워진 것이었다. 나는 식수인 남한강으로 곧장 그 물을 흘려보낼 수 없어 못한다고 했다. 공장장은 사장님 뜻이라고 그냥 버리라고 했지만 끝까지 안 버렸다. 결국 사장은 희석제를 사들이게 되었다. 그 사건 이후 사장은 나를 보는 눈빛을 바꿨다. 일 잘한다고 정중하게 인사까지 건네던 그가 본체만체했다.

모든 게 돈이다. 아무리 법을 만들어도 그걸 빠져나갈 방법을 찾는 게 자본이다. 착한 사장은 있으나 착한 자본가는 있을 수가 없다. 이윤을 최대의 가치로 여기는 게 자본의 속성이었다.

우리는 사장의 말대로 퇴근시간 직전까지 호떡을 만들고 부랴부랴 바닥만 세제로 닦아낸 뒤 퇴근했다. 녹초가 된 내 몸은 막걸리를 불렀다. 하루 종일 유증기를 마시고 나면 속이 니글니글하고 구역질까지 나왔다. 폐에 가장 안 좋다는 유증기를 열시간씩 마시면서 일당 육만원 정도 받는 현실이 지긋지긋했다.

　나는 부유면에 도착해 '꼬꼬닭집'을 찾았다. 술집 여주인은 어려서부터 공장과 버스 회사, 그리고 술집을 전전했다. 나이 사십 넘어 고향으로 돌아왔지만 엉킨 실타래처럼 꼬인 삶을 견디다 못해 남한강 다리 위에서 투신했으나 살아났다. 모진 게 목숨이라며 그녀는 술장사를 하면서 늘 술에 절어 있었다. 문을 열고 들어서는데 그녀가 모자를 꾹 눌러쓴 채 오늘은 장사 못한다며 미안해했다. 한눈에 알아볼 수 있는 얼굴의 상처, 누구에게 맞았을까. 왜 세상은 이 모양인지. 슈퍼에서 소주 한병을 사서 집으로 돌아와 재범이가 구워준 CD를 틀었다.

　　어디에도 붉은 꽃을 심지 마라
　　거리에도 산비탈에도 너희 집 마당가에도
　　살아남은 자들의 가슴엔 아직도
　　칸나보다 봉숭아보다 더욱 붉은 저 꽃들
　　어디에도 붉은 꽃을 심지 마라
　　그 꽃들 베어진 날에 아 빛나던 별들

　하태산이 광주항쟁을 잊지 말자며 만든 노래였다. 노래 사이로 기억 속에 남아 있는 수많은 영상들이 흘러다녔다. 계엄군의 개머리판에 맞아 머리가 으깨진 시민, 임산부의 배에 대검이 꽂히고 진압봉으로 두들겨 맞으며 개처럼 끌려가던 청년들, 금남로를 차량으로 막고 계엄군과 대치하던 시민군들, 도청 앞에 모아놓은 시신들, 그들의 몸에서 끝없이 흐르던 붉은 피.

공부를 해서 대학만 가면 훌륭한 사람이 될 거라는 믿음은 일찌감치 깨지고 말았다. 검정고시를 통과해 국내 제일의 사립 고등학교 입학시험에 합격했을 땐 자부심도 컸었다. 몇십명이 모여 있던 야학에서 수백명이 모여 있는 학교에 첫발을 내디뎠을 땐 원하는 모든 것을 다 이룰 수 있을 것만 같았다.

내 인생은 독서모임에 들어가면서 뒤틀려버렸다. 일학년 일학기가 끝날 무렵 몇몇 친구가 독서모임에 가입하라고 했다. 공부 잘하고 모범적인 친구들이었다. 다른 학교 여학생하고 같이하는 모임인데 신부님이 주관한다고 했다. 나는 별생각 없이 친구들을 따라서 후암동 근처에 있는 성당에 갔다. 정문 안쪽에 커다란 아름드리 느티나무가 기품 있게 위용을 드러내고 있는 정갈한 성당이었다.

여학생 일곱명과 남학생 열세명이 모였다. 신부님은 삼십대 중반으로 보이는 젊은 분이었다. 잠자리 안경을 쓴 그는 부드러운 말투로 우리를 맞이했다. 하얀 페인트로 깔끔하게 칠해져 있는 공간 가운데 긴 나무 탁자가 자리하고 있었다. 여자들은 왼쪽에 남자들은 그 맞은편에 자리를 잡고 마주 앉았다.

나는 맞은편에 있는 친구들을 힐끗 쳐다보고 고개를 숙였다. 다 같이 모여 있는 풍경이 낯설게 다가왔다. 그들과 나는 다르다는 생각이 들었다. 그들의 얼굴엔 내가 보면서 자랐던 어둡고 투박한 기운과는 다른 밝고 따뜻한 인상이 깃들어 있었다. 그 모습이 보기 싫은 것은 아니었지만 어떤 위화감이 그들과 섞이려 하는 나를 가로막았다.

신부님은 젊을 때 책을 많이 읽어야 한다고 했다. 책을 통해서 또다른 인생을 경험할 수 있다고 했다. 한권의 책을 선정해서 읽고 보름에 한번씩 모여 토론하기로 했다. 처음 선정한 책은 헤르만 헤세의 『데미안』이었다. 나는 집으로 돌아와 망설였다. 그들과 함께 있을 때의 불편한 시간과 막연한 불안감이 싫었다. 다음부터는 나가지 말자고 생각했다가 학교 도서관에서 우연히 『데미안』을 보고 꺼내 읽어보았다.

내 속에서 솟아나오려는 것, 바로 그것을 살아보려 했다. 왜 그것이 그토록 어려웠을까.

데미안의 첫 문장이 나를 압도했다. 무슨 말인지 설명할 수 없었지만 그 문장이 머릿속을 뒤흔들었다. 이제 기억도 희미한 그 소설이 한번도 소설책을 읽어본 적이 없던 나에게 존재에 대한 물음을 던졌던 것이다.

새는 투쟁을 통해 알에서 나온다. 알은 세계다. 태어나려는 자는 하나의 세계를 깨뜨려야 한다.

책 속에서 또다른 인생을 만날 수 있다는 신부의 말은 옳았다. 나는 책 속의 내용을 제대로 이해 못하면서도 문장들이 던지는 모호한 의미를 끊임없이 되새겼다. 어린 시절 가난이라는 흉기로 인해 흥을 빼앗긴 마음 안에 생의 답을 찾고 싶은 물음들이 돋아났다. 난 떠돌기 시작했다. 확실했던 모든 것이 불투명해졌고 모든 실체가 흐물흐물해졌다.

나는 점점 일상의 틀을 무의식적으로 깨기 시작했다. 학교를 갈 때마다 짐짝처럼 구겨져 버스에 처박히는 게 싫었다. 아교로 붙여놓은 듯 사람들과 맞붙어 거친 숨소리를 듣는 것도 싫었고 그들의 머리카락이 얼굴을 간질이는 것도 더더욱 싫었다. 밥도 안 먹고 새벽같이 학교에 갔다. 좌석에 앉아 어둠속을 달리는 버스 안에 있으면 그냥 좋았다. 어쩌다 늦잠을 자는 경우엔 아예 한시간 늦게 등교했다. 담임선생에게 지청구를 듣고 뺨을 맞아도 사람들이 북적이는 시간엔 절대 버스를 타지 않았다.

집에 돌아오면 운동화를 벗고 하얀 고무신을 끌고 다녔다. 이유는 없었다. 아버지가 신던 고무신이 편하고 예뻤다. 여전히 가난한 탓도 있었지만 한달 내내 같은 청바지와 윗도리를 입고 다녔다. 머리는 생각나면 감았고 세수도 하고 싶을 때만 했다. 독서모임 친구들이 가끔 나를 밀어내며 손사래를 쳤다.

"냄새난다. 세수는 했어?"

나는 그럴 때마다 청미를 바라봤다. 첫눈에 마음이 끌린 여학생이었다. 첫 모임에서 내 앞에 앉아 있던 그녀는 『데미안』의 첫 문장만큼이나 내 마음을 설레게 했다. 독서모임을 그만두고 혼자서 책을 볼 수도 있었지만 그녀 때문에 그만둘 수가 없었다. 단발머리에 유난히 검고 청순해 보이던 눈동자, 청바지에 선명한 주홍빛 티셔츠를 입고 올 때면 정신이 아득해졌다.

　그녀는 말할 때 거침이 없었다. 생각나는 대로 새처럼 조잘거렸으며 말을 하다 말고 잊어버렸다면서 천진난만하게 웃기도 했다. 어느날 나는 그녀가 신부님을 좋아하고 있다는 것을 알아차렸다. 아이들이 토론에 열중하고 있을 때 그녀는 멍하니 신부를 쳐다보곤 했다. 아니나 다를까 그녀의 장래 꿈은 수녀였다. 수녀복을 입은 그녀의 모습을 상상하다 왜 수녀가 되고 싶은지 물어보고 싶어졌다. 하지만 그녀를 마주하는 순간 몸이 얼어붙고 말았다. 혹시라도 내 마음을 들킬까봐 늘 그녀 곁에서 멀찍이 떨어져 있었다.

　우리의 모임은 고등학교 삼학년이 되면서 해체되고 말았다. 청미를 볼 수 없다는 아쉬움이 컸지만 후련하기도 했다. 토론시간은 마지막까지 따분했다. 대학에 안 가면 죽기라도 할 듯이 모두들 대학입시에 전념했다. 나는 숨통을 죄는 틀에 박힌 공간에서 교과서와 씨름하는 것이 끔찍했다. 어디론가 툭 터진 곳으로 달려가고 싶었다. 나는 알 수 없는 충동에 떠밀려 고등학교 삼학년 여름방학 때, 십구박 이십일 동안 동해로 무전여행을 떠났다.

　나는 바다가 보고 싶어 무작정 차비만 들고 경포대로 달려갔다. 세상에 태어나 처음 만나는 바다였다. 식당에서 일하고 여관에서 일하면서 바다만 봤다. 푸르게 넘실거리는 바다, 하늘과 바다의 경계를 뚜렷이 만들어놓는 수평선, 세상을 밝히며 떠오르는 해, 붉은 노을 속에서 출렁이는 바다, 어둠속에서 울부짖는 파도소리, 캄캄한 밤하늘을 가득 메운 수많은 별들. 끝없이 봐도 질리지 않았던 바다에서 생의 한줄기 빛이라도 보고 싶었지만 그 어떤 실체도 잡지 못한 채 간신히 대학 입시 문턱을 넘었다.

나는 실존주의와 허무주의와 초현실주의를 넘나들면서 시를 썼다. 무병을 앓고서 신내림을 받은 어머니의 영향 때문인지 꿈이 늘 예사롭지 않았다. 고등학교 이학년 땐 어머니와 똑같은 꿈을 사흘 동안 같은 시간에 꾼 적도 있었다.

누군가가 나를 부르는 듯해서 문을 열고서 보면 아무도 없고 책상 하나만 덩그마니 있었다. 책상 위에는 색동저고리가 걸쳐져 있었다. 벽에 거울이 걸려 있고 바람 한점 들어올 수 없게 공간은 막혀 있었다. 누가 이런 것을 갖다놨을까, 이상한 기분이 들어서 거울을 쳐다보면 눈만 박혀 있는 하얀 얼굴이 저고리 목 부분에서 기어나왔다. 그 눈이 나를 보면서 색동저고리 옷소매를 들어올렸다. 내 몸이 순식간에 두 팔에 감겨 색동저고리 속으로 끌려들어갔다. 비명을 지르며 눈을 뜨면 늘 어머니가 옆에 앉아 있었다.

"당분간 큰형 집에서 지내는 게 좋겠다."

사흘 내내 같은 꿈을 꾸자 어머니는 나를 큰형 집으로 보냈다. 아마도 내가 신내림을 받을까봐 쫓아낸 게 분명했다. 그렇게 꿈과 얽힌 일이 많았다. 그래서 나는 우리 주변에서 일어나는 불가사의한 일들을 과학적으로만 따지지 않는다. 아무튼 그 시절 앙드레 브르똥의 시와 프로이트에 대한 책을 접하고 나서는 늘 잠잘 때마다 메모지를 머리맡에 두고 잤다.

"야, 세상 다 산 인간!"

대학에 붙고 나서 고교 동창 재건이 소개로 알게 된 재범이는 나를 염세주의자 취급했다. 처음 인사를 나눌 때만 해도 별 느낌이 없던 친구였다. 그러다 기타 치는 모습을 보면서 단박에 반하게 되었다. 그는 팝송을 우리가 부르는 유행가처럼 술술 뽑아냈다. 뭔 내용인지 알까 싶어 슬쩍 물어보면 거침없이 설명을 하고 나서 꼭 '무식한 놈들!'이란 말을 덧붙였다.

나는 그의 음악적 재능과 생경한 말들을 흠모했다. 어려서부터 유행가를 읊조리며 사랑 타령이나 하던 나와는 달리 그는 팝송으로 자유를 노래했다. 꿈과 희망을 찾아가는 자유, 반전 평화를 부르짖는 자유, 밝은 세상과 어둠의 세상을 들여다보는 자유, 멋지고 아름다운 사랑에 대한 찬가. 그가 부르는 팝송에는 수많은 자유의 리듬이 있었고 생을 이야기하는 다채로운 노랫말들이 있었다. 60년대에 절정에 달했던 히피 음악이 그의 정신을 지배하고 있었다. 우린 그를 보헤미안이라고 불렀다. 내가 가끔 자유분방한 방탕주의자라고 놀리면 대번에 비웃는 소리가 날아왔다.

"양평동 깔치들 다 후리는 탕아가 너 아니냐?"

그 시절 젊은이들에게 음악다방은 '죽때리기' 좋은 안식처 같은 곳이었다. DJ가 대형 유리창 안에서 음악 신청을 받아 음악을 틀어줬다. 시도 읽어주고 하루의 기쁨과 생일 축하를 알리는 멘트도 낭랑한 목소리로 깔아주었다. 우리는 '수 다방'을 점령했다. 수 다방 DJ는 또래의 여자였다. 그녀는 재범이의 신청곡을 여러번 접하더니 말을 걸어왔고 재범이의 음악적 지식은 단번에 그녀의 기를 눌러버렸다.

수 다방은 양평동 사거리 건물 이층에 있었다. 계단을 밟고 올라가면 오른쪽으로 수 다방이 있고 맞은편에는 '너랑나랑'이라는 술집이 있었다. 주인은 같은 사람이었다. 어느날 재범이가 기타를 치면서 노래 부르는 것을 본 DJ는 반쯤 넋이 나간 채 환호했다. 그때부터 재범이는 너랑나랑에서 노래를 불러주고 술을 얻어마셨다.

이상한 일은 다방과 술집 여종업원들이 재범이에게 박수를 보내면서도 나를 좋아했다는 것이다. 그녀들은 우리 일행이 나타나면 꼭 내 옆에 와서 앉았다. 나는 상관하지 않았다. 대학에서 여대생들과는 연애도 안했는데 고등학교 때처럼 그녀들은 거리감이 있었다.

나는 딱 한사람하고만 각별하게 지냈다. 대학을 다니는 동안 문학 동아리실에서 살다시피 했다. 삼학년 초에 새로 들어온 일학년 새내기 중에 경희라고 있었다. 그녀가 스토커처럼 나를 쫓아다녔다. 골치 아픈 스토커가 아닌 수호천사 같던 그녀는 늘 내 뒷감당을 해줬다. 내가 술을 마시면 술값도 내주고 밥을 굶고 있는 것 같으면 먹을 걸 사들고 오기도 했다. 심지어 술집에 엎어진 나를 여인숙으로 옮겨주기까지 했다. 타인에 대한 배려를 천성처럼 지니고 있는 그녀와 허물없이 지냈지만 연인관계로 이어지지는 않았다. 나는 그녀의 남다른 눈길이 내 몸 어디엔가 닿으려 할 때마다 시선을 허공이나 다른 사람들에게로 돌리곤 했다.

살아온 문화의 차이였을까. 여대생들과 있으면 늘 내가 낯선 이방인이 되는 것 같았다. 그런 기분이 싫어서였는지 그네들이 뭔가 아는 척하면 괜히 무시하기도 했다. 아마도 어린 날의 치기로서 열등감의 다른 표현이었는지도 모르겠다. 아무튼 그 시절 나는 뒷골목의 삶과 여자들을 좋아했다.

나는 그네들의 아픔을 느낄 수 있었다. 그네들이 푸념과 탄식을 쌍욕 섞어가면서 하며 거품을 물어도 끝까지 다 듣고 감싸안았다. 그런 마음이 그녀들의 마음을 열게 했던 것 같았다. 나는 허무주의에 빠진 낭만주의자 흉내를 내며 수 다방 뒤에 있는 여인숙에서 자주 술에 취해 쓰러져 잤다.

술과 여자와 음악과 시 속에서 허우적거리며 살던 시절이었다. 정치적으로는 유신 체제하에서 정치, 언론, 집회 및 시위의 자유를 규제하는 일들이 난무하면서 모든 인간의 자유가 억압당하고 있을 때였다. 그러던 어느날 중앙정보부장이던 김재규가 박정희의 가슴과 머리에 총탄을 박았다.

"졸라게 해처먹더니 내 이럴 줄 알았다, 씨발!"

박정희가 저격당했다는 보도가 신문을 도배하던 날 양평동 재건이네 집에서 재범이는 침을 튀기며 말했다. 부모님이 시장에서 건어물 장사를 해 낮 동안은 재건이네 집이 우리의 아지트였다. 우린 자주 그곳에서 온갖 이야기들을 꺼내며 술을 마셨다. 재범이는 AFKN에서 뉴스를 듣고 국내 상황을 발 빠르게 전해줬다. 그날도 햇볕이 잘 들지 않는 방에서 우리는 대낮부터 막걸리를 마셨다. 방 안은 담배연기에 찌든 냄새가 물씬 풍겼다.

"이런 걸 보고 독재정권의 말로라는 거다, 씨발."

재범이가 담배를 빨아대며 말했다. 그는 말끝마다 욕설을 붙여가며 박정희 대통령을 비난한 뒤 기타를 쳤다. 이글스의 「호텔 캘리포니아」였다. 신기하게도 쌍욕을 할 땐 탁하던 그의 목소리가 노래를 부를 땐 맑고 담백한 우수를 뿜어냈다. 나는 그때 박정희의 죽음에 대해 놀라기는 했으나 내막을 알고 싶어하지는 않았다.

세상은 늘 나와 상관없이 흘러가고 생의 의미는 내면에서 흐르는 어떤 것을 찾아 희열과 기쁨을 느끼는 거라고 나는 믿었다. 그런데 한 시대가 요동을 치면서 그 파장이 나에게까지 뻗쳤다. 문학 동아리에서 큰 비중을 차지하고 있던 친구가 민주주의를 되찾을 때가 됐다고 소리쳤다. 이승무라는 그 친구는 당시 흥사단 회원이면서 학생회에서 활동하고 있었다. 그의 시는 현실 문제를 드러내는 내용들로 꽉 차 있었다.

학내 민주화와 사회 정의를 부르짖으며 학생회가 분주하게 움직였다. 이듬해 개학이 되자 학내에 소식지가 뿌려졌다. 그때 처음 전두환이라는 이름을 접하면서 쿠데타라는 용어를 들었다. 도대체 뭔 내용들인지 갈피를 잡을 수 없었지만 군인들이 또다시 정권을 잡게 해서는 안된다는 생각이 들었다.

학내 시위가 산발적으로 연일 이어졌다. 그러다가 2, 30개 대학교가 결의해 1980년 5월 14일 오만여명의 대학생이 광화문과 종로에서 가두 투쟁을 벌였다. 그 모습을 본 시민들이 다음날 적극적으로 합류해서 십만여명이 계엄 철폐와 민주화 추진을 요구했다. 어디서 그 많은 깃발이 나왔는지 독재 타도, 자유, 해방, 민주라는 깃발이 서울 거리를 가득 메웠다. 수없이 날아와 구름처럼 피어나는 최루탄 가스가 난무해도 사람들은 민주주의를 외쳤다.

사람들은 전경들에게 쫓겨 골목으로 숨어들면서도 물러서지 않았다. 골목 끝에서 최루탄 가스를 마시고 눈물 콧물을 흘리며 곤봉으로 맞으면서도 그들은 민주주의를 외쳤다. 나는 사람들의 마음에 민주주의가 간절하게 숨어 있는 것을 보고 놀랐다. 억압의 실체인 폭력에 대항하는 저항이 봄날의 눈부신 햇살처럼 어지러이 뒤엉켰다.

내가 속해 있던 한무리의 시위대가 서울역 앞을 가로막던 전경들에 의해 쫓기고 있었다. 갑자기 나타난 전경들은 시위대 한쪽을 끊어내고 백여명의 무리에게 곤봉을 휘두르며 궁지로 몰았다. 우리는 뒤돌아서 달아나다 걸음을 멈췄다. 몇백 미터 앞에 있는 염천교 위에서 전경들이 철벽처럼 진을 치고 기다리고 있었다. 진퇴양난이었다. 최루탄이 날아들고 사람들이 넘어지면서 우왕좌왕하고 있을 때 한눈에 어떤 여자가 보였다.

청미였다. 청바지에 파란 티셔츠를 입고 허리에 얇은 재킷을 둘러 묶은 채 정신없이 달리고 있었다. 나는 단발머리를 출렁이고 있는 그녀를 향해 뛰었다. "청미야!" 하고 소리를 지르며 그녀의 손을 잡고 끌었다. 청미는 나를 알아보고 해맑게 웃었다. 나는 그녀를 이끌다가 염천교 밑으로 이어져 있는 철길을 보았다. 백 미터 앞 다리 위에서 진을 치고 있던 전경들이 일사불란하게 몰려왔다.

나는 사방을 둘러봤다. 도망갈 곳이 보이지 않았다. 서울역에서 염천교로 올라가는 경사진 길의 삼분의 이 지점에서 철길을 내려다봤다. 돌로 축대를 쌓아 만들어놓은 도로 위에서 철길 밑까지는 사오 미터가 족히 넘을 듯한 높이였다. 뛰어내릴 엄두를 못 내고 있을 때 축대 중간에 삐죽 튀어나온 돌이 눈에 띄었다.

"저 돌 보이지? 내가 잡아줄 테니까 겁먹지 말고 저걸 디뎌. 그리고 거기서 뛰어내리는 거야. 할 수 있지?"

"아니. 무서워."

"할 수 있어. 하느님이 보살펴줄 거야."

"니가 하느님을 믿어?"

"뛰어내리면 믿을게. 빨리 내려가, 빨리!"

청미는 전경들이 가까워지자 내려가기 시작했다. 나는 엎드려 그녀의 손을 잡고 돌을 디딜 수 있도록 도움을 줬다.

"디뎠어!"

"뛰어!"

내가 소리치기도 전에 청미는 뛰어내렸다. 그녀는 엉덩방아를 찧었지만 내게 내려오라는 손짓까지 보냈다. 나는 땀을 뻘뻘 흘리며 돌을 디디고 뛰어내렸다. 땅을 짚고 일어서자마자 그녀의 손을 잡고 십여가닥으로 이어져 있는 철길을 가로질러 내달렸다. 마지막 철로까지 넘어서서 돌아보니 시위대가 완전히 진압되어 끌려가고 있었다.

"왜 이러지? 힘이 없어서 못 걷겠어."

긴장이 풀린 청미는 철길 옆 바닥에 털썩 주저앉았다. 5월 초 따뜻한 햇살이 철길 위에서 부서지며 반짝거렸다.

"다친 덴 없니?"

"아니, 괜찮아. 근데 어떻게 저 길 내려온 거지? 저렇게 높은데."

"니 하느님이 도와준 것 같다."

청미가 나를 쳐다보며 웃었다. 내 얼굴이 환히 비칠 듯한 그녀의 까만 눈동자는 반들반들 윤이 흐르는 검은 구슬 같았다. 흥분이 가시지 않은 그녀의 뺨에서 발갛게 가쁜 숨결이 들썩거렸다. 나는 불현듯 그녀를 안고 싶은 충동에 휩싸였다. 나는 가슴이 뛰고 얼굴이 화끈 달아올라 벌떡 일어났다.

"햇볕이 뜨겁다. 저기 나무 그늘 아래로 가서 쉬는 게 어때?"

"아직도 다리에 힘이 없어."

"손잡아줄까?"

그녀가 또다시 나를 쳐다보며 웃었다. 어디선가 정신을 어지럽히는 꽃향기가 그녀의 미소에 실려 날아들었다. 그녀가 내 손을 잡고 일어섰다. 나는 한 손으로 그녀의 오른손을 잡고 다른 한 손으로 그녀의 어깨를 감싸며 나무 그늘로 와서 앉았다. 온몸이 달아오르고 정신이 달아날 것 같은 느낌을 한 여자한테서 두번 느끼는 순간이었다. 나는 담배연기를 피워올리며 그늘 속에다 마음을 숨겼다.

"해운아, 너 참 멋있다."

청미는 플라타너스 나뭇등걸에 몸을 기댄 채 하늘을 올려다보았다. 푸른 하늘엔 구름이 한가롭게 떠다녔다.

"참, 이상하지? 시청에 나올 때마다 독서모임 친구들이 있나 둘러봤어. 다른 사람은 모르겠는데, 해운이 넌 여기 올 것만 같았거든."

"내 생각을 했다구?"

"응. 넌 고등학교 때도 좀 이상했잖아. 늘 무겁고 어두웠어. 고무신 신고 다니는 것도 이상했고. 까뮈의 『이방인』에 나오는 뫼르소 같다는 느낌을 받았어. 이런 구절 기억나? '아무것도 중요한 것은 없다. 나는 까닭을 알고 있다. 너도 알고 있을 것이다. 내가 살아온

이 부조리한 생애 전체에 걸쳐, 내 미래의 저 밑바닥으로부터 언제나 한줄기 어두운 바람이, 아직도 오지 않은 세월을 걸쳐 내게로 불어오고 있다.' 그리고 눈부신 햇빛 때문에 아랍인을 향해 총을 쏘잖아. 이해가 되지 않았던 뫼르소. 근데 너도 잘 이해가 되지 않았거든. 넌 세상을 편히 못 보는 사람 같았어. 분명히 니가 이곳에 나올 줄 알았다니까."

"그러고 보니 니 말대로 어떤 바람에 끌려온 것 같네."

"나도 바람에 실려온 것 같네."

청미가 나비의 날개처럼 팔랑거리며 따라 말했다. 우리는 서로 바라보며 웃었다. 바람 한점 느낄 수 없는 나무 그늘 아래에서 내 몸이 바람에 휩쓸리고 있었다. 최루탄 터지는 소리가 펑펑 울리고 전경들과 시위대의 싸움이 뿌연 가스 속에서 계속되고 있었지만 보이지도 들리지도 않았다. 운명 같은 어떤 기운에 이끌려 몸과 마음이 그녀에게로만 향해 있었다.

청미는 신학대학교를 다니고 있었다. 할아버지 때부터 천주교를 믿어온 집안이었다. 아버지는 초등학교 교장이었고 어머니는 살림만 돌봐온 현모양처라고 했다. 위로 오빠 둘이 있다고 했다. 이상한 일이었다. 예전 같으면 유복한 그녀의 환경이 뭔가 나를 불편하게 만들었을 텐데 그녀에 관한 모든 것이 거리감 없이 들어왔고 뭐든 더 알고 싶은 마음에 귀를 기울이게 됐다. 우리는 독서모임 시절 이야기를 많이 했다. 청미는 그때가 아름다운 시절이었다고 말했다.

"신부님을 짝사랑했으니 아름다운 시절이었겠지."

"어, 어떻게? 그거 아무도 모르는 얘긴데?"

"니가 몰래몰래 신부님을 쳐다보는 거 봤어. 두 눈이 사랑한다고 속삭이더라."

"그건 아닌데. 아, 몰라. 너, 그거 아무한테도 말하면 안돼."

청미가 난감한 표정을 지으며 이마에 주름 한줄을 잡자 나는 웃음이 나왔다.

"아직도 그 신부님 좋아하니?"

"그분 다른 곳으로 떠나셨어. 근데 신부님들은 다 멋져 보여. 그래서 수녀를 포기했다니까."

청미는 얼굴이 발갛게 상기된 채 어깨를 축 늘어뜨리며 한숨을 내쉬었다. 나는 낙담한 표정을 짓고 있는 그녀의 모습이 우스웠지만 진지해 보여 웃을 수가 없었다.

"아무튼 오늘 너 아니었으면 큰일 날 뻔했어. 난 사일 후에 캄보디아로 봉사활동 떠나야 하거든. 떠나기 전에 마지막으로 한번 더 시위물결을 보고 싶어서 왔는데……"

"봉사활동?"

"응. 난 봉사하며 사는 게 좋아. 수녀는 못되겠지만 하느님 말씀대로 누군가에게 작은 빛이라도 되고 싶어서. 한 학년 쉬고 일년 동안 캄보디아에서 봉사활동 할 거야."

나는 말문이 턱 막혔다. 설레어서 어쩔 줄 몰라 하던 가슴도 딱 멈추고 주변을 환하게 밝혀주던 빛도 꺼졌다. 예상하지 못했던 그녀의 말이 모든 것을 일시에 정지시키며 나를 나락으로 떨어뜨렸다. 어떤 인연이 시작될 거라는 기대감은 멀리 사라져갔다.

"아쉽네. 다시 만나서 기뻤는데."

"그렇긴 하지만 일년 뒤에 볼 수 있잖아. 종이 있어?"

청미는 재킷 주머니에서 볼펜을 꺼내 들었다. 종이가 없다고 하자 내 손을 잡고 손바닥이 보이게 뒤집었다.

"우리집 전화번호야. 일년 뒤에 전화해줄 거지?"

청미는 손바닥에 전화번호를 꾹꾹 눌러쓰다가 고개를 들었다. 나는 고개를 끄덕였지만 다시는 못 볼 것 같다는 예감을 떨칠 수가 없었다. 그날 저녁 청미를 다시 만날 수 없을 거라는 아쉬움을 간직한 채 문학 동아리실에 처박혀 술을 마시면서 부치지도 못할 그녀를 향한 수많은 글들을 썼다 지웠다.

시국은 한치 앞을 내다볼 수 없는 어둠에 덮여 있었다. 나는 5월 17일 밤 열시경 학생회 사무실에서 학생회 간부인 친구와 이야기를 나누고 있었다. 대화를 나누는 내내 그의 얼굴엔 불안한 그림자가 드리워져 있었다. 그날 오후에 전국 55개 대학 학생대표 95명이 전국대학총학생회장단 회의 중 연행당하는 사태가 벌어졌기 때문이었다.

창밖을 내다보고 있던 학생회 간부가 갑자기 문을 잠그더니 허둥거리며 책상 밑으로 기어들어갔다. 내가 왜 그러느냐고 물어도 그는 책상 밑으로 들어가 웅크리며 고개를 숙였다. 나는 어처구니가 없어 창밖을 내다봤다. 교문이 활짝 열려 있었고 검정색 승용차 서너대가 교문 앞에 있었다. 건장한 사내들이 학교 건물을 향해 뛰어오고 있었다.

나도 심상치 않은 기운을 느껴 사방을 둘러봤다. 숨을 곳이 보이지 않았다. 창문을 열고 내려다봤다. 창문 밑으로 띠처럼 난간이 둘러져 있었다. 문을 주먹으로 두들기고 발로 차는 소리가 거칠게 들려왔다. 나는 창문 밖으로 나가 난간에 발을 얹은 뒤 창문을 다시 닫았다. 잠시 후 문이 부서지는 소리가 나더니 학생회 간부의 비명이 들려왔다. 나는 두려움으로 바짝 긴장된 몸을 벽에 붙인 채 숨죽이고 있는데 창문이 열렸다. 한 사내가 나를 보면서 올라오라는 손가락질을 했다. 고개를 돌려 정문을 바라보니 또다른 사내가 무전기를 든 채 나를 올려다보고 있었다.

창문으로 올라가 사무실에 내려서자 나를 바라보고 있던 사내가 느닷없이 구둣발로 내 가슴을 걸어찼다. 나는 비명도 지르지 못하고 뒤로 나가떨어졌다. 그러자 사내가 다가와 나를 일으켜세우더니 왼손으로 내 귀를 찢어질 듯이 잡고 오른손으로 뺨을 갈기기 시작했다. 정신없이 날아드는 손찌검에 코와 입술이 터져 피가 흘렀다. 정신이 달아날 것 같은 충격에 몸이 오그라들자 그는 손을 놓고 내 복부를 발로 가격했다. 나는 숨이 콱 막혀 배를 움켜쥔 채 무릎을 꿇었다.

"너희 같은 새끼 하나 죽이는 거 아무것도 아냐!"

사내는 하얗게 빛나는 권총을 내 머리에 갖다댔다. 차가운 총구가 내 관자놀이에 박히자 나는 덜덜 떨며 손을 들었다. 그날 그 시간에 학교에 있던 학생들은 이와 같은 폭행을 당한 뒤 모두 경찰서로 끌려갔다.

경찰서는 그야말로 사람들로 꽉 차 북새통이었다. 우리를 끌고 온 형사가 의자에 앉아 기다리라고 한 뒤 다른 일로 바쁘게 움직였다. 그들은 학생회 간부나 요주의 인물을 색출하느라고 정신이 없어 나 같은 사람은 쳐다보지도 않았다. 한시간을 그렇게 앉아 있으니 배짱이 생겼다. 나는 화장실을 가는 척하고 태연하게 경찰서를 빠져나와 무작정 달리기 시작했다.

나는 친구 집을 찾아가 하룻밤 묵고 5월 18일 아침에 거리로 나가 신문을 봤다. 『조선일보』 일면에 '정치활동 일절 금지'라는 활자가 대문짝만 하게 박혀 있었다.

간밤에 있었던 일들이 꿈만 같았다. 형사에게 맞은 뺨이 부풀어 올라 욱신거렸다. 나는 청미가 떠났을 하늘을 한없이 쳐다보며 공황상태에 빠져들었다. 그녀가 떠난 후에 군인들이 들어와 서울을 점령해버렸다. 학교도 관공서도 거리도 시청도 모두 무장한 군인들과 탱크가 뒤덮었다.

한순간에 대한민국은 다시 군홧발에 짓밟혔다. 그리고 며칠 후 광주에서 사람이 죽었다는 끔찍한 소문이 돌았다. 언론은 좌경용공 분자들이 시위를 주도하고 있다고 발표했지만 재범이는 AFKN을 통해 들은 소식, 학생과 시민들이 '전두환 반대, 미국 반대'를 외치고 있다는 사실을 전해주었다. 시간이 지나면서 광주 시민들이 총에 맞아 죽고, 개머리판에 맞아 죽고, 대검에 찔려 죽었다는 말들이 파다하게 돌았다.

나는 시청 하늘을 가득 메웠던 민주주의를 외치는 소리를 환청처럼 떠올렸다. 민주주의를 죽이고 사람을 죽이고 총칼이 무법천지처럼 난무하는 현실이 끔찍했다. 나는 양평동 재건이네 집에서 재범이와 함께 술에 취한 채 분노를 터뜨리며 김민기의 「친구」를 불렀다. 그러다가 광주가 어떤 상태인지 알고 싶어 재범이와 함께 고속 터미널로 달려갔다. 광주로 가는 모든 노선이 끊겨 있었다.

모든 것들이 꿈처럼 밀려왔다가 꿈처럼 사라졌다. 사랑도 민주주의도 생의 빛도 꺾여버렸다. 인간에 대한 환멸이 밀려들었다. 재범이는 '좆같은 세상 더이상 보고 싶지 않다'며 눈에 핏발이 선 채 떠나버렸다. 춘천에서 노래 불러달라는 까페로 가서 히피처럼 뒹굴다가 군대나 갈 거라며 사라져버렸다.

나는 텅 빈 외로움을 끌어안고 힘겨워했다. 막연한 불안과 허무가 나를 짓눌렀다. 군인들은 사회 기강을 바로 잡는다고 거리에서 골목까지 들어와 청년들을 총으로 몰아세운 뒤 머리카락이 길다고 가위로 잘랐다. 그들의 만행을 지켜보면서 나는 국가를 버리고 싶었다. 국가란, 국민이란, 인간이란 어떤 것인지, 모든 게 짙은 회색빛으로 변했다.

무엇을 보았니 아들아, 나는 옥상 위의 저격수들을 보았소
무엇을 들었니 딸들아, 나는 난사하는 기관총 소릴 들었소
어디에도 붉은 꽃을 심지 마라
여기 망월동 언덕배기의 노여움으로 말하네
잊지 마라 잊지 마 꽃잎 같은 주검과 훈장
누이들의 무덤 앞에 그 훈장을 묻기 전까지
무엇을 보았니 아들아, 나는 태극기 아래 시신들을 보았소
무엇을 들었니 딸들아, 나는 절규하는 통곡 소릴 들었소
잊지 마라 잊지 마 꽃잎 같은 주검과 훈장

소년들의 무덤 앞에 그 훈장을 묻기 전까지

훗날 하태산이 광주의 주검을 보면서 살아남은 자들과 우리의 아들딸에게 그날의 만행을 기억해달라며 만든 곡 「5·18」이다.

격동의 시기, 나 역시 그 소용돌이에 휩쓸려 격랑 속으로 떠밀려 갔다.

2부

아. 대한민국

어머니가 나를 부르는 꿈을 꾸었다. 나는 거대한 건물 꼭대기에 서 있었다. 공사가 덜 끝난 옥상 위엔 철골만 박혀 있었다. 어머니의 목소리는 내가 서 있는 곳에서 대각선 방향에 있는 옥상 끝 굳게 닫혀 있는 문 쪽에서 들려왔다. 가야만 한다는 의식이 팽배했지만 가로 세로로 얽어놓은 철골을 밟고 건너가기가 두려웠다. 철골 밑에는 뻥 뚫린 어둠이 모든 것들을 빨아들일 기세였다. 나는 조심스럽게 발을 내디뎠다. 한발 두발 철골을 밟고 건너가 어렵게 문고리를 잡았다. 문을 천천히 여니 어머니는 없고 텅 빈 공간이 백지처럼 하얗게 펼쳐져 있었다.

'가짜구나!'

꿈에서 깨는 순간 하태산에 대한 이야기를 쓰기 위해 구성을 짜

76

놓은 원고지 백매가량의 글들이 머릿속에서 하얗게 지워졌다.

소설을 만든다고 말하지만 소설을 쓰기 위해서 가장 중요한 원칙 중의 하나는 만들지 않아야 한다는 것이다. 글은 만들려고 애를 쓰면 더 멀리 달아나며, 마음에서 우러나오는 문장을 숙련된 언어로 다듬어야 하듯 소설 역시 마음에서 울리는 소리들을 이야기로 잘 끌어내서 엮어야 한다.

꿈이 예사롭지 않았다. 나는 꿈에서 어머니를 만나면 대수롭지 않게 지나칠 수가 없었다. 아내가 아팠을 때에도 어머니가 나타났더랬다. 아내는 특별한 증세 없이 갑작스러운 불면증에 시달렸다. 잠이 잘 안 오는 정도가 아니라 잠을 못 잘 때에는 오일 이상 한숨도 못 자고 날을 새우며 초주검이 됐다. 그녀는 머릿속이 하얗게 불 밝혀져 있는 상태 같다고 했다. 우리는 이년 가까이 용하다는 한의원을 찾아 돌아다녔지만 소용이 없었다.

할 수 없이 대학병원에서 종합진단을 받았다. 의사는 극심한 갱년기 증세로 호르몬 치료와 정신과 치료를 병행해야 한다고 했다. 한의학을 통해 보다 근원적으로 자연 요법에 의한 치료를 받고자 했으나 결국 약물 요법에 의존할 수밖에 없지 않겠느냐고 마음을 굳히며 돌아오는데 친구에게서 전화가 왔다. 발병 초기에 아내의 병은 양의학으론 어려우니 한방 치료를 해야 한다며 자신이 효과를 보았다는 한의원을 소개해준 친구였다. 그 친구는 속는 셈치고 대전에 있는 한의원을 가보라고 한번 더 간곡하게 청했다.

나는 아내에게 친구가 소개해준 한의원 얘기를 꺼냈다. 아내는 고개를 저으면서 더이상 한방 치료는 싫다고 하다가 대전에 있는 한의원이라는 말을 듣고 놀란 표정을 지었다. 아내는 이틀 전에 내가 꾼 꿈 이야기를 떠올리며 가보고 싶다고 했다.

이틀 전 꿈에서 어머니는 대전에 있는 어느 집 약도를 그려주며 그리로 찾아오라고 했다. 꿈에서 나와 아내는 약도를 쥐고 환청처럼 울려오는 목소리를 따라서 산속을 걸었다. 목소리는 몇개의 산을 더 넘으면 어머니가 계시는 집이 나타날 것이라고 하며 나를 이끌었다. 힘겹게 산을 넘고 넘으니 정말로 산 중턱 나무숲에 기와집이 하나 나타났다. 그곳으로 다가서자 두개의 방문이 보였다. 첫번째 방에 어머니가 있다는 소리가 들렸다. 그 문을 열자 눈부신 빛이 쏟아져 내 몸으로 들어왔다. 그 기운은 꿈에서 깨어나서도 오랫동안 내 몸을 훈훈하게 감싸주었다. 우리는 어머니가 도와주시는 것 같다고 믿으며 대전에 있는 한의원을 찾아갔다. 그곳에서 우리는 아내의 병에 대한 근원적인 원인을 처음으로 듣고 치료방법을 찾을 수 있었다.

나는 생생하게 남아 있는 어머니에 대한 꿈을 붙잡고 마당으로 나갔다. 앞산이 차가운 기운에 휩싸인 채 어두운 하늘 위에 경계를 그어놓고 있었다. 많은 생각들이 그 경계 위에서 떠돌았다. 하태산을 써야 할 이유는 무엇일까. 그의 삶의 궤적을 찾아가면서 내가 보고자 하는 것은 무엇일까. 내가 아무리 내밀하게 그의 삶을 더듬는다 해도 얼마나 제대로 볼 수 있을까 의문스러웠다.

내가 다시 쓰기 시작한 최근 소설의 화두는 '폐허'였다. 그건 단순히 폐허라는 절망의 상태를 드러내고자 함이 아니라 폐허를 정직하게 바라보고 뼈아픈 각성을 해야만 어떤 희망을 찾을 수 있을 거라는 나의 절박한 생각 때문이었다.

나는 이 세계의 희망이라는 거대 담론은 제쳐두더라도 내가 품고 살 수 있는 작은 희망을 찾고 싶었다. 폐허를 넘어서 희망을 건져올리듯 소설을 쓰면서 내 상처를 치유하고 싶었다.

나는 경계가 뚜렷해지고 사물이 제 모습을 드러내는 산길을 따라 걸었다. 산 밑으로 흐르는 남한강은 여명을 받으며 짙고 푸른빛을 띠고 있었다. 마을을 지나 강으로 내려갔다. 강가에 모여 있는 갈대들이 몸을 부대끼며 서걱거리는 소리가 노래처럼 들렸다. 그 소리가 귓전을 갉아대며 내가 살아온 세월들을 자꾸만 꺼내 펼쳐놓았다.

나를 쓰자,라는 생각이 번뜩 스쳤다. 하태산이 살아온 세월도 내가 살아온 세월이고 하태산이 겪은 수많은 곡절도 나 역시 겪고 살아왔다. 꿈에서 어머니의 목소리를 따라가 문을 열었을 때 백지처럼 하얀 공간만 있었다. 꿈에서 깨어나 눈을 뜨는 순간 나는 '가짜' 하고 외쳤다. 하태산을 찾으려 하지 말고 나를 써야겠다는 생각이 전신으로 퍼졌다. 내가 살아온 생을 하나하나 되돌아보고 글로 옮기다보면 내가 바라는 희망과 상처 치유법도 찾을 수 있지 않을까 싶었다.

나는 담배를 태우며 강물을 내려다봤다. 강물이 몸을 풀며 구름 안개를 피워올리고 있었다. 밤새도록 추위와 어둠에 웅크리고 있던 강물이 제 몸을 안개로 풀어 허공으로 떠나보내는 모습을 보면서 강박관념처럼 붙들고 있던 하태산을 조금씩 내려놓았다. 그러자 내 몸 어딘가에 숨어 있던 지난 세월의 그림자들이 멀리서 형체를 드러내며 걸어나왔다. 나는 그 모든 그림자를 활자로 형상화하면서 나를 돌아보고 싶었다. 어떤 형식이나 미사여구에도 구애받지 말고 나의 현재와 과거를 써지는 대로 쓰면서 되짚어보고 싶었다. 마음이 강물 흐르듯 글로 나오면 쓰다가, 막히면 다른 길을 찾아가보고, 길도 없는 첩첩산중에 갇히면 그냥 그곳에 글을 두고 내려올 작정으로 시작해보고 싶었다.

"김성은 목사와 최재용 목사에 대해 국가보안법상 반국가단체 구성원과의 회합 등의 혐의를 잡고 기독교회관과 주거지를 압수수색 하고 있다."

아침을 먹는데 우려했던 일이 몇몇 언론과 종편 방송에 얼굴을 내밀었다. 국정원 보도자료를 기자의 눈으로 거르지도 않은 채 방송으로 내보내고 있었다. 나는 당혹스러워 인터넷을 통해 여기저기 김 목사에 관한 기사를 찾아보았지만 지상파 방송과 신문에서는 일단 보도를 보류한 모양이었다.

예전에 간첩단 사건을 발표할 때에는 조직표도 그리고 구체적인 활동내용도 만들어 발표했다. 김 목사의 석방대책위원회에서는 간첩단 사건으로 엮을 만한 내용을 국정원이 만들지 못하고 있다고 판단했다. 그건 역으로 국정원이 내용을 만들려고 안달을 부린다는 해석이기도 했다. 그러지 않고서야 그런 보도자료를 뿌릴 이유가 없었다. 보이지 않는 국정원의 거미줄이 내 몸에 와닿는 듯한 꺼림칙한 기분이 들었다.

공장에 출근해서 CCTV를 보자 김 목사에 대한 생각이 다시 밀려왔다. 국가의 감시와 사찰이 전방위로 행해지고 있는 것 같았다. 오래전 감시의 주요 방법은 미행이었다. 어디에 가서 누구를 만나고 무엇을 하는지 사람을 바꿔가며 감시를 했다. 대상자의 가방을 조사하고 그들의 집 주변에 잠복하며 그들의 전화기 등에 도청기를 달고 프락치를 동원해 그들 속으로 잠입시켰다. 이제 그 모든 것들은 보조도구가 됐다. 거리에선 CCTV가, 하늘에선 통신이 모이는 기지국이 국가정보원의 손안에서 감시기구로 변한다. 그들은 초법적으로 기지국에 모인 모든 통신을 한꺼번에 빼다가 들여다볼 수 있다.

"무슨 생각 해요? 알바 해요?"

내가 말도 없이 묵묵히 일에만 전념하고 있자 왕언니가 말을 걸었다. 그녀는 내가 소설가라는 걸 안다. 나를 소개해준 동네 아주머니도 안다. 나는 그네들에게 입단속을 수없이 부탁했다. 사장이 알면 쫓겨날지도 모른다고 엄살도 부렸다. 그때부터 아주머니들은 작업에 열중하고 있는 나를 보면 소설 쓰고 있다면서 웃곤 했다. 소설 쓰기를 알바로 바꿔 말하면서 나를 보호해주고 있었다.

한번은 왕언니가 내 소설을 보고 싶다고 해서 문학잡지에 발표했던 「공장의 불빛」을 보여줬다. 뜻밖에도 다음날 왕언니가 작업하면서 물었다.

"근데 그거 사실이에요? 그 사람 정말 죽었어요?"

열시간을 공장에서 일하고 나면 신음과 하품이 절로 나온다. 나는 칠십이 다 돼가는 분이 지친 몸으로 돌아가 소설을 읽었다는 말을 듣고 놀랐다. 왕언니는 분명 오랜 세월 동안 소설을 읽어본 적이 없을 것이다. 함께 일하는 사람이 썼다는 것에, 그것도 공장에서 아주머니들의 사랑을 뜨겁게 받고 있는 남자가 썼다는 것에 흥미를 가졌겠지만 결코 쉬운 일이 아니었다.

"아유, 우리도 평생 그렇게 살았으니 얼마나 바보예요. 우린 노예예요, 그렇죠?"

내가 식품공장으로 오기 전에 합판공장에서 겪은 일들을 풀어낸 소설이었다. 그 공장에서 칠십 다 돼가는 한 늙은 노동자가 스스로 죽음을 선택할 수밖에 없었던 현실을 그렸다. 소설을 보여드리면서 거부감을 갖지나 않을까 걱정했는데 뜻밖에도 왕언니는 눈물까지 흘려가며 고맙게 읽었다고 말했다.

상처가 느껴졌기 때문이었을 것이다. 늙은 합판공장 노동자와 자신의 삶이 어딘가 맞닿아 있는 듯한 느낌이 들었기 때문이었을 것이다. 삼십년을 공장에서 일하면서 그녀의 허리는 굽어갔다. 오래 살기 싫다는 그녀는 자식들에게 짐 되는 날이 자기가 죽을 날이라고 했다.

"오늘 끝나고 쐬주나 한잔할까요?"

"좋죠. 목이 칼칼한데 한잔할까요?"

왕언니는 말은 그렇게 해놓고서도 정작 퇴근시간이 되면 뒤로 뺐다. 각별한 관계를 질시하는 다른 아주머니들의 뒷소리가 싫어서였다. 나 역시 언니들의 수군거리는 말거리가 되고 싶지 않아 그때마다 농담처럼 대꾸하곤 했다. 그런데 그날 오후, 술 한잔 하지 않고는 지나칠 수 없는 안타까운 일이 공장에서 벌어졌다.

오후 두시쯤 정문 앞에 봉고차 두대가 나타났다. 차에서 내린 여섯명의 건장한 사내들이 공장으로 들어오는 문 세곳으로 두명씩 조를 짜서 들어왔다. 그들은 방문객처럼 공장 이곳저곳을 느긋하게 돌아다녔다. 문에서 가장 가까운 핫도그실과 감자떡, 붕어빵을 만드는 곳에 멈춰 선 그들은 작업자들 얼굴을 훑어보기 시작했다. 그러다가 외국인으로 보이는 작업자들에게 느닷없이 수갑을 채웠다. 반항하거나 도망칠 기회도 없었다. 출입국관리소 직원들은 불법체류자들의 손과 손을 굴비 엮듯이 줄줄이 수갑으로 꿰어찼다. 호떡실 옆 찐빵 찌는 곳에도 한 사내가 나타나 창고 문을 열어서 보고 포장실로 들어갔다. 나는 호떡을 집다가 본 사내의 느낌이 이상해 명자를 불러 말했다.

"명자씨 잠깐 나가봐."

호떡을 싸던 명자가 왜 그러느냐고 묻는 걸 손가락으로 입막음 표시를 한 뒤 내보냈다. 그녀는 나가자마자 사색이 된 얼굴로 되돌아왔다.

"립이 수갑 찼어요. 입을 벙끗거리며 쏘니를 찾아요."

아주머니들의 손이 멈췄다. 한국말을 알아듣는 태국 처녀의 눈이 공포로 가득했다. 그녀는 불법체류자를 검거하기 위해 출입국관리소에서 나왔다는 것을 알아차렸다. 나는 후다닥 달려가 창고 문을 열고 외국인들을 집어넣었다. 순식간에 일곱명을 창고에 넣은 뒤 사람 키보다 큰 밀차를 그 앞에 몇대 갖다놨다. 관리소 직원이 창고 문을 열고 확인하고 갔으니 괜찮을 거라는 판단이 들었다.

아주머니들과 나는 작업형태를 바꿔 우리끼리만 일하고 있는 것처럼 행동했다. 일분도 안돼서 창고 문을 열었던 사내가 다시 왔다.

그는 호떡실로 들어와 일일이 사람들 얼굴을 살폈다. 우린 아무 일도 없다는 듯이 일에 열중했다. 그는 고개를 갸웃거리며 나갔다. 왕언니가 그 뒤를 따라 나가 감자떡실로 가보았다. 쏘니가 걱정돼 찾으러 갔으나 이미 쏘니는 수갑을 찬 채 끌려간 뒤였다.

출입국관리소 직원들은 제보를 받고 들이닥친 것이었다. 그들은 가능한 한 암행으로 불법체류자들을 잡으려고 돌아다니지는 않았다. 제보가 있을 때나 단속기간에만 활동하면서 평소엔 기업들의 불법행위를 눈감아줬다. 우리 공장은 안흥에 찐빵만 만드는 제1공장이 있다. 몇개월 전에 그곳에서 여섯명이 잡혀갔는데 외국인 노동자들이 자고 있을 때 출입국관리소에서 급습했다. 관리소 직원들은 숙소를 덮친 뒤 외국인 이름을 일일이 불러 확인한 뒤 끌고 갔다. 그곳 역시 제보를 받고 출동해 외국인들을 잡아간 것이라고 했다.

왕언니가 낙담한 표정으로 들어와 쏘니도 잡혀갔다고 하자 아주머니들의 탄식이 흘러나왔다. 출입국관리소 직원들은 제보받은 인원수와 맞지 않는다며 공장을 샅샅이 뒤지기 시작했다. 자재 창고와 냉동실, 화장실과 숙소 등 모든 공간을 일일이 확인하면서 숫자가 안 맞는다며 사무실 직원들을 압박했다. 급기야 그들은 공장과 맞닿아 있는 산 위까지 올라가 그 일대를 수색했다.

시간은 외줄 타기를 할 때처럼 흘러갔다. 바쁘게 작업을 하면서도 우리의 관심은 모두 외국인 노동자들에게 쏠려 있었다. 창고는 기름 냄새를 빼기 위해 늘 창문을 열어놓아서 찬바람이 쏟아져들어오는 곳이었다.

나는 비좁은 공간에서 추위와 두려움에 떨며 엉켜 있을 그들이 안쓰러웠지만 그것보다도 더 걱정됐던 건 호떡실과 포장실을 서성이는 사내의 눈길이었다. 그는 창고 문을 몇번이나 다시 바라보다 돌아섰다. 그때마다 나는 심장을 졸이며 뒷덜미가 낚아채일 것 같은 불안감에 휩싸였다.

"다 갔으니 나와도 돼."

출입국관리소 직원들은 세시간 넘게 공장을 뒤지고 나서야 떠났다. 일곱명의 외국인 노동자들은 창고에서 나오자마자 호떡실 불판 앞으로 가서 막 구워진 호떡을 먹었다. 그들은 추위를 녹이며 안도의 한숨을 내쉬었지만 공장 밖으로 나갈 엄두를 못 냈다. 혹시라도 공장 밖에서 관리소 직원들이 그물을 치고 있을지도 모른다는 두려움 때문이었다. 그날 저녁 그들은 우리가 퇴근하고 난 뒤에도 한참을 공장에 머물러 있다가 밤늦게야 마을 숙소로 돌아갔다.

"쏘니 부부는 어떡해?"

공장 근처에 사는 아주머니 몇분과 저녁을 먹으며 술을 마셨다. 우리는 삼년 동안 자식처럼 여기며 정들었던 쏘니 부부의 이야기에서 벗어나질 못했다. 불법체류자들은 잡혀가는 즉시 추방을 당한다. 여비가 있으면 곧장 떠나고 비행기 삯이 없으면 그 돈을 벌 때까지 구금상태에서 임금 노동자로 돈을 벌어야 한다. 한번 추방당하면 다시 돌아오기가 쉽지 않다. 오년까지는 입국 금지고 그후에도 까다로운 검사를 통과해야만 다시 들어올 수 있었다.

"어떤 자식이 신고한 걸까?"

아주머니들의 추측이 난무했다. 함께 왔다가 힘들다고 돌아간 태국인 부부, 외국인들과 함께 지내는 걸 싫어하는 인근에 사는 동네 사람들. 아주머니들의 이야기를 들으면서 사장 얼굴이 떠올랐다. 어쩌면 그는 내가 신고했다고 여길지도 모른다.

"오빠, 돈이 웬수지?"

"그려, 돈이 웬수여!"

인순이가 재미난 소설 써서 돈 많이 벌라고 한다. 정말 모든 게 돈이다. 쏘니 부부도 태국 사람들도 모두 돈 때문에 불법체류자가 됐다. 자국 내에서 몇달을 일해야 벌 돈을 여기서는 한달 만에 벌 수 있으니 불법체류가 대수겠는가. 평생 돈에 쫓겨다니며 사는 막장 같은 인생들. 술 한잔을 기울이며 지친 몸을 풀고 웃음도 터뜨리려 했건만 다들 표정이 시들해 있었다.

나는 읍내 술집에서 나와 차를 몰고 시골길로 접어들었다. 거리의 불빛들이 하나둘씩 멀어지다가 사라졌다. 산길로 접어들자 짙은 어둠에 묻힌 적막만 감돌았다. 쏘니 부부의 다정한 모습이 머릿속에서 떠나지 않았다. 늘 순박한 웃음을 눈에 담고 있던 립이 창살에 갇혀 두려움과 절망에 떨고 있을 거였다. 영문학을 공부하고 싶다던 그녀의 꿈은 어떻게 될까.

"인도엔 일자리가 많지 않아요. 가난한 사람들은 하루 벌어 하루 먹고살기도 어려워요."

립은 네살짜리 아기를 두고 한국으로 건너왔다. 매일 점심시간이 되면 영상통화를 하면서 그나마 위로를 받곤 했다. 아이의 사진을 보여주며 "아저씨, 우리 애기 이쁘죠?" 하면서 흐뭇해하던 그녀의 웃음은 이제 짓뭉개지고 말았다. 국적을 가리지 않고 사람들에게 따뜻한 마음을 나눠주던 그녀가 철창에 갇힐 수밖에 없는 현실이 서글펐다.

하태산이 세상 밖의 세상을 그리며 불렀던 노래가 들려왔다. 결코 사람 사는 세계에서 이루어질 수 없을 것 같은 요원한 꿈의 노래였다. 바이깔의 부랴뜨족들이 일사불란하게 노를 저어 거침없이 파도를 헤쳐나가고 있는 듯 북소리가 요동치는 리듬 위에서 하태산은 오리배를 타고 하늘로 날아올랐다.

새벽 옅은 안개 걷히기 전, 보문호에 가득하던 오리배들 떠나갔다
벌써 영종도 상공 또, 단둥 철교 위를 지나 바이칼 호수로 간다
길고 아름다운 날갯짓, 부드러운 노래로 짙푸른 창공을 날며
거기서 또 수많은 오리배 승객들과 인사하고 멈추었다 날아간다
비자도 없이 또, 국적도 없이 그 어디서라도 그 언제라도
얕은 물가에 내려, 그 땅 위에 올라가 일하고 그 이웃들과 하나 되리라

그는 오리배를 타고 어디로 간 것일까. 세계의 하늘은 점점 자본의 탄탄한 거미줄로 뒤덮여 더이상 그의 오리배는 날 수 없어서 추락해버린 것일까.

나는 차창을 열고 쏟아져들어오는 밤바람을 맞았다. 불빛 속에서 시꺼먼 아스팔트만이 살아서 움직이고 있다. 지금의 아픔도 자

고 나면 또다른 현실에 밀려서 서서히 잊혀가겠지. 하루가 어둠속으로 스러져가며 습관처럼 시작될 내일로 떠나가고 있었다.

사장이 공장에 제일 먼저 나왔다. 평소엔 제1공장에 있거나 오전에 한번 들르던 사장이었다. 서로 다른 언어들이 뒤섞여 시끌벅적하던 현장은 고요했다. 사장이 붕어빵을 굽는 '철커덕' 소리가 텅 빈 방을 울리는 시계추 소리처럼 황량하게 들려왔다. 아주머니들이 사장의 청승맞은 모습을 보면서 실소를 흘리다 서둘러 움직였다. 출근 전에 항상 외국인 노동자들이 작업 준비를 해놓곤 했는데 오늘은 아무것도 준비된 것이 없었다. 주문량을 맞추기 위해 새벽같이 나온 사장이 벼락같은 호통을 늘어놓을지도 모르는 상황이었다.

"자, 빨리빨리. 좀 서두르자고요!"

이사가 사장의 눈치를 보며 부산스럽게 움직였다.

"사장님 새 나라의 어린이네?"

"어허, 사장 들어!"

아주머니들이 입을 막은 채 깨알 같은 웃음을 뿌렸다.

작업자들이 들어오자 사장이 아주머니 한명을 붕어빵 작업대에 대신 앉히고 달려왔다. 호떡과 감자떡은 한 라인만 돌리게 하고 나머지 인원은 찐빵 만드는 곳으로 이동시켰다. 사장은 머리를 툭툭 흔든 뒤 안경을 고쳐 쓰고 두뇌를 회전시키는 듯 눈동자를 굴렸다. 공장장이 사장의 지시를 받고 내게 다가왔다.

"아저씨가 반죽을 하셔야 해요."

찐빵과 호떡 반죽 담당은 쏘니였다. 한번도 안해본 반죽이었지만 가르쳐주는 대로 하면 못할 것도 없었다. 공장장이 재료와 배합 방법을 알려주는 대로 메모했다. 밀가루 한포대에 마가린 녹인 것을 작은 국자로 하나 넣고 설탕, 포도당, 소금, 이스트를 적당량의 물에 넣어 혼합한 다음 기계통에 넣어 삼분 정도 돌리고는 찐빵 만드는 받침대 위로 반죽을 올려주면 되는 일이었다.

유증기를 마시며 쉴 틈도 없이 움직여야 하는 호떡 작업보다 편했다. 사장이 직접 찐빵 기계를 만졌다. 그의 손이 익숙해 있지 않은 기계는 자주 멈추더니 고장이 났다. 사장은 그럴 때마다 "씨팔!"을 연발하며 땀을 삐질삐질 흘렸다. 아주머니들이 흥흥거리며 속닥거렸다. 스마트폰을 통해서 하루가 멀다고 매일 기계만 붙잡고 씨름하느냐고 작업자들에게 호통치던 사장이었다.

"지가 해봐야 안다니까."

사장은 이사를 불러 기계가 왜 이 모양이냐며 성질을 부렸다. 이사는 대답 대신 기계를 이리저리 살폈다. 그는 사장 조카사위였다. 처음 공장을 시작할 때부터 많은 고생을 해가며 기틀을 잡아놓은 사람이었다. 아주머니들은 그런 이사를 좋아했다. 이사 역시 오랫동안 아주머니들과 함께 현장에서 생활해온 탓에 그녀들과 허물없이 지내고 있었다.

사장은 사업이 잘되면 감자떡 라인을 떼어 이사에게 주기로 약속했다. 그 약속이 세월이 흘러도 지켜지지 않자 이사의 불만이 커졌다. 그는 사장을 '또라이'라고 부르곤 했다. 사장은 어떤 문제가 생기거나 생산량이 충분하지 않다고 생각되면 사람이 있는 데서도 이사에게 험한 욕을 퍼부었다. 딸이 대리로 들어와 업무를 제대로

파악하면서부턴 더욱 이사를 무시해 업무상 췄던 법인카드도 회수
했다.

이사는 더이상 어떤 기대도 갖지 않았다. 약속을 지키라는 말도
못했다. 공장에서 쫓겨나면 그 나이에 갈 곳도 없다는 걸 잘 알기 때
문이었다. 그래서 사장이 출몰하면 가장 긴장하면서 아주머니들을
다그쳤다. 아주머니들은 그런 그를 측은하게 바라보며 혀끝을 찼다.

"목구멍이 포도청이라니까!"

사장은 나를 쫓아내야만 할 존재에서 당분간만이라도 붙들어둬
야 할 존재로 재규정했다. 들어온 물량을 맞춰주지 못하면 거래처
가 모두 끊길 판이었다. 말썽 부리던 기계가 잘 돌아가자 어디선가
휘파람 소리가 들렸다. 사장이 기계 옆에 서서 스마트폰을 들여다
보며 휘파람을 불고 있었다.

"미친 거 아냐?"

아주머니들은 외국인 노동자들, 그것도 쏘니 부부까지 붙잡혀간
상황에서 사장이 휘파람을 불자 고개를 절레절레 흔들었다.

"안흥에서도 걸리고 여기서도 걸렸으니 문 닫는 거 아냐? 돈으
로 막았나?"

불법체류자들을 쓰다가 두번 걸리면 영업정지다. 아주머니들은
일자리가 사라질까봐 걱정했다. 이사가 공장은 끄떡없다고 했다.
공장 명의가 사장 딸의 이름으로 돼 있다고 했다. 사장은 외국인
노동자 한사람당 이백만원 정도의 벌금만 물면 그만이었다. 열한
명이 잡혀갔으니 이천이백만원이다. 작업자들에겐 일년 가까이 일
해야 벌 수 있는 돈이지만 그에게는 접대 술 몇잔값밖에 안되는 돈

일 수도 있었다.

대리가 점심시간에 나를 불렀다. 스물여덟살인 내 딸과 같은 나이였다. 그녀는 서류 및 자재 관리를 하다가 얼마 전부터 인력 관리까지 하고 있었다.

"아저씨, 공장이 바빠서 그러는데 운전 좀 해주시면 안돼요? 기름값과 수고비로 삼십오만원 드릴게요."

처음 입사할 땐 실장이 우리 동네 사람들을 출퇴근시켰다. 나에게 차가 있다는 걸 알고는 그날부터 기름값 십오만원을 책정해 운전을 부탁했다. 세차할 시간도 없이 아주머니들을 출퇴근시키다가 개인적인 일로 한달에 두어번씩 결근하면 짜증을 내며 운행비를 깎겠다고 했다.

그래서 나는 안한다고 했다. 사람 넷을 태우고 다니면서 차도 많이 망가졌고 급하게 빠질 때는 아주머니들까지 불편하게 만들어 싫다고 했다. 아주머니들 역시 운행비가 너무 박하다며 사무실에 가서 따지라고 했다. 시골 공장은 대부분 통근버스가 있거나 교통비를 책정해서 지급하는데 한사람당 오만원도 안되는 교통비가 어디 있느냐는 것이었다.

"분명히 다시 부탁할걸?"

아주머니들의 예측대로 대리는 기름값에 수고비까지 붙여 삼십오만원을 제시했다. 공장이 생산에 열을 올릴 수밖에 없는 상황 때문이겠지만 두배가 넘는 교통비 책정에 어이가 없었다. 나는 일년 가까이 운전을 해준 게 억울하게 느껴져 못한다고 어깃장을 놓고 싶었지만 괜찮은 액수다 싶어 받아들였다.

외국인 노동자들이 잡혀가자마자 사장은 『교차로』 『가로수』 같은 곳에 '급구' 구인광고를 냈다. 아침부터 사람들 몇명이 찾아와 공장을 둘러봤다. 대부분 고개를 흔들며 돌아갔다. 사흘 후 조선족 남자 둘과 여자 한명이 찾아왔다. 그들은 나보다 더 늙어 보였는데 오자마자 현장에 투입됐다. 육십오세라는 사내와 여자는 부부였다. 덩치는 좋아 보였지만 노동을 한 사람 같지는 않았다. 사내는 땀을 줄줄 흘리며 이틀을 일하더니 아내와 함께 떠나버렸다.

"힘들지 않아요?"

나와 동갑인 혼자 남은 조선족 남자에게 반죽 기술을 가르치며 물었다. 그는 할 만하다며 식당에서 일하고 있는 아내를 불러오고 싶어했다.

사장은 똥줄이 탔다. 한시간 더 연장근무를 시키고 싶었지만 아주머니들이 거절했다. 그네들은 일주일도 못 가서 모두 병이 날 거라고 고개를 저었다. 더이상 찾아오는 구직자도 없자 사장은 비상수단을 썼다. 공장 용역을 제공하는 업체와 계약을 체결한 것이다.

불법 파견근로업체였다. 용역업체들은 일용직으로 사람들을 뽑아 농촌이나 공사판에 보내기도 하지만 바쁜 시기를 이용해 공장들만 뚫고 다니는 데도 있었다. 사장은 남자 셋에 여자 열두명을 다급하게 채용했다.

현장은 다시 사람들로 꽉 들어찼다. 사람들마다 차이가 있었지만 그네들은 외국인 노동자들처럼 힘들게 일하려고 하지 않았다. 사장은 그들의 습성을 알고 있는 듯 아침 일찍 나와 다그쳤다. 그들이 온 첫날에 일을 시키던 이사가 붕어빵 기계를 급하게 손보다가 손가락 한마디를 잘렸다. 육개월 전에 손가락 끝부분을 다쳤던 이사는 사장에게 말도 못한 채 손가락 마디를 들고 서울에 있는 전문병원으로 달려갔다.

"한심한 놈의 새끼!"

그날부터 모든 관리는 사장이 직접 했다. 그는 작업장 인력 배치부터 기계 관리까지 하면서 밀가루와 기름때를 옷과 얼굴에 묻히고 다녔다. 그래도 생산량은 충분히 나오지 않았다. 새로 온 사람들이 기술을 습득해서 빠르게 움직이지 않는 한 사장이 계산한 양은 나올 수 없었다.

바쁘게 서두르니 불량도 많이 나왔다. 호떡이 제대로 익지 않은 채 나오고 감자떡 팥소가 튀어나오고 붕어빵이 새까맣게 탔다. 사장은 불량품을 절대 버리지 못하게 했고 웬만한 건 모두 상품 속에 끼워넣도록 했다. 그럴 때마다 아크릴 판에 정성스럽게 써서 문마다 붙여놓은 글귀가 사장을 조롱하는 듯이 꿈틀거리며 삐뚤빼뚤하게 보였다.

'세상에서 가장 깨끗한 음식을 만들겠습니다.'

용역업체에서 나온 사람들은 외국인과 달랐다. 그네들은 정직원 아주머니들을 대수롭게 생각하지 않았다. 그들은 일하는 기간 동안 그냥 시간만 때우면 된다는 생각을 가지고 있었다. 공장장은 혀를 내둘렀다. 그들 중 몇몇은 고문관처럼 행동했다. 불러야 오고 지적해야 움직이면서 결코 자발적으로 일하려고 하지 않았다.

사장은 직원 아주머니들에게 호떡 반죽을 싸는 일만 하라고 지시했다. 자연스럽게 호떡을 누르고 뒤집는 일은 용역들의 담당이 되었다. 아주머니들이 반죽에 설탕을 넣고 순식간에 말아 철판에 올리면 용역들은 철판에 가까이 달라붙어 그걸 끌어와서 누르고 뒤집으며 더위에 헉헉거렸다. 물량이 많이 나오면 그들은 쩔쩔매며 호떡을 태우기 일쑤였다.

"큰일 났네. 이렇게 태우면 다 불량이야."

"아, 그러게 천천히 좀 만들어요!"

"어떻게 천천히 만들어요. 저 카메라 좀 봐. 저걸로 다 보고 있는데 천천히 만들면 사장이 가만히 있겠어요? 아줌마들이 서둘러야하는 거야."

"아니, 우리가 놀아? 이 땀 좀 봐. 땀 좀 보라구!"

용역들은 직원 아주머니들과 티격태격했다. 직원 아주머니들은 들어온 돌이 박힌 돌에 날을 들이댄다며 화를 냈다. 용역 아주머니들은 직원들이 텃세를 부려 자신들을 힘들게 만든다고 대들었다.

"일당을 이만원이나 더 받으면서 어지간히 꼼지락거리기는."

직원 아주머니들끼리 모여 화를 냈다. 두달 계약으로 들어온 용역들은 직원 아주머니들보다 일당이 이만원 더 많았다. 바쁜 시기에 알바를 쓸 때에는 만원 정도 웃돈을 붙여줬다. 용역업체를 쓰면서 여자는 칠만원, 남자는 구만원을 일당으로 주니 직원 아주머니들은 다 나가서 용역으로 다시 들어와야 된다고 투덜거렸다.

하루하루가 생산전쟁이었다. 사장은 청소에 신경도 안 썼다. 그는 작업 종료 십분 전까지 무조건 생산에 매달리게 했다. 십분 동안 장갑과 앞치마를 빨기에 바쁜 아주머니들은 바닥에 흘린 기름 정도만 세제 섞은 물을 뿌려 밀대로 한번 쓸어내고는 청소를 끝냈다. 결국 사고가 터졌다. 우리 동네에서 같이 다니던 남단이 아주머니가 호떡 반죽을 갖고 오다가 기름에 미끄러져 엉덩방아를 찧은 것이다. 그나마 쓰러지면서 허리와 머리가 문에 부딪혀 뇌출혈과 같은 대형 사고는 막았지만 순간적으로 정신을 잃고 말았다.

"그냥 집에 가서 쉬세요."

아주머니들이 걱정하며 말해도 남단이 아주머니는 괜찮다며 사장이 알면 시끄럽다고 다시 일을 손에 잡았다. 하지만 오분도 안돼서 엉덩이가 찌릿찌릿하면서 아프다며 걱정스러운 표정을 지었다. 내가 허리와 골반 쪽을 눌러봤다. 그러자 기겁을 하며 내 손을 거둬내고 신음을 터뜨렸다.

나는 공장장에게 아주머니를 병원에 데려가보라고 했다. 그가 사무실에 갔다 오더니 택시를 불러서 병원에 가라는 말을 전했다. 바쁘니까 병원에 데리고 갈 사람이 없다는 뜻이었다. 나는 화가 나서 장갑과 앞치마를 벗었다. 아주머니에게 작업복을 벗고 차 있는 데로 오라고 했다.

병원에 가서 엑스레이를 찍어서 보니 꼬리뼈 밑으로 오 센티 정도 실금이 가 있었다. 의사는 여기가 노인들이 넘어질 때 잘 다치는 곳이라고 하면서 최소 이개월 정도 아무것도 하지 말아야 한다고 했다. 일어서는 것은 말할 것도 없고 앉는 것도 금물이라고 했다. 밥도 누워서 먹어야 하기 때문에 병원에 입원해 치료받아야 한다고 했다. 남단이 아주머니의 얼굴이 사색이 됐다.

"의사들이야 다들 저렇게 말하잖아. 조심하면서 일하면 괜찮지 않겠어?"

아주머니는 나한테 조언을 구했다. 나는 알 수가 없어서 정형외과 의사 친구에게 전화를 걸었지만 그 역시 똑같은 말을 했다. 그 부분은 엎드린 채 최소 삼개월 정도 있어야 붙는 곳이라고 했다. 만일 움직이면 점점 더 벌어져 큰 병이 될 거라고 했다. 나는 아주머니에게 전화 내용을 알려드리고 입원해야 된다고 했지만 그녀는 안절부절못했다.

"아들이 알면 큰 걱정을 할 텐데 이걸 어쩌지?"

"걱정 마세요. 그냥 병원에 누워 계시면 되는 거예요. 오랫동안 힘들게 일하셨으니 그냥 병원에 푹 쉬러 왔다고 생각하세요. 이건 산재니까 치료비는 물론 월급도 칠십 프로 정도는 나올 거예요."

아주머니의 얼굴이 잠시 밝아졌다가 다시 어두워졌다.

"그래도 아들이 화를 많이 낼 텐데."

나는 답답했다. 아주머니의 가족관계를 잘 몰라 그녀의 걱정이 뭔지를 알 수 없었다. 하긴 내가 물어도 대답하지 않을 아주머니였다. 아주머니는 나이 사십에 남편을 잃고 평생 자식 셋 뒷바라지만 하며 살아온 분이었다. 키가 유난히 작고 나이도 많아서 일 못하는 사람으로 보일까봐 악착같이 부지런을 떠는 분이었다.

그녀는 공장 일을 하면서도 자식 셋에게 주기 위해 쌀농사와 밭농사를 꾸역꾸역 해냈다. 농번기와 수확기에는 새벽 다섯시부터 밤늦게까지 일 속에 파묻혀 지냈다. 그녀가 자식을 거론하며 침울해하는 것이 안쓰러웠다.

"아무래도 집에 가서 아들하고 상의해봐야겠어. 오늘은 그냥 가요."

결국 아주머니는 의사의 말을 무시하고 집으로 갔다. 가는 동안 내내 긴 한숨을 내쉬던 아주머니가 다행히 다음날 병원에 입원했다. 나는 입원했다는 소식을 듣고 반가운 마음에 점심시간을 틈타서 찾아갔다.

"어제는 정신이 없어서 고맙다는 말도 못했어요. 아저씨 아니면 큰일 날 뻔했어. 정말 고마워요."

아주머니는 엎드린 채 고개를 들고 웃었다. 그녀의 환한 웃음을 보자 내 마음이 다 밝아졌다. 아주머니는 냉장고에 있는 음료수라도 먹으라며 손짓했다. 병원에 오니 애기가 돼서 움직이지도 못한다고 하면서 쑥스러워했다. 나는 몸조리 잘하면서 반드시 산재 처리를 공장에 요구하라고 했다. 산재 처리를 안하고 '공상'으로 처리하자고 하면 산재 처리와 똑같은 보상을 해주는 조건을 달아야 그나마 월급 칠십 프로를 받을 수 있다고 알려주었다.

돌아오는 길이 즐겁지만은 않았다. 오로지 자식을 위해 살아온 인생, 아주머니의 두 손에서 노동판에서 잔뼈가 굵은 아버지의 손이 보였다. 우리 앞집 할머니의 손도 그랬다. 이웃 동네에서 태어나 우리 마을의 남편에게 시집왔다는 할머니는 특별히 어딘가를 가본 적이 없다고 했다. 여든셋 나이에도 밭농사를 혼자 다 했다. 백여평 되는 밭에 감자를 심어 수확할 때면 나는 지켜보고 있을 수만은 없어 일을 거들어드렸다. 하루 종일 기어다니며 감자를 캐 박스에 담고 진저리를 치며 집으로 끌고 가는 할머니를 보노라면 거실 안에 있을 수가 없었던 것이다.

"아들 좀 시키세요."

"아들은 바빠. 전화하면 화만 낼걸 뭐. 이 정돈 내가 혼자서도 할 수 있어."

할머니가 쪼글쪼글한 입을 벌릴 때면 몇개 남은 누런 이가 삐죽삐죽 웃고 있었다. 익살스러워 우습기도 하지만 씁쓸했다. 도대체 할머니가 살아오면서 본 하늘의 평수는 얼마나 될까. 할머니는 당신의 삶이 지긋지긋하고 싫은 때가 없었을까. 다른 인생을 꿈꿨던 적은 없었을까.

나는 허겁지겁 공장으로 돌아와 작업복으로 갈아입었다. 호떡실로 들어가자 숨이 탁 막혔다. 나는 입을 다문 채 부지런히 호떡을 집어 담으면서 오후 내내 내가 살아온 세월의 뒤안길을 걸어다녔다.

살면서 만나는 길은 수없이 많다. 걷다가 멈춰 서서 보면 여러 길들이 보인다. 걸어온 길 끝에서 이어지는 길도 있지만 평행선으로 달리는 길도 있고, 멀리 희미하게 보이는 길도 있다. 길 끝에서 이어진 길로 가지 않고 길과 길 사이를 가로질러 전혀 낯선 길로 가는 건 늘 모험이다. 하지만 인생이란 예측하기 어려워 가고 싶은 길을 가기도 어렵고 가고 싶지 않은 길을 가기도 한다.

군대에서 제대한 나는 어디에도 마음 붙이지 못하고 떠돌아다녔다. 군복을 벗고 다시 만난 사회는 낯설고 암울했다. 사람들이 살아가는 모습이 의미 없어 보였다. 학교로 다시 돌아가고 싶은 마음도 없었다. 좀더 잘 먹고 잘사는 길을 찾기 위해서라면 굳이 학교를 다닐 필요는 없었다. 잘 먹고 잘사는 것만 포기하면 세끼 밥은 어떤 식으로든지 해결할 수 있었다.

허무가 늘 내 등에 붙어다녔다. 학살자가 나라의 주인으로 행세하는 꼴도 끔찍해서 쳐다보기가 싫었다. 술을 마시면 눈물이 뚝뚝 떨어졌다. 휘청휘청 걸을 때마다 김민기의 「친구」가 입에서 흘러나왔다. 내 앞에 있는 모든 길이 어둡게만 보였다. '어떻게 살고 싶은가. 무엇을 하고 싶은가. 그냥 살자. 누군가를 괴롭히지 않고 살면 그뿐.' 어느날 혼돈에 휩싸인 채 무작정 기차를 탔다. 잠들었다가 지친 몸이 깨어나 밖을 내다봤을 때, 전주 삼례라는 지명이 눈에 들어왔다. 그후 일년 반 동안 나는 농촌에서 살았다.

광활하게 펼쳐져 있는 논 한쪽에 돼지 막사가 있었다. 나는 집들이 모여 있는 곳으로부터 일 킬로미터쯤 떨어진 막사에서 돼지들과 살았다. 돼지들을 돌보다가 밤이면 막걸리를 마시며 수많은 생각의 바다를 떠다녔다. 막사와 주인집과 마을 점방을 제외하곤 어디에도 가지 않았다.

밤이 되면 들판이 칠흑 같은 어둠으로 변하면서 외로움을 몰고 달려들었다. 술을 마셔도 마음이 진정되지 않으면 밖으로 나갔다. 황량한 바람을 따라서 어둠속 들판을 하염없이 걷기도 했다. 오개월쯤 지나 막사 생활이 익숙해질 즈음 버스를 타고 전주로 나갔다. 사람 냄새가 맡고 싶어 손님이 많은 술집에 들어가 술을 마셨다. 누군가가 그리웠다. 말을 나누고 싶었고, 손도 잡아보고 싶었다. 나는 술기운을 핑계로 택시를 부른 뒤 기사에게 말했다.

"창녀촌으로 갑시다."

역 주변의 창녀촌 입구에서 택시가 멈췄다. 나는 차에서 내려 골목으로 들어섰다.

"오빠, 셨다 가."

골목 첫 집 문 앞에 서 있던 여자가 다가와 내 팔을 잡았다. 나는 그냥 따라 들어갔다. 부엌이 있고 툇마루가 있는 방으로 들어갔다. 사람 둘이 누우면 꽉 차는 좁은 방이 전구에서 쏟아져나오는 붉은 빛으로 출렁거렸다.

"술 드셨나봐요? 안 좋은 일 있으세요?"

나는 방에 주저앉아 여자를 올려다봤다. 그녀는 가슴께가 푹 파인 원피스에 걸친 스웨터를 벗고 있었다.

"술도 팝니까?"

"술 더 드시고 싶으세요?"

"있으면 한잔 줄래요?"

"내가 먹다 남겨놓은 술이 있는데 그거라도 드실래요?"

머리가 등까지 길게 내려온 여자였다. 올백으로 빗어 넘기고 끈으로 묶어놓아 움직일 때마다 머리카락이 찰랑거렸다. 그녀는 돈도 받지 않고 술을 갖다줄 것처럼 부엌으로 나갔다 들어왔다.

"오빠, 오늘 속상한 일 있나보다. 다 말해봐요. 내가 다 들어줄게."

나는 그녀를 옆에 앉혀놓고 술을 마시기 시작했다. 술을 마시면서 그녀의 가슴을 더듬거렸다. 그럴 때마다 그녀가 내 허리를 손으로 감아 안았다. 여자의 가슴에서 전해져오는 부드럽고 따뜻한 느낌에 어머니가 떠올랐다.

나는 그녀에게 어머니 얘기를 꺼낸 것 같은데 눈을 뜨니 돼지 막사로 돌아와 있었다. 잃어버린 것도 없고 주머니에 넣어둔 월급도 적당히 빠져나간 채로 남아 있었다. 그후 세번째 그녀를 찾아갔을 때 나는 부엌 맞은편 방에서 두살도 안된 아이가 기어다니고 있는 걸 보았다.

그녀는 서울 변두리 산동네에서 살았다고 했다. 폭력적인 아버지는 어느날 행방불명이 됐고 집에 어머니와 동생 둘이 있다고 했다. 공장을 다니던 남자와 동거를 하다 아이가 생겼는데 남자가 도망을 갔다고 했다. 할 수 없이 같은 공장을 다니다 술집으로 빠진 친구를 따라 이곳까지 왔다고 했다. 몸 팔아 버는 돈으로 아이를 키운다고 하면서 울었다. 여윳돈이 생기면 동생들 학비에 보태라고 엄마 통장으로 보낸다고 했다.

80년대 가난한 사람들에게 있던 그늘이 그녀에게도 짙게 드리워져 있었다. 난 월급을 받으면 아이가 먹을 만한 것들을 사들고 그녀를 찾아갔다. 하지만 돼지고기 파동이 일어나면서 돼지 막사 생활은 일년 반 만에 끝나고 말았다. 주인이 농사일을 같이하자며 붙잡았지만 다른 삶을 찾고 싶었다. 난 다시 서울 양평동으로 돌아왔다.

재범이는 제대 뒤에도 여전히 춘천에 있는 까페를 떠돌며 노래하고 있었다. 나는 양평동에서 지낼 때부터 알던 '노가다'가 별명인 친구를 찾아갔다. 노정수라는 그 친구는 고졸로서 건축기사 자격증을 지니고 있었다. 처음 현장에 나갔을 때 규격에 맞지 않은 자재로 구조물을 만드는 소장에게 항의하며 주먹싸움까지 하기도 했다. 정수는 회사에 가서 소장의 잘못을 따졌다. 그런데 회사에선 이론과 현실은 다르다는 걸 강조하면서 정수를 타박했다. 그는 그날부로 회사를 때려치웠다.

정수는 동네 건달들과 어울리면서 공사판을 다니고 있었다. 존 레넌의 「이매진」을 유난히 좋아해서 술 한잔 마시고 음악다방에 가면 서너번씩 틀어달라고 졸랐다. 어디서 구했는지 가끔 대마초도 피웠다. 스스로 노가다가 천직이라고 여기는 그에게선 늘 마초 느낌이 들었다.

"잘 왔다, 노가다의 세계에."

그를 따라 공사판을 다니며 질통을 지고 벽돌을 날랐다. 어깨가 바스러질 것 같은 고통을 견디면서 돈을 벌면 술과 여자들에게 갖다 바쳤다. 겨울이 다가오던 어느날 정수가 쪽지를 한장 내밀었다. 타이어공장에서 사람을 구한다는 구인광고였다. 희망도 기대도 없이 먼지처럼 흩날리던 내 삶을 그 쪽지 한장이 바꿔놓을 줄을 그때는 생각도 못했다.

다섯명 뽑는데 이백명이 몰렸다. 큰 기업이라 작은 공장보다 월급이 많았고 보너스도 사백 프로를 지급했다. 나는 운 좋게 입사했으나 현장은 끔찍했다. 작업장 바닥과 허공에서 검은 고무 찌꺼기가 마구 휘날렸다. 펑펑 터지는 기계 소리, 시너 냄새와 고무 냄새로 들끓었고 노동자들이 입고 있는 푸른 작업복은 시꺼먼 기름때로 얼룩져 있었다. 신참들의 얼굴이 숨 막히는 더러운 공기와 구역질까지 일으키는 냄새로 인해 일그러졌다. 나는 아무러면 어떠랴 싶었다. 돼지 냄새를 하루 종일 맡으면서도 별스럽지 않게 지냈잖은가.

내가 냄새보다도 견디기 어려웠던 건 노동강도였다. 걸이대에 실려온 고무들을 한장 한장 떼어내 기계에 입혀서 둥근 타이어를 만들어내는 건 결코 쉽지 않았다. 열기가 식지 않은 고무들을 떼어내는 것도 어려웠고 무게가 제법 나가는 그걸 벌려서 기계에 계속 덧입히는 것도 버거웠다. 하루 종일 땀을 흘리는 바람에 현장 입구에 세워놓은 물통에서 수없이 물을 따라 마셨다. 최소한 하루 서른컵은 마셔야 작업이 끝났다. 결국 신참 세명이 오일 만에 나가 이차 모집으로 인력을 충당했다.

나는 친구 집에서 한달을 지내다가 월급을 받자마자 구로동에 방을 얻었다. 칠층짜리 단독 아파트 지하에 여러칸의 방을 만들어놓은 곳이었다. 화장실도 없고 개수대만 하나 덜렁 있어서 소변은 그곳에서 봤다. 큰 것을 보고 싶으면 가리봉시장 입구에 있는 공중화장실로 갔다. 급하면 방에서 신문지를 깔고 본 뒤 비닐봉지에 담아 시장에 있는 쓰레기통에 갖다버렸다.

나는 구질구질하나마 집이 생기자 밖으로 떠돌던 발걸음을 멈췄다. 친구들을 만나 술을 마시다가도 집으로 돌아왔다. 어두운 아파트 지하 계단을 내려가 문을 열면 싸늘한 방이 반겨주었다. 그래도 전구에 불 밝힌 채 전기장판 위에 담요를 깔고 누우면 마음이 편했다. 석유풍로와 냄비와 식기를 사서 라면을 자주 끓여 먹었는데 지겨우면 수제비로 끼니를 때웠다.

산다는 것이 무엇일까. 난 정말 내가 살고 싶은 대로 살고 있는 것일까. 나는 공단서점에 들러 시집을 몇권 사서 읽으며 형체도 없는 시의 세계를 헤매기도 했다. 매일매일 쳇바퀴 같은 일상을 보내고 있을 때, 현장에서 또래의 한 사람이 말을 걸어왔다. 통근버스를 같은 지점에서 타던 사람이었다.

"퇴근하고 술 한잔 어때요?"

나는 순박하고 투박해 보이는 그의 인상이 싫지 않았다. 그는 내가 사는 아파트 맞은편 벌통집에 살았다. 그곳은 다닥다닥 붙어 있는 판잣집들이 미로 같은 골목길을 형성하고 있는 곳이었다. 가리봉 시장에서 닭염통 볶음을 시켜놓고 술을 한잔 나누자 그는 괴산 출신 손태진이라고 자신을 밝혔다. 나이는 서로 동갑이었다.

태진은 자주 술 약속을 잡고 술자리에서 나에 대해 귀찮을 정도로 많이 물었다. 어디에서 살았느냐, 부모님은 살아 계시냐, 학교는 어디까지 나왔느냐, 공장 오기 전까지 무엇을 했느냐, 우리 공장을 어떻게 생각하고 있느냐며 이력서를 꾸미듯 물었다.

나는 솔직하게 대답했고 그와 친해졌다. 그는 내가 사는 곳을 와보고 나 역시 그가 사는 곳을 가봤다. 그러다가 그가 한 친구를 술자리에 데리고 나왔다. 머리카락을 옆으로 쓱쓱 빗어 넘기고 안경을 쓴 사람이었다. 그는 나에게 여러가지를 물어보면서 문학에 관심이 있느냐고 했다. 나는 관심이 있지만 잘 모른다고 대답했다. 그는 안지성이라고 이름을 밝힌 뒤 문학을 통해 세상을 변화시켜보고 싶다는 말을 꺼냈다.

"같이 문학 공부 해보지 않을래요?"

나는 문학으로 세상을 변화시키는 일이 무엇인지 이해가 잘 안됐지만 그러자고 했다. 하루하루 의미 없는 나날 속에서 문학을 같이 공부할 사람이 나타난 게 반가웠다. 안지성은 일주일 후 세명의 동료를 데리고 내 자취방에 나타났다.

쑤잔 K. 랭거라는 사람이 쓴 『예술이란 무엇인가』 책 다섯권을 챙겨왔다. 안지성이 그 책 표지 안쪽에 씌어져 있는 글을 읽으면서 우리의 모임은 시작됐다.

화가는 회화를 창조하고, 무용가는 무용을 창조하고, 시인은 시를 창조한다. 그러나 과자 만드는 사람은 과자를 창조하지 않으며, 방직공은 비단을 창조하지 않는다. 무엇 때문에 우리는 화가, 무용가, 시인들은 창조하는 사람들이며 제과공, 방직공, 제화공들은 창조하는 사람들이 아니라고 말하는가. 왜 그들이 만드는 것은 '생산'된 것이라고 말하는가.

이제까지 내가 보았던 문학과 철학 이야기가 아니었다. 이는 내가 전혀 생각해보지 않은 도발적 내용이었다. 이 책은 시대의 삶이 안고 있는 고통과 부조리를 예술적으로 끌어내려는 강한 의지를 담고 있었다. 낯선 글이 나를 당황스럽게 만들었지만 시작에 불과했다. 책 속의 글들을 인용하면서 안지성은 우리 사회의 병든 모습을 하나하나 꺼내놓았다.

고여서 썩어가던 내 생에 새로운 물결이 일었다. 그들과의 만남이 이어지면서 그 물은 거세졌고 암초를 만나면서 휘어졌다. 나는 노동법과 노동운동의 역사를 공부하고 『전태일 평전』을 읽으면서 지나온 시간의 굴곡들을 다시 들여다봤다. 죽은 듯이 흘러온 지난 시간들이 오롯이 살아나 눈앞에 펼쳐졌다. 추상화처럼 보였던 그 시절의 풍경 속에서 상처 입은 내가 비루먹은 개처럼 비틀거렸다.

한 사회의 후미진 골목에서, 나뒹굴던 길에서 나는 밖으로 걸어나오기 시작했다.

1984년 가을 구로공단에 민주노조가 여기저기 만들어지고 있을 때, 노동운동이라는 생경한 낱말을 안지성으로부터 들었고 많은 사람들을 만났다. 안지성은 강원대 학생운동 출신들을 이끌고 구로공단으로 들어와 활동하고 있었다. 태진이는 그의 고등학교 동창이며 화가의 꿈을 키우던 중이었다. 구로 지역에 뿌려진 소식지에 찍혀 있던 판화 그림은 대부분 그의 손에서 나왔다.

그들은 광주항쟁을 통해 보았듯이 조직된 힘이 없으면 세상을 바꿀 수 없다고 말했다. 세상을 바꾸고 싶어하는 사람은 세상에서 가장 천대받는 사람들이라고 했다. 그 사람들은 노동자, 농민이고 도시의 빈민이라고 했다. 노동운동의 임무 중 하나는 노동자들의 의식을 변화시켜 이 사회의 주인이라는 의식을 심어줘야 한다고 했다. 문학 역시 민중의 삶을 역동적으로 표현해서 그들을 각성시키는 역할을 수행해야 한다고 했다.

내가 걸어온 삶의 시간들을 사회의 구조적인 모순 속에서 바라보자 구체적인 삶의 고통들이 어디서 비롯됐는지 어렴풋이 보였다. 나는 한때 선생이 돼서 공부를 하고 싶어도 할 수 없는 아이들을 가르치고 싶어했던 것처럼 가난에 허덕거리며 꿈과 희망을 잃어버린 노동자들의 삶을 바꿔보고 싶었다. 차갑게 식어가던 몸에서 뜨거운 피가 돌았다.

나는 열시간씩 중노동을 하고서도 틈틈이 책을 읽고 사람들과 토론을 하며 어울려 술을 마셨다. 그들을 통해 이제까지 들어보지도 못한 「청산이 소리쳐 부르거든」 「타는 목마름으로」라는 노래도 배웠고 신동엽, 김수영, 김지하의 시를 접하기도 했다. 그러다가 박일해의 『노동의 아침』을 보고 충격을 받았다. 삶의 구체적인 현실을 감성적으로 그려낸 그의 시들은 내 마음을 울리며 뒤흔들었다.

나도 글을 쓰고 싶었으나 마음대로 씌어지지 않았다. 몸과 마음이 따로 놀 듯 삶과 글은 여전히 물과 기름 같았다. 운동보다는 문학에 관심이 많았던 나는 실의의 나날을 보냈다. 머릿속으로는 세상을 해석하고 구분하는 법을 배우고 있었으나 몸과 마음은 지난 세월 속에서 빠져나오지 못했다.

생각이 혼란스러우면서 늘 마음 한곳에 남아 있던 청미 얼굴이 떠올랐다. 나와 어울릴 수 없다고 여겼지만 잊을 수 없는 얼굴이었다. 외로웠고 누군가에게 마음 편하게 회색분자의 불안한 심기를 털어놓고 싶었다. 노동운동을 하는 친구들에겐 그런 사적인 감정을 토로할 수 없었다. 매일매일 현장의 노동자들을 조직하고 노동운동에 열정을 쏟고 있는 그들에게 흔들리는 내 모습을 보여주고 싶지는 않았다.

"아저씨, 한잔하고 가!"

태진이가 살고 있는 벌통집을 빠져나오면 '맥주·양주'라는 간판을 내건 술집들이 줄을 서 있었다. 술집 문 앞에는 어린 여자들이 나와서 호객행위를 벌이고 있었다. 저녁 늦게 술에 취해 비틀거리며 돌아가는데 어떤 여자가 느닷없이 내 손을 잡아끌었다. 그녀는 칸막이가 쳐져 있는 술집 한곳에 나를 주저앉히더니 주머니를 뒤졌다. 천원짜리 몇장과 동전 몇개만 나왔다.

"아, 뭐야? 재수 없게. 그냥 가요!"

나를 끌고 들어온 여자가 나가자 다른 여자가 들어왔다. 그녀는 아무 말 없이 탁자 위의 돈을 치우고 맥주 서너병을 가지고 왔다. 나는 고맙다고 하면서 술을 마셨고 미안하다고 하면서 그녀의 가슴을 더듬었다. 다음날 눈을 떠보니 술집에 들어간 기억만 있고 모두 지워져 있었다. 그날 이후 외롭고 힘들 때면 여지없이 술에 취한 채로 그녀를 찾아갔다.

나는 정신이 들면 부끄러워하며 누가 알까봐 걱정을 했다. 도덕성을 무엇보다도 앞세우고 노동운동을 하던 시절이었다. 부랑자 같은 모습을 버리지 못하고 취해 휘청거리면서 노동운동판을 헤맬 때 만났던 그 여자, 만날 때마다 가슴을 더듬거렸어도 얼굴도 기억 못하는 그 여자, 지금도 아련히 생각나면 미안하고 고맙게 여겨지는 그 여자.

미로 속에서 길을 찾지 못하자 나는 구로공단을 떠나고 싶었다. 노동운동은 나약한 내가 걸어갈 수 있는 길이 아닌 것 같았다. 수많은 갈등 속에서 허우적거리던 중 팔개월쯤 지났을 때 대우어패럴 노조 위원장과 간부가 구속됐다는 소식이 돌았다. 민주노조를 만들었던 다른 공장 노조원들이 일제히 들고일어났다. 다른 공장 노조 간부들에게도 사전 구속영장이 발부되면서 대우어패럴 노조 탄압은 민주노조에 대한 전면적인 탄압의 시작이라고 판단했기 때문이었다.

대우어패럴 조합원들은 파업에 돌입했고 세군데 노동조합이 '노조탄압저지 결사투쟁선언'을 낭독하면서 파업에 동참했다. 시간이 흐르면서 효성중공업, 부흥사 등 여러 공장의 노동조합도 동참했지만 공권력은 강경하게 파업을 진압했다. 그들은 노동조합 연대투쟁의 고리를 끊으면서 대우어패럴 노동자들을 압박했다. 재야와 농민, 학생 단체들이 지지 성명서를 발표하고 응원을 왔지만 경찰의 제지로 현장에 들어갈 수도 없었다. 나 역시 농성 이틀째 되는 날 퇴근 후에 그곳에 갔다. 전경들은 인간 철조망을 만들어 현장을 철통같이 봉쇄하고 있었다.

대우어패럴 농성장에 공권력이 투입될 거라는 소문이 운동가들 사이에 파다하게 돌았다. 1985년 6월 22일에 시작된 투쟁은 오일째로 접어들고 있었다. 단전 단수된 상태에서 먹을 것도 주지 못하게 막고 있다는 소식이 들리면서 걱정과 분노를 일으켰다. 나는 퇴근 후에 다시 대우어패럴 앞으로 갔다. 전투경찰은 가리봉오거리로 나가는 큰길 중간쯤에다 더욱 견고하게 방어막을 쳐놓고 있었다. 그들 앞에 삼십여명의 사람들이 모여서 농성장을 향해 손을 흔들며 힘을 보태고 있었다.

나는 그들 후미에 서서 공장 건물 정면에 '선진 조국 창조'라고 커다랗게 박혀 있는 글씨를 보았다. 첫번째 갔을 때 보았던, 테라스 위에서 사물놀이를 하던 노동자들의 모습이 보이지 않았다. 며칠 안 지났는데도 신명 나게 농성을 하던 모습과는 현장이 사뭇 달랐다. 머리띠를 맨 여공들이 창문 난간에 앉아 간헐적으로 "폭력 경찰 물러가라!"라는 구호만 외치고 있었다. 공장 옥상에서 밑으로 늘어뜨린 플래카드엔 '구속자 석방하라' '팔백만 노동자들은 절규한다' '노동삼권 보장하라'라는 붉은 글씨가 위태롭게 꿈틀거리고 있었다.

갑자기 사람들이 웅성거렸다. 공장 안에서 탈진해 쓰러진 여성 노동자가 들것에 실려 정문으로 나오고 있었다. 농성 지지자들은 경찰들을 밀며 어린 여성 노동자들이 다 죽도록 내버려둘 거냐고 소리쳤다. 경찰과 농성 지지자들이 밀고 밀리는 가운데 구급차가 나갈 수 있도록 길이 뚫렸다. 사람들이 "폭력 경찰 물러가라!"라고 소리치며 터진 길로 현장을 향해 달려갔다. 경찰들이 그들을 방패로 막고 밀어냈다.

"저것들 모두 연행해!"

사복 입은 경찰이 소리쳤다. 그러자 사람들이 뒷걸음질 치면서 도망가기 시작했다. 해가 뉘엿뉘엿 넘어가며 마지막 햇살을 뿌리고 있을 때였다. 전투경찰들의 군홧발 소리가 공장 담벼락에 부딪혀 돌아와 내 귓속을 공격하며 파고들었다. 나는 뒤돌아서 오거리 보도 위를 가득 메우며 퇴근하는 노동자 물결 속으로 뛰어들려다가 움찔했다. 쫓고 쫓기는 사람들 속에서 다급한 표정의 청미 얼굴이 보였던 것이다. 머리카락이 어깨까지 내려와 있었지만 분명 청미였다. 잘못 봤나 싶어 다시 봐도 청미였다. 가슴이 터질 듯이 뛰었다.

"청미야!"

뛰어가던 청미가 두리번거리다가 손 흔들고 있는 나를 봤다. 그녀는 짙은 군청색 바지와 주홍빛 바탕에 검정 체크무늬가 있는 남방을 입고 있었다. 놀라움과 반가움이 번지는 눈빛으로 그녀가 나를 보면서 뛰어왔다. 그녀의 머리카락은 햇살에 눈부실 정도로 찰랑거렸다. 나는 그녀의 손을 잡고 퇴근하는 노동자들의 물결 속으로 들어갔다. 전경들은 보도 위로 사람들을 밀어내며 다시 견고하게 방어벽을 쳤다.

"웬일이야 여기?"

숨을 돌리고 난 청미가 내 팔에 자신의 팔을 걸면서 나를 쳐다봤다. 그녀의 얼굴이, 그녀의 눈동자가, 그녀의 목소리가 내 가슴속에서 요동쳤다.

"너야말로 왜 여기에 있는 거지?"

"너는 왜 여기 있는 건데?"

그녀는 내 어깨에 머리를 콕 박으며 미소를 피워올렸다. 나는 그녀를 데리고 가리봉시장으로 들어갔다.

가리봉시장은 노동자들로 바글바글했다. 반찬을 사는 사람들, 국화빵을 먹는 여자들, 술집으로 들어가는 사람들. 그들은 노동에 지치고 허기진 몸을 달래기 위해 시장의 먹거리 가게를 가득 메웠다.

"술 마실 줄 알아?"

"응, 소주 좋아해."

"정말?"

청미가 얼굴 가득 웃음을 단 채 고개를 끄덕였다. 나는 걸음을 멈추고 가게 간판들을 둘러보았다. 그러자 내 팔에서 손을 뺀 그녀가 순대국집을 향해 성큼 걸어갔다.

"왜 전화 안했어?"

청미는 순대 한접시와 소주를 주문하고 나서 탁자 위에 있는 내 손등을 손가락으로 꾹 찍어누르며 째려봤다.

"미안. 종이에 옮겨 적어놨는데 그만 잃어버렸어."

"뭣이라고? 이 나쁜 놈!"

나는 그녀가 볼펜으로 전화번호를 적었던 손바닥을 보며 말을 얼버무렸다. 갑자기 그녀가 내 손바닥을 자신의 손바닥으로 여러 차례 치며 말을 했다.

"내가 돌아와서 니 전화를 얼마나 기다렸는지 알아? 하도 소식이 없어서 너네 학교 학과 사무실까지 찾아가서 물어봤어. 근데 다들 모른다는 거야. 휴학계도 안 내고 학교도 나오지 않는다고 해서 내가 얼마나 황당했는지 알아?"

술과 안주가 나왔다. 나는 그녀가 학교까지 찾아왔다는 말에 놀라움을 감추지 못했다. 그녀는 젓가락으로 순대 하나를 집어 입에 넣고 나를 쳐다보며 우물거렸다.

"맛있다. 얼른 대답 안해? 도대체 어디로 사라졌다가 여기에 나타난 거야?"

우리의 만남은 육년 만이었다. 그녀는 겉모습이 좀더 성숙해 보였지만 말투와 표정은 달라지지 않았다. 우리는 서로의 술잔에 술을 따랐다. 여덟개의 탁자가 놓여 있는 술집은 사람들이 꽉 들어차 소란스러웠다. 담배연기가 곳곳에서 뿌옇게 날아다녔다.

"어쨌든 너를 다시 보니 기쁘고 반갑다!"

"나도. 그러니까 얼른 대답해."

청미가 내 술잔에 자신의 잔을 부딪칠 때 나는 보고 싶었다는 말이 목구멍까지 올라왔다. 나는 파문이 일어난 잔 속의 술처럼 마음이 요동쳐 어찌할 바를 몰랐다. 술 한잔을 홀쩍 비우고 담배를 꺼냈다.

"군대 갔다 왔어."

담배연기를 흘리면서 나는 이야기를 꺼냈다. 그녀를 다시 만난 게 운명처럼 느껴졌다. 나는 군대 갈 때의 심정과 제대 후에 갈피를 못 잡고 떠돌던 시간들을 풀어놓았다. 현재 공장에 다니며 노동운동 하는 사람들을 만나고 있다는 말도 털어놓았다.

청미는 내 말에 귀를 기울이며 다양한 표정을 지었다. 이야기하는 사이사이 그녀는 소주잔을 여러번 비웠다. 나는 소주 한병을 더 시키면서 그녀에게 물었다.

"넌 왜 거기에 있었던 거야? 술은 언제 배웠고?"

청미가 소리 내서 웃었다. 그녀의 얼굴과 목소리는 또랑또랑했다.

"많이 힘들었겠구나. 전화 안한 거 용서해줄게. 난 술을 신부님에게서 배웠어. 성서에 이런 말이 있어. 「이사야서」 61장 8절에 '무릇 나 여호와는 정의를 사랑하며 불의의 강탈을 미워하여 성실히 그들에게 갚아주고 그들과 영원한 언약을 맺을 것이라.' 하느님은 노동을 신성하게 여기셔. 그래서 여섯째 되는 날까지 노동을 통해 세상을 만들고 인간을 만드신 거야. 그리고 칠일째 되는 날은 휴식을 취하신 거지. 인간도 이처럼 노동과 휴식을 통해 자신을 닮아가길 바라셨으나 인간들이 그것을 저버렸어. 어느날 우리 신부님이 그렇게 말씀하시면서 노동사목을 해보지 않겠느냐고 물으시더라고."

청미는 천주교 노동사목을 삼년째 하고 있다고 했다. 노동자들에게 노동법을 교육하고 그들이 부당한 대우를 받지 않도록 여러 가지 지원을 하고 있다고 했다. 한국의 예수라고 불리는 '전태일'

에 대해서도 알고 있었다. 오늘 대우어패럴 농성을 지지하기 위해 노동사목을 하는 몇분과 같이 왔다고 했다.

"내일 성당에 가면 언니들이 니가 누구냐고 난리 치며 물을걸?"

청미는 내 손을 잡고 도망치면서 같이 온 사람에게 먼저 간다는 손짓을 했다고 말했다.

"뭐라고 할 건데?"

"몰라. 그러니까 뭘 하고 있는지 다 털어놔봐. 알아야 얘기할 수 있잖아."

"난 타이어공장에 다녀. 작은 공장보다 월급이 세긴 한데 방세 내고 공과금 내고 나면 남는 돈이 별로 없어. 라면과 수제비가 주식이라 일주일에 한번쯤은 돼지껍데기를 사다가 볶아 먹지. 흐흐, 영양실조 걸릴까봐 그러는 거야. 하느님이 불의한 수탈을 싫어하신다고 했는데, 노예와 다를 바 없는 삶을 사는 거지."

"나도 알아, 노동자들이 인간 이하의 취급을 받고 있다는 거. 그래도 화는 내지 마. 종교도 미워하지 말고. 노동운동 하는 사람들은 대체로 종교를 믿지 않지만 난 신앙이라는 힘과 울타리 안에서 이일을 해. 하느님의 말씀을 좇아서 억울한 사람들에게 조금이나마 힘이 돼주고 싶거든."

"나도 아직 노동운동가는 아니야. 아는 것도 별로 없고, 이 길을 걸어갈 수 있을까 확신도 못하고 있어."

"그럼 니 스스로 확신을 얻을 때까지 걸어가봐. 니가 학교에서 나와 힘들게 떠돈 것도 의미 없는 일이 아닐 거야. 하느님의 제자 중에 의심과 갈등을 하지 않은 사람은 아무도 없어. 인간이란 원래 불안한 존재잖아. 그래서 난 하느님 품 안에 들어가 있는 거야. 하느님 말씀만큼 옳은 소리를 들어본 적이 없거든. 분명 너는 길을 찾고 있는 걸 거야."

청미의 얼굴에서 빛이 났다. 어리고 나약해 보이며 나비처럼 귀엽기만 했는데 그녀의 입에서 흘러나오는 말들이 머릿속으로 들어와 등대 불빛처럼 나를 밝혔다. 시간은 쏜살같이 흘러 식탁 위에는 빈 소주병이 세병이나 올라와 있었다. 청미는 여전히 끄떡도 없었다.

"어디 살아?"

"여기서 가까워. 한 오분쯤 걸어가면 돼."

"그래? 지금 가보고 싶다."

"안돼. 방이 엉망이야."

"상관없어. 가보고 싶으니까 안된다고 하면 화낼 거야."

나는 큰일 났다 싶어 핑곗거리를 찾으려 했으나 그녀의 눈빛은 요지부동이었다. 방 안엔 이불이 널브러져 있을 뿐만 아니라 라면 끓여 먹은 냄비도 설거지를 안해놓은 상태였다. 치부를 보일 것 같아 난감해하고 있는데 그녀는 단호한 표정으로 나를 몰아붙였다. 나는 어쩔 수 없이 그녀를 데리고 아파트 지하의 월세방으로 갔다.

"조심해서 내려와."

나는 캄캄한 아파트 지하 계단을 내려가 문을 열었다. 방 안에 먼저 들어가 이불을 한쪽으로 밀어놓고 전구에 불을 밝혔다. 어둠이 점점 가시면서 방 안이 환하게 밝아졌다. 청미가 문 앞에 선 채 방 안을 둘러보다 들어왔다. 나는 황급히 쪽창을 열었다. 창틀 너머로 사람들이 지나가는 발걸음 소리가 들렸다.

"커피 있어?"

"아, 잠깐 기다려."

나는 방구석에 있던 풍로를 문밖으로 꺼낸 다음 석유 심지에 불을 붙였다. 푸른 불꽃이 벌건 불꽃을 만들면서 석유 냄새를 역하게 일으켰다. 냄비를 부랴부랴 닦아서 물을 받은 뒤 풍로에 올렸다. 청미는 앉지도 않은 채 방 안 여기저기를 눈으로 뒤적거렸다. 나는 일분 거리에 있는 슈퍼로 달려가 인스턴트커피와 종이컵을 사왔다. 밥상을 펼쳐 그 위에 커피를 탄 종이컵을 올려놓았다. 허겁지겁 준비하다보니 이마에 땀방울까지 맺혔다.

"노동자들이 사는 데 여러번 가봤어. 대부분 부엌 딸린 쬐그만 단칸방에 살더라. 그래도 너처럼 이렇게 더럽게 살진 않았어. 너, 세수 안하고 머리 안 감고 다니더니 방 청소도 안하는구나! 목욕도 안하고 살지? 으, 냄새!"

청미는 엄마처럼 잔소리를 늘어놓았다.

"아니야, 목욕은 매일 해. 공장에 목욕탕이 있거든."

타이어공장엔 목욕탕이 있었다. 일이 끝나면 얼굴과 손은 물론 몸 구석구석까지 고무 찌꺼기가 땀에 엉겨붙어 씻지 않을 수 없었다. 목욕탕 벽에 흉측하게 박혀 있는 여러개의 파이프에서 샤워기처럼 물이 흘러나왔고 탕도 큰 게 두개나 있었다. 통근버스 시간이 있기 때문에 목욕하는 시간은 십분이었다. 그래서 일 끝나면 목욕탕으로 달려가느라고 전쟁이었다. 늦게 가면 물이 모자라 대충 씻고 나오는 날도 많았다.

청미는 내가 쩔쩔매는 표정을 재미있어하며 웃었다. 이상한 일이었다. 그녀만 보면 나는 당황해서 어쩔 줄 몰라 한다. 그녀에게 근사하게 보이고 싶었지만 헛발 디딘 사람처럼 늘 허둥거렸다. 그녀의 표정과 말 한마디 한마디가 나를 안절부절못하게 만들었다.

"우리 돌아오는 일요일에 다시 만나자."

"왜?"

나는 얼떨결에 되물었다.

"만나기 싫어?"

"아니, 그건 아니고. 그래, 만나자. 어디서 만날까?"

"내가 오전 열한시까지 이리로 올게. 늦었어. 나 가봐야 돼."

청미와 함께 밖으로 나왔다. 골목길 전봇대 위에서 갓을 쓴 가로등이 주변을 밝히고 있었다. 그녀가 갑자기 팔짱을 끼며 내 얼굴을 쳐다봤다.

"널 다시 만나서 너무너무 기뻐! 넌 어때? 나 만나서 반가운 거지?"

"그럼. 나도 많이 기뻐!"

내 심장이 쿵쿵 소리를 내며 뛰었다. 그녀는 고등학교 때 만난 친구들 이야기를 꺼내면서 몇몇 친구들은 아직도 만나고 있다고 했다. 그녀의 이야기에는 관심이 가지도 않았다. 내 몸이 그녀의 몸에 닿아서 마찰을 일으킬 때마다 따뜻하고 부드러운 느낌이 일었다. 봄날 화사한 햇살 같은 생명의 기운에 휩싸여 마음이 하늘로 날아오르는 그런 기분이었다.

청미는 일요일 약속시간에 맞춰 찾아왔다. 그녀는 오자마자 내 손을 이끌고 가리봉시장으로 갔다. 거기서 식기를 사고 냄비도 크

기별로 샀다. 내가 아무리 말려도 소용없었다. 그녀는 구매할 품목을 종이에 깨알같이 적어와 시장을 누비고 다녔다. 커피와 비누에다 아파트 지하 계단 내려갈 때 위험하다고 손전등까지 샀다. 심지어는 옷가게에 들어가 내 속옷과 양말까지 샀고 청바지와 검정색 반팔 티도 샀다.

눈떠서 잠들 때까지 그녀는 환영처럼 수시로 나타나 웃음을 주었다. 안고 싶고 새처럼 지저귀는 그녀와 입술도 맞추고 싶었지만 나는 속내를 철저히 숨겼다. 그녀를 다시 잃고 싶지 않다는 간절한 마음이 나를 가두었다.

구로동맹파업은 공권력의 탄압으로 무너졌다. 무장 경찰들이 새벽에 공장 외벽을 부수고 농성장 안으로 쳐들어갔다. 수많은 노동자들이 다치고 구속되었으며 천명이 넘는 노동자들이 해고됐다. 겉으로 보기에 싸움은 패배로 끝난 것 같았지만 노동자들은 더욱 똘똘 뭉쳐 새로운 변화를 모색했다. 그들은 노동자의 권리란 정치적 변화 없이는 찾을 수 없다는 것을 동맹파업으로 확인했다고 주장했다. 노동자의 기본적인 권리조차도 정치권력이 묵살하는 사회에서 민주노조는 살아남기 어렵다고 했다. 그들은 그 논리를 토대로 '서울노동운동연합'이라는 정치적 대중조직을 만들어냈다. 정치투쟁을 통해서 노동자가 이 사회의 주인이 돼야 한다고 선언했다.

공권력은 더욱 노동자들을 옥죄었다. 거리에서는 전경과 사복경찰들이, 노동자들의 주거지에서는 통반장들이, 공장에서는 사복형사들이 감시의 눈길을 한시도 멈추지 않았다. 안지성은 강원대 출신 운동가들을 이끌고 탄광 지역에서 노동운동을 하기 위해 강원도로 떠났다. 청미가 내 곁에 있어서 나는 더이상 떠도는 삶으로 튕겨나가지 않았다. 물론 여전히 손도 잡지 못했지만 일주일에 한 번씩 만나 생의 활력을 얻었다.

혁명에 대한 이야기들이 공장 깊숙이 들어왔다. 나와 태진이는 새롭게 만난 노동운동가들과 학습을 하면서 그들과 친분을 쌓아나 갔다. 러시아 혁명사를 비롯한 각국의 혁명사를 공부했고 세계 철학사와 유물론을 배우기도 했다. 유물론적 사관으로 존재와 세계를 바라보는 이념들이 내 안에 잠복해 있던 허무와 무의식의 존재론적 철학들을 밀어내며 들어왔다. 내 나이 스물여덟, 인생에 어떤 전환점이 다가오고 있었다.

겨울날 새벽하늘 위로 별들이 총총히 빛나고 있었다. 나는 여섯시가 되면 어김없이 일어나 마당으로 나갔다. 어둠 저 멀리 가로등 불빛 하나가 빛을 뿌리며 긴 밤을 지새우고 있었다. 겨울 새벽하늘 위에는 늘 북두칠성이 머리 위에서 반짝거렸다.

나는 아궁이에 삼발이를 집어넣고 그 위에 마른 나뭇가지들을 올렸다. 신문지에 불을 붙여 삼발이 밑으로 집어넣자 나뭇가지 타는 소리가 타닥타닥한다. 가을에 사다가 도끼로 쪼개서 말려놓은 장작들을 그 위에 올리면 뜨겁게 달아오른 벌건 불길이 방바닥 밑으로 달려간다.

아내가 아침을 준비하는 동안 이불을 개고 방을 청소하고 얼굴을 씻었다. 상을 펴고 젓가락과 숟가락을 갖다놓았다. 젓가락을 뽑을 때 짝짝이로 뽑으면 왠지 기분이 언짢았다. 아내가 정성을 담아

차린 아침을 먹고 나서 담배를 태웠다.

"이 닦고 가!"

아내는 부엌일을 하면서도 잔소리를 계속하곤 했다. 내가 청소기를 돌릴 때 쓰레기통이나 가스난로 같은 것들을 들어내지 않고 문지르면 대번에 소리쳤다. 안 보는 것 같은데도 다 보고 있었던 것이다.

차를 몰고 공장을 향해 달렸다. 남한강 물이 푸른 겨울빛으로 짙게 변하고 있었다. 기껏 한가롭고 여유로운 이 좋은 길을 달려 공장으로 간다는 게 싫었다. 이대로 질주해서 동해 바닷가 어디쯤 차를 세운 뒤 모래밭을 거닐다가 탁 트인 바다를 보며 심호흡을 해보고 싶었다. 꿈같은 생각을 잠깐 하다가 시계를 보니 일곱시 오십분이었다. 아, 오늘은 재수가 없는 날인가 싶었다.

아침 출근 중에 무심코 시계를 볼 때 44라는 숫자가 보이면 기분이 좋다. 실제로 그런 날에는 좋은 일이 많이 생긴다. 물론 나만의 오래된 미신이지만 그 속엔 나름의 의미가 있다. 죽음과 죽음이 만나면 생이라는 해석은 젊은 날 내 눈앞에서 죽어간 사람들에 대한 기억 때문이다. 어떤 죽음은 또다른 사람의 생을 열어주는 눈부신 빛이 된다는 걸 봤기 때문이었다. 그러나 오전작업이 끝나고 점심시간에 열어본 휴대폰 문자 부음은 나를 깊은 나락으로 떨어뜨렸다.

'강 집사님이 어제 새벽에 돌아가셨답니다. 오늘 저녁 문상 가려고 합니다. 전화 주세요.' 합판공장에서 같이 일했던 최성태 과장의 문자였다. 도대체 왜 죽은 것일까. 호떡을 뒤집으면서 강 집사에 대한 기억을 떠올렸다. 그는 이년 전 합판공장에서 같이 일했던 사람으로 사장과 같은 교회를 다니고 있었다. 그런데 둘 사이에 문제가 생기면서 사장은 오년이나 근무한 그를 최저임금에 묶어놓고 괴롭히다가 끝내 해고해버렸다.

"개새끼, 내가 언젠간 죽여버릴 거야!"

강 집사는 해고되던 날 눈에 시퍼런 날을 세우고 떠났다. 그때 나는 그의 해고를 나이 칠십이 다 돼가는 노인의 목숨 줄을 끊어놓는 행위로 보고 소설을 썼다. 공장에서 쫓겨난 강 집사는 무슨 일을 저지를 사람처럼 떠났지만 결국 공공근로로 생계를 근근이 이어갔다고 했다. 가끔씩 그의 어려운 소식을 들을 때마다 안타까워했는데 죽었다는 소식을 들으니 허무한 마음이 하루 종일 떠나지 않았다.

"자살하셨대요."

퇴근 후에 나는 최성태의 차를 타고 병원 장례식장으로 향했다.

"폐암이었는데 전이가 심해서 수술할 수도 없었다고 하더라구요. 집사님 부인은 알지도 못했대요. 부인이 뇌졸중을 겪을 때부터 다리를 절며 다니셨거든요. 사모님이 힘들어할까봐 병을 감춘 채 혼자 앓다가 통증이 심해지니까 자살하신 거 같아요…… 마을 어귀에 있는 느티나무에 목을 맸대요. 아무도 없는 야밤에 그러신 거 같아요."

"아니, 왜 마을 어귀에서?"

"집사님이 원래 칼 같으신 데가 있잖아요. 딸 둘이 있는데 다 어려운가봐요. 마을에다 당신 장례를 부탁한 거죠. 느티나무 아래에서 신발로 눌러놓은 유서를 발견했는데, 마을 사람들에게 화장해서 강에 뿌려주면 죽어서도 고마움을 잊지 않겠다고 써놨대요."

기가 막혀서 말이 안 나왔다. 착잡한 마음으로 장례식장에 도착해서 조문하러 들어가니 교인들 이십여명이 영정 앞에서 찬송가를 부르고 있었다. 목사로 보이는 사람 옆에 합판공장 사장도 보였다. 나는 최성태와 함께 조문객들을 위한 객실로 들어갔다. 안내하는 아주머니 한분이 음식과 술을 가져왔다.

"좀 야비하죠?"

술 몇잔을 마시고서 최성태가 말을 꺼냈다. 사장을 가리키며 하는 말이라는 걸 단박에 알 수 있었다.

"저도 곧 공장 그만둡니다."

"왜? 나가래?"

최성태가 씨익 웃으며 고개를 저었다. 처음 공장에서 만났을 때 입꼬리를 약간 올리면서 하얀 이빨을 드러내는 그 웃음이 보기 좋았고 이내 친해졌었다.

"저 자식, 정말 음흉해서 더이상 보고 싶지 않네요. 형님도 아시죠, 문 기사라고?"

"알지. 나 있을 때 들어온 사람이잖아."

"걔가 나랑 똑같은 월급을 받았더라구요. 보름 전에 공장 그만두면서 사장이 말하지 말라고 해서 말 못했다고, 미안하다고 하는데 꼭지가 팍 돌데요."

최성태는 사장을 '쟤'라고 불렀다. 사장은 한때 생산방식을 놓고 생각이 다르다며 그를 해고한 적이 있었다. 그가 없어도 현장이 잘 돌아갈 것이라고 판단했지만 불량이 쏟아지고 물류 정리가 안돼

거래처와 약속한 납품 기일을 지키지 못해 골머리를 썩었다. 할 수 없이 사장은 보름도 안돼서 그를 찾아가 사과까지 하며 다시 불렀다. 그때부터 최성태는 배운 척하면서 온갖 거만을 다 떠는 사장의 호칭을 '쟤'라고 바꿨다.

최성태는 합판공장의 모든 일을 장악하고 있는 사람이었다. 공장의 모든 공정을 꿰뚫고 있을 뿐만 아니라 물류까지 한눈에 파악하고 있었다. 남들이 한장을 만들 때 그는 한장 반을 만들어낼 정도로 빨랐고 기계가 말을 안 들으면 스스로 고쳐가며 기계를 돌렸다.

칠년 동안 일해온 그에게 오년 전 과장이라는 호칭을 주고 이백만원으로 임금을 동결시켰다. 나는 들어갈 때 초임 백칠십만원을 받았다. 그런데 문 기사에겐 이백만원을 준 것이다. 이유는 간단했다. 합판공장의 노동강도가 세기 때문이었다. 늘 사원 뽑는 광고를 내도 사람들은 왔다가 그냥 가버렸다. 물건을 납품하는 기사도 이틀 일하고는 혀를 내둘렀다. 이십오 킬로그램이나 하는 합판 백장, 이백장을 싱크대 공장에 납품하려면 허리가 휘었다. 납품해야 할 업체에 차를 세워놓고 '까대기'(합판을 끌어서 다른 곳에 쌓아놓는 것)를 하다가 그냥 내빼는 기사도 있었다. 이삼개월 익숙해질 때까지는 손에 물집이 잡히고 허리와 팔다리는 뻐근하다 못해 쑤셨다. 그러니 적은 월급을 받으면서 일할 사람이 거의 없었다.

"쟤한테 따졌더니 배송기사를 구하지 못해 다급해서 그랬다는 거예요. 한방 날리고 싶은 걸 추접스러워 참았네요."

"진짜 나쁜 새끼네. 아니 어떻게 그런 개 같은 짓을 하지? 거참, 어디 갈 덴 있어?"

"네. 다행히 아는 분이 자동차 도금하는 데를 소개해줬어요. 다음주부턴 그쪽으로 나갑니다. 초짠데도 월급이 여기보다 세요. 사장도 괜찮은 사람 같아요. 초특급 기술을 가르쳐줄 테니 삼년은 나가지 않겠다는 약속을 하라고 하데요. 좋다고 했어요."

"어쩌면 그곳은 전망이 좀 있겠다. 마스크 꼭 쓰고 일해. 페인트 가루 먹지 말고."

"여기보다 더 하겠어요? 합판 가루, 필름 가루에 지게차 매연까지 휘날리는 거 아시잖아요?"

"그래, 공장이 다 그렇지. 담배 갖고 폐암을 떠들지만 유증기가 더 무섭거든. 나도 하루 열시간 동안 유증기를 마시면서 호떡을 뒤집어도 열기 때문에 마스크 쏠 엄두를 못 내니까. 아무튼 기술이나 잘 익혀. 넌 눈썰미도 좋고 몸도 빠르니 잘할 거야."

교인들은 '요단강 건너가 만나리'라는 찬송가를 끝마친 뒤 객실로 몰려들었다. 사장이 들어오다가 나를 보더니 고개를 까닥거리며 알은체했다. 나는 그를 쳐다보지도 않고 조문실로 들어갔다. 생전에 보았던 그대로 강 집사가 날카롭고 깐깐한 눈빛으로 나를 쳐다보았다. 향냄새가 그와 지냈던 나날들을 실어 나르며 조문실 안을 떠다녔다. 영혼이 있다면 부디 편안한 곳으로 가서 쉬기를 바라는 마음으로 절을 한 뒤 장례식장을 나왔다.

최성태와 헤어져 집으로 돌아오는데 마음이 무거웠다. 기쁜 일보다는 힘든 일이 많았을 것 같은 강 집사의 삶이 애처로웠다. 사람들은 대부분 태어나면서부터 삶이 결정된다. 가난한 부모에게서 태어나면 가난을 운명처럼 짊어진다. 인간이 애초에 선하다거나

악하다는 말은 의미가 없다. 가난을 대물림하듯이 삶의 환경을 대물림하고 폭력도 대물림하고 성향도 대물림한다. 자식이 보고 자라는 그것이 운명을 결정해버린다.

내가 어렸을 적엔 가난해서 굶을 것 같으면 죽도록 일해서 밥을 얻었다. 생존을 위한 노동은 불쌍했지만 죽음을 떠올리진 않았다. 아니, 어떻게든 살기 위해서 죽음을 무릅쓰고 죽도록 일을 했다. 지금 젊은이들은 경쟁 속에서 상대적 풍요와 빈곤을 절감한다. 그들은 사회생활 속으로 들어서는 순간 태어날 때부터 이길 수 없는 싸움터에 내몰렸다는 것을 깨닫고 절망한다. 상대적 박탈감으로 좌절해버리는 것이다.

"여러분의 권리는 여러분이 찾아야 합니다! 부당하다고 생각하면 요구하고 싸우십시오!"

오래전 하태산이 노동자 집회에서 마이크를 들고 외쳤다. 그는 노동자들이 자신의 문제를 스스로 해결하려고 하지 않으면 아무도 도와주지 않는다며 「아, 대한민국」이라는 노래를 불렀다.

우린 여기 함께 살고 있지 않나
기름진 음식과 술이 넘치는 이 땅
최저임금도 받지 못해 싸우다가 쫓겨난
힘없는 공순이들은 말고
하룻밤 향락의 화대로 일천만원씩이나 뿌려대는
저 재벌의 아들과 함께
우린 모두 풍요롭게 살고 있지 않나

우린 모두 만족하게 살고 있지 않나

아, 대한민국, 아, 우리의 공화국

우리 사회의 뒤틀린 모습을 날것의 언어로 풍자한 노래였다. '소돔과 고모라'의 사람들 같은 퇴폐적인 부자들의 행태에 침을 뱉고 비아냥거리는 가사를 하태산은 민요 가락에 노동자들의 한을 담아 노래했다.

그보다 앞선 시기에 가수 정수라는 "원하는 것은 무엇이든 얻을 수 있고, 뜻하는 것은 무엇이든 될 수가 있어"라고 또다른 「아! 대한민국」을 노래했지만 최저임금을 받고 사는 노동자들에겐 남의 나라 노래였다.

삼십년 가까운 세월이 흘렀어도 노동자들의 삶에는 변함이 없다. 오히려 자본과 권력은 노동자들을 정규직과 비정규직으로 분리해 통제하고 있다.

나는 지난 일년 동안 공장을 다니면서 우리 사회의 노동자들이 겪고 있는 힘겨운 현실을 소설로 썼다. 책으로 엮어서 그 소설을 노동자들과 진보적인 사람들과 함께 나눠보고 싶었으나 그건 내 희망이었을 뿐 책 속의 글들은 모래 위에 쓴 글처럼 바람에 지워졌다. 자본의 논리에 따라 상품이 되지 못하는 모든 것들은 쓰레기처럼 버려지는 세상이다. 전업 작가가 되어 글쓰기에 매진해보고 싶기도 했지만 생활고는 늘 공장을 떠나지 못하게 붙들었다.

강 집사의 생전 모습이 떠올랐다. 몸과 마음의 고통이 얼마나 심했을까. 죽는 순간에 강 집사가 돌아본 생은 어떤 것이었을까. 문득 내 죽음은 어떻게 다가올까 생각하다가 한 사람의 죽음을 떠올렸다. 내 생을 뒤흔들었던 한 사람의 죽음을.

청미를 만나면서 생의 활기를 다시 찾게 되었다. 그녀는 신앙의 힘으로, 나는 현실 인식과 이론적 무장으로 노동자의 삶이 변하기를 원했다. 그녀는 하느님의 품 안에서 모든 사람들이 행복하기를 바랐고, 나는 변혁의 힘으로 노동자들이 평등을 찾는 세상을 원했다. 궁극적인 점은 다를지라도 그녀는 세상의 변화를 통해 노동자가 인간다운 삶을 살아야 한다는 생각에는 나와 다르지 않았다. 오히려 그녀의 신념은 여전히 휘청거리고 있는 내 생각과 다르게 견고했다.

나는 예수의 사랑을 실천하려는 그녀의 마음을 흠모했다. 나보다는 너를, 너를 넘어서 모두를 위하는 뜨겁고도 따뜻한 마음이 내겐 부족했다. 여전히 너보다는 나를 위하고, 나라는 존재를 초월한 또다른 세계에 대한 동경을 여전히 무의식처럼 쥐고 있었다.

"때가 된 거 같다!"

어느날 태진이가 소식지 한장을 내밀었다. 소식지 안에는 타이어공장의 현실이 그림으로 알기 쉽게 설명돼 있었다.

우리 공장에서는 고무 찌꺼기로 인해 진폐 환자가 생겨도 산재로 인정해주지 않았다. 여름엔 타 죽을 듯 덥고 겨울엔 난로 몇개만 있어서 추위에 발을 굴러야 하는 실정이었다. 노조는 십년 이상 된 장기근속자 몇명을 앞세워 회사가 만들어놓은 유령노조였다. 위원장이 누구인지 총회 한번 없었다.

태진은 유령노조를 없애고 민주노조를 만들어 우리의 권리를 찾자고 주장했다. 소식지를 읽는 내 몸에서 두려움과 희열이라는 상반된 두 감정이 교차했다.

"한달 정도 우리 조 젊은 사람들하고 술자리를 많이 했어. 우리 공장에도 실질적인 노동조합을 만들어야 하지 않겠느냐고 슬그머니 말을 꺼내보았는데, 술 마실 때에는 다들 엎어야 한다, 바꿔야 한다 그랬지만 선뜻 나서려는 사람은 몇 안돼. 그래서 괜찮은 사람들을 개별적으로 만나고 있는데, 노무과에서 나를 부르더라. 말이 샌 거야. 한마디로 나대지 말라는 거지. 지켜보겠다며 협박하더라구, 개새끼들."

태진은 그들이 조만간 무슨 구실을 만들어 자신을 해고할 거라고 했다. 그는 그들이 손쓰기 전에 선수를 쳐야 한다고 했다.

태진은 서노련 조직원이었다. 서노련은 먼저 싸움을 일으켜서라도 노동자들의 의식을 각성시키고 노동자가 정치를 바꾸는 데 앞장서게 해야 한다고 주장하고 있었다. 태진 역시 무기력하게 몸을 사리고만 있다가 공장에서 쫓겨나는 것은 활동가로서 부끄러운 일이 아닐 수 없다고 했다.

나는 고개를 끄덕였지만 걱정이 앞섰다. 소식지를 뿌린다고 해서 노동자들이 같이 들고일어날지 확신이 안 섰다. 그렇다고 좋은 방법이 떠오르지도 않았다. 이것도 저것도 결단을 못 내리던 나는 침묵을 매단 채 태진의 계획을 좇아 움직였다.

우리 공장은 삼교대였다. 야간근무 때 퇴근을 늦추고 소식지를 기숙사와 현장에 뿌린다는 계획을 세웠다. 태진과 함께할 사람은 나 말고 두명 더 있었다. 그들은 태진을 통해 노동법을 공부했고 민주노조를 세우고자 하는 동료들이었다. 태진은 야간조였고 함께 하는 두사람도 같은 조였다. 나는 그 두사람을 알았지만 그들은 나를 몰랐다. 태진은 자기 모임이 드러나더라도 나는 남아 활동해야 한다며 서로 알게 하지 않았다.

1985년 9월 새벽, 태진은 일을 마친 후 목욕탕으로 가지 않고 탈의실에서 천천히 옷을 갈아입으며 사람들이 모두 목욕탕으로 달려갈 때까지 기다렸다. 사람들이 보이지 않자 기숙사로 달려가 소식지를 뿌리고 공장을 한바퀴 돌면서 작업자들이 지나다닐 만한 곳에 소식지를 던져놓고 나서야 통근버스를 탔다.

다음날 현장에서는 사람들이 수군거렸다. 작업 시작 전 조별로 모여 안전 구호를 외치며 작업을 시작할 때 반장이 한마디 했다.

"어떤 놈이 빨갱이 소리를 하고 다니나본데 귀담아듣지 말어, 알았어요?"

이십여명 되는 작업자들 중 두어사람만 시큰둥하게 대답했다. 대부분 새벽에 벌어진 일을 모르는 듯 서로의 얼굴을 보며 뭔 일 있었느냐는 표정이었다. 반장이 마땅치 않다는 표정을 지으며 말을 이었다.

"괜히 까불다가 신세 조지지 말고 일이나 열심히들 하라구. 해산!"

작업이 시작되자 기계 소리가 펑펑 요란을 떨었다. 모두들 기계의 움직임에 맞춰 바쁘게 움직였다. 나 역시 익숙해진 동작으로 타이어를 만들었지만 머릿속이 복잡했고 마음은 불안했다. 오늘은 내가 소식지를 돌리는 날이었다. 태진은 야간조에서 소식지를 돌렸으니 오전조를 의심하지는 않을 거라고 했다. 오전조에서 소식지가 나돌면 노무과에서 자기를 의심만으로 다그칠 수 없을 거라고도 했다.

나는 가슴에 소식지를 넣고 끈으로 묶은 뒤 겉옷으로 가리고 출근했다. 통근버스를 탈 때부터 가슴이 뛰었다. 혹시라도 가방에 넣고 가면 정문에서 뒤질 수 있다는 염려 때문이었지만 그런 일은 없었다. 탈의실에서 옷을 갈아입으며 미리 준비해둔 빈 가방에 소식지를 옮겨놓았다. 점심시간이 되자 사람들 사이로 말들이 오가기 시작했다. 젊은 측에 속하는 사람들이 모여서 소식지에 대한 말들을 나누는 모습이 여기저기서 목격됐다.

그런 모습들이 내게 힘을 줬다. 노조에 대한 생각이 시작됐다는 것이 반가웠다. 나는 갈등으로 꽉 차 있던 머리를 비우고 일에 집중했다. 퇴근시간이 다가오니 다시 긴장이 밀려왔다. 작업 종료를 알리는 싸이렌 소리가 울리자 사람들이 허겁지겁 탈의실로 향했다. 나는 천천히 그들 뒤를 따라 걸어갔다. 조금이라도 빨리 가서 하루 종일 땀에 젖은 몸을 씻고 싶은 사람들은 후다닥 옷을 벗고 욕탕으로 뛰어갔다. 나는 그들이 사라지는 모습을 보면서 소식지를 옮겨놓은 가방을 꺼냈다. 그리고 옷을 후다닥 갈아입은 뒤 목욕탕 입구 반대쪽에 있는 뒷문을 열었다. 고개를 내밀고 밖을 보니 아무도 보이지 않았다. 나는 들고 있던 신발을 신은 뒤 기숙사 쪽으로 부지런히 걸어갔다.

나는 기숙사 문을 연 다음 누군가가 들을까봐 최대한 발꿈치를 들고 이층으로 올라갔다. 다행히 아무도 보이지 않았다. 나는 소식지를 꺼내 뿌렸다. 팔랑거리며 떨어지는 소식지를 볼 겨를도 없이 황급히 아래층으로 내려와 계속 소식지를 뿌린 뒤 밖으로 나왔다. 문밖을 나서자 아직 수그러들지 않은 햇살이 나의 정신을 어지럽히며 현기증을 일으켰다. 나는 터질 것같이 쿵쾅거리는 심장 소리를 들으며 다시 탈의실로 돌아왔다.

사람들은 옷을 갈아입느라 나를 쳐다보지도 않았다. 이미 탈의실 밖으로 사람들이 우르르 몰려나가고 있었다. 나는 그들 사이에 스며들어 정문 앞에 있는 버스에 올라탔다. 넋이 빠진 사람처럼 의자에 앉자 온몸이 녹지근해졌다. 하루 종일 노동에 시달렸던 몸과 긴장으로 얼어붙었던 마음이 풀어지자 졸음이 밀려왔다.

다음날 공장 입구에서 경비들이 사람들의 소지품을 검사했다. 가방은 물론 비닐봉지 하나 들고 가도 다 뒤져본 뒤에야 출입을 허락했다. 노동자들이 짜증을 냈지만 경비들은 위에서 시킨 일이니 어쩔 수 없다고 투덜거렸다. 작업 시작 전 반장 역시 어제보다 더 강도 높은 말로 작업자들을 압박했다.

나는 태진이 어떻게 됐을까 궁금했다. 그와 난 일주일 후 시흥역 근처에 있는 다방에서 만나기로 사전 약속을 해놓은 상태였다. 지금 만나다보면 나까지 드러날 수 있다는 염려 때문이었다. 내 궁금증은 오래가지 않았다. 이튿날 점심시간 때 다른 동료들로부터 태진의 소식을 들었다. 그들은 A조 누군가가 매일 현장 앞에서 소식지를 나눠주며 민주노조를 만들자고 외친다고 했다. 노무과에서 잡아다가 난지도 같은 데에 데려가 버리고 와도 또 와서 부당해고 철회하라고 외친다고 했다.

예상했던 일이지만 마음이 무거웠다. 젊은 노동자들이 노무과를 향해 욕설을 퍼붓기도 했지만 그뿐이었다. 나 역시 현장 안에서 어떻게 처신해야 좋을지 알 수 없어서 일만 하다가 일주일 후 약속장소로 나갔다.

"아무래도 여길 떠야 할 것 같아."

태진은 피곤에 지친 모습이었다. 그는 더이상 자기가 할 수 있는 일이 없을 것 같다고 말했다. 나에게 자기 조에 있는 사람을 연결해줄 테니 그들과 함께 사람들을 규합해 노동조합을 만들라고 했다.

"넌 앞으로 어떡할 건데?"

"지성이가 있는 탄광으로 가려고. 공단 블랙리스트에 오를 거니여기서 활동하기는 어려울 것 같아."

나는 다방에서 먼저 나가는 태진의 등을 보자 만감이 교차했다.

현장에서 사람들을 조직하려니 험난한 바위산을 올려다보는 기분이었다. 보고 겪고 배운 것들이 거미줄처럼 나를 옥죄었다. 비겁해지고 싶지 않아 모든 것을 다 해보려고 했지만 마음은 어디로 도망가고 싶었다. 자본가도 없고 노동자도 없는 어딘가로 떠나고만 싶었다. 살면서 누군가를 괴롭히지 않고 바람 불면 바람 부는 대로 물결치면 물결치는 대로 살면 되지 않나 싶었다.

저기 떠나가는 배 거친 바다 외로이
겨울비에 젖은 돛에 가득 찬바람을 안고서
언제 다시 오마는 허튼 맹세도 없이
봄날 꿈같이 따사로운 저 평화의 땅을 찾아

가는 배여 가는 배여 그곳이 어드메뇨

강남길로 해남길로 바람에 돛을 맡겨

물결 너머로 어둠속으로 저기 멀리 떠나가는 배

80년대 초 하태산이 대중가수로 명성을 떨칠 때 유행시킨 노래다. 그는 평화의 땅을 찾아가는 배를 노래했지만 난 그 배를 타고 마음의 평화가 있는 어떤 곳으로 떠나고 싶었다. 반목과 대결과 질시가 없는 그런 곳, 빽빽이 나무가 들어차도 서로의 가지가 뻗을 공간을 내주고 잎을 틔울 여지를 주는 자연의 모습처럼 사람이 사람을 괴롭히지 않는 곳으로 떠나고 싶었다.

숱한 생각에 젖은 채 막걸리 한병을 사들고 집으로 돌아왔다. 어두운 계단을 내려가서 문을 열고 들어가 불을 켰다. 그 순간 느닷없이 문을 밀치며 신발을 신은 두 사내가 들이닥쳤다.

"뭐야?"

내가 소리치자 한 사내가 나를 쓰러뜨렸다. 벽에 머리를 찧고 쓰러지자 사내는 내 몸을 돌려 얼굴을 방바닥에 짓눌렀다. 두 팔이 꺾이고 '철커덕' 하는 소리와 함께 양손에 수갑이 채워졌다.

"당신들 뭐야?"

"떠들지 마, 자식아. 우린 남부서 정보과 형사들이야. 뭔 말인지 알아먹겠지?"

수갑이 채워지는 순간 미행을 당했을 거라는 생각이 번개처럼 스쳤다.

"형사가 왜?"

그들은 내 말에 대꾸도 하지 않고 방 안을 뒤졌다. 비닐 옷장 속에 있는 옷도 꺼내고 냄비 뚜껑도 열어본 뒤 방구석에 쌓여 있던 책 몇권을 집어들고는 나를 끌고 밖으로 나갔다. 골목을 지나 도로로 나오자 승용차 한대가 기다리고 있었다. 그들은 나를 그 안으로 밀어넣고 경찰서로 향했다.

경찰서에 도착하자 그들 중 한명이 나에게 이름 나이 학력 가족 관계 등등을 물었다. 타이어공장에 들어오기 전까지 무엇을 했으며 태진과는 어떻게 알게 됐는지 자세히 진술하라고 강요했다. 나는 그에게 무슨 죄를 지었기에 끌고 왔느냐고 물었다. 그러자 그는 두마디로 대답을 했다. 불온서적 소지죄와 공문서 위조죄.

"서점에서 파는 책도 불온서적입니까?"

내가 갖고 있던 책들은 모두 서점에서 구입한 것이었다.『노동법해설』『한국철학사』『해방전후사의 인식』 등등 모두 공단 안에 있는 공단서점에서 산 책들이었다.

"공문서 위조한 적이 없는데 뭔 공문서 위조요?"

"타이어공장 들어올 때 최종 학력을 고등학교 졸업이라고 했잖아. 넌 대학교 삼학년까지 다녔고 자퇴도 안했더구먼."

그의 말이 둔기로 변해 내 머리를 강타했다. 나에게 의미를 상실한 학교가 엉뚱하게 내 발목을 잡은 것이다. 당시 현장에는 학생운동 출신들이 노동운동을 하기 위해 많이 들어와 있었다. 학생 출신들은 공장에 취직하기 어려웠다. 그래서 주민등록증을 위조하거나 타인의 것을 도용해 취직했다. 대학을 스스로 포기했던 나는 당연히 고졸이라고 쓰고 들어온 것인데 그것이 구속 수감의 이유가 됐다.

나는 태진을 우연히 공장에서 만났을 뿐 아무런 관계가 없다고
우겼지만 전혀 먹혀들지 않았다. 경찰서 철창 안에 갇혀 일주일을
보낸 후 고척동에 있는 구치소로 이감되었다. 허탈했다. 이렇게 어
이없이 공장에서 쫓겨나 감옥에 갇힐 거라곤 생각도 못했다. 푸른
죄수복을 입고 번호가 새겨진 이름표를 달고 주는 밥을 먹으며 수
감생활을 했다.

나는 이것저것 떠올리며 걱정했다. 태진은 아무것도 모른 채 탄
광으로 떠났을 것이고 내 방은 널브러진 채 버려져 있을 것 같았
다. 형사들이 나올 때 방문을 닫았는지도 기억이 나지 않았다.

함께 학습하던 사람들이 내 집을 찾아가보겠지. 어쩌면 그들이
텅 빈 방에 흩어진 물건들을 보고 사태를 짐작하며 나를 찾을 수도
있을 거라는 생각을 했다. 청미 역시 내 방에 왔다가 당황해할 것
이 분명했다. 아니나 다를까 일주일도 안돼서 나를 찾아온 사람은
청미였다. 면회소에 들어가자 창 너머로 청미의 얼굴이 한눈에 들
어왔다. 대화를 나눌 수 있도록 전화기 다이얼처럼 구멍을 숭숭 뚫
어놓은 곳에 가서 앉았다.

"몸은 괜찮아?"

그녀의 목소리에서 따뜻한 정감이 느껴졌다. 나는 손을 내밀어
그녀의 머리카락이라도 만져보고 싶었다.

"어떻게 잘도 찾아왔네?"

"이제 넌 내 손바닥 안에 있잖아."

내가 웃었다.

"맞았어?"

"아니, 밥까지 그냥 주던데?"

"나쁜 새끼들. 때리면 가만 안 있을 거야."

"거기 있으니까 이쁘네. 얼굴 만져보고 싶다."

가슴에 있던 말이 무심코 나왔다.

"나빠. 밖에서 만날 땐 그런 말 한마디도 안하더니. 나도 너 만져보고 싶어."

청미가 새끼손가락을 구멍 속으로 찔러넣었다. 나도 새끼손가락을 찔러보았지만 들어가지 않아 닿지 않았다. 그래도 그녀의 온기가 칸막이를 넘어 전해져 온몸으로 번져왔다.

나는 결국 사개월을 감옥에서 지내다가 집행유예 일년에 팔개월형을 언도받고 풀려나왔다. 따가운 햇살이 내리쬐던 9월에 들어가서 1986년 1월 초에 나왔다. 감옥에서 나오던 날 청미는 기다리고 있다가 내 안으로 걸어왔다. 찬바람이 거리를 나뒹굴고 있었지만 세상이 온통 눈부시게 빛났다. 나는 그녀를 끌어안고 그녀의 숨결에 묻어 있는 뜨거운 감정을 내 안에 품었다.

"가자!"

청미는 내 팔에 자신의 팔을 걸고 나를 이끌었다. 우리는 가리봉시장에 가서 두부 한모와 순대 한접시 그리고 막걸리 서너병을 사 들고 집으로 향했다. 해가 저물면서 거리는 더욱 차갑게 얼어붙었지만 춥지 않았다. 먼 길을 떠났다 돌아온 서먹함도 느껴지지 않았다. 그녀가 오래전부터 옆에 있었던 것처럼 편했다. 나는 기쁨으로 충만해 있었다.

청미는 아파트 지하로 내려가는 어두운 계단 앞에 서서 나를 보며 웃더니 첫번째 계단 내려서는 벽 쪽에 붙어 있는 스위치를 눌렀다. 놀랍게도 계단이 끝나는 곳 천장에서 불이 켜졌다. 그녀는 뛰듯이 폴짝 계단을 내려가서 손짓을 했다. 내가 내려가자 그녀는 방문을 열고 안으로 들어갔다. 뒤따라 방으로 들어서면서 환하게 밝아져 있는 방 안을 보고 다시 놀랐다. 하얀 꽃벽지로 새롭게 벽이 도배되어 눈이 부셨다. 한쪽 벽에는 찬장이 세워져 있었고 그 옆에는 책상과 의자도 놓여 있었다. 방바닥엔 하얀 바탕에 작고 귀여운 빨간 꽃들이 그려진 전기장판이 깔려 있었다. 그 위에 호랑이 줄무늬가 수놓인 담요가 있었다.

"어때?"

"여기가 내 방 맞아?"

"아니, 안 맞아. 여긴 우리 방이야. 이젠 같이 쓰는 방이니까 깨끗이 하고 살 것, 알았지?"

"집 나왔어?"

"미쳤어? 내 월급으로 꾸몄으니까 주인이 둘이라는 얘깁니다. 헛꿈 꾸지 마세요."

그녀는 깔깔거리다가 담요를 옆으로 걷어내고 상을 펼쳤고 우린 그 위에다 안주와 막걸리를 올려놓았다. 그녀는 자리에 앉자 숟가락으로 두부 한쪽을 스윽 베어 내 입에 넣어주었다. 모든 게 꿈만 같았다. 방과 우리 두사람이 황홀한 그림 속의 풍경처럼 느껴졌다. 그날 우리는 새롭게 장만한 이불 속에서 사랑을 나눴다. 서로 다른 길로 흐르던 두 물줄기가 먼 길을 돌아 깊은 강에서 만나는 날이었다.

밥을 안 먹어도 행복한 나날이었다. 나는 그녀를 바라볼 때 내 가슴이 뛰는 것을 더이상 숨기지 않아도 됐다. 안고 싶으면 안고 키스를 하고 싶으면 아무도 안 보는 곳으로 그녀를 이끌면 됐다. 그 빛나는 눈동자를 들여다보고 그 눈에 입맞춤을 하고 세상에서 가장 눈부신 그녀를 마음껏 바라보며 미친 듯이 사랑할 수 있었다.

나는 청미로 인해 안정을 찾으면서 혼돈에 싸인 것들을 걷어내고 싶었다. 지역 활동가들과 일주일에 두번씩 학습과 토론을 하면서 내가 걸어갈 길을 찾아나갔다. 여전히 구로공단 안에는 활동가들을 감시하는 눈들이 거미줄처럼 퍼져 있었다. 노동자들은 3월 임금인상 투쟁을 앞두고 공동투쟁을 준비하고 있었다.

청미에게 신세만 지고 있을 수 없어 인력시장을 통해 일주일에 서너번씩 돼지 농장에 가서 청소 일을 했다. 날품팔이를 하러 나온 늙수그레한 사람들 속에서 젊은 사람은 일순위로 뽑혀갔다. 새벽에 생존을 위해 몸을 팔려는 늙은 사내들이 모여드는 그곳은 밤이 되면 어린 여자아이들이 속옷 바람으로 호객행위를 하는 곳이기도 했다.

어느날 공동투쟁을 일주일 앞두고 신흥정밀 싸움을 주도하던 박영진이 내 방에 들렀다. 그는 학습모임을 같이하던 후밴데 동일제강에 노조를 만들어놓고 신흥정밀로 들어가 다시 노조를 만드는 중이었다. 지역에서 탁월한 조직력을 갖춘 활동가로 인정받고 있는 노동자 출신 운동가였다. 그가 막걸리 두병을 사들고 와서 내게 「새」라는 노래를 불러달라고 했다.

저 청한 하늘 저 흰 구름 왜 나를 울리나

밤새워 물어뜯어도 닿지 않는 마지막 살의 그리움

술 한잔 나누면서 그와 함께 부른 그 노래를 끝으로 다시는 그를 만나지 못할 거라곤 생각도 못했다. 그는 1986년 3월 16일 구로공단 여섯개 사업장이 함께 일궈낸 공동투쟁에 나섰다. 경찰은 사전에 모든 것을 알고 있었다는 듯이 임금인상 투쟁이 시작되자마자 모든 사업장을 일거에 제압했다. 박영진은 순식간에 몰아닥친 전투경찰에 의해 옥상까지 밀려갔다. 눈부신 봄 햇살 아래에서 박영진은 경찰들을 향해 열 셀 때까지 물러가라고 했다. 경찰 지휘자는 비웃었다. 그는 진압을 명령했고 박영진은 몸에 불을 붙인 뒤 "삼반세력 타도하자! 노동삼권 보장하라!"를 외치며 쓰러졌다. 그는 회생 불가능한 화상을 입은 채 "노동자가 주인이 되는 세상이 와야 한다. 끝까지 투쟁하라!"라는 말을 남기고 스물일곱의 짧은 생을 마감했다.

3월 17일 새벽 그가 죽었다는 연락을 받고 대림동 성심병원으로 달려갔다. 이미 병원은 전투경찰이 에워싸고 있었다. 소식을 듣고 달려온 사람들이 많이 보였지만 다들 병원 주변을 서성거릴 뿐이었다. 나는 병문안을 가장하고 태연하게 중환자실까지 올라갔으나 철벽처럼 방패를 세워놓고 있던 전투경찰들에게 막혀 돌아 나오고 말았다. 봄날 화창한 햇살이 유리 파편처럼 온몸을 파고드는 정오쯤이었다.

3부

생의 수레바퀴들

토요일에도 쉴 수 있다면 얼마나 좋을까. 일요일이 되면 출근을 안해도 된다는 안도의 한숨이 절로 나온다. 마당에 서서 앞산을 바라본다. 산을 넘어온 해가 마을을 따뜻하게 비추고 있다. 앞집 굴뚝 위에선 하얀 연기가 찬 기운을 몰아내며 하늘로 오르고 있다. 산속 잎 진 나무들 사이로 햇살이 빼곡히 들어차 있고 앞마당에선 눈부신 빛들이 뛰어놀았다.

언제부터인지 시골 사람들은 산에서 나물을 캐어 먹지 않았다. 바쁜 농사일 때문이기도 하지만 귀찮게 산에까지 가서 나물을 뜯어 먹느니 밭에다 심어 먹는 게 편하다고 생각을 바꿨기 때문이다. 나는 아내가 아플 때 저 산을 구석구석 헤집고 다니며 취나물, 바다나물, 머위, 달래, 도라지 같은 것들을 뜯어다 먹였다. 아무도 건드리지 않는 앞산은 나에게 보물 같은 산이었다.

그렇게 고맙고 소중한 앞산을 공장을 다니면서부터 더이상 오르지 못했다. 휴일에 갈 수도 있지만 시간이 없었다. 집 안팎을 정돈하고 아내와 함께하기에도 시간은 부족했다. 공장은 내게서 산을 빼앗아갔다.

늘 바라보기만 하는 산으로 멀어진 앞산. 나는 「시인 강이산」을 쓸 때 박영근 시인의 「늙은 산」에 사로잡혀 있었다. 그 시를 읽는 순간 시인의 고통이 온몸으로 전해져왔다. 꽃도 나무 이름도 잊어버린 허름한 늙은 산, 산이면 산이지 허름하게 늙은 산이라니. 나는 '늙은 산'을 자본의 비인간적인 억압 아래서 인간의 향기를 잃어가고 있는 우리 사회를 비유한 것으로 보았다. 지난겨울 그 시를 읽고 난 후 앞산을 볼 때마다 저 산 어딘가에서는 생존경쟁에서 밀려난 젊은이들이 죽어가고 있을지도 모른다는 생각을 했다. 시 속에 등장하는 아무도 모르게 얼어 죽은 새처럼 경쟁에서 밀려난 젊은이들이 누구의 관심도 받지 못한 채 온몸이 얼어붙고 있을지도 모른다는 섬뜩한 생각에 휩싸여 헐벗은 나무 사이를 수없이 들여다보기도 했다.

마당에서 정면으로 마주 보이는 산길 밑에 검은 승용차가 위장포로 가린 초소처럼 아침부터 서 있었다. 공장에서 봤던 정보과 형사들의 승용차와 비슷한 차량이었다. 아니겠지, 했다. 지나가던 차가 잠시 멈춰 선 것일 수도 있었다. 기지개를 켜고 팔 운동을 하다가 집 안으로 들어갔다. 승용차에 대한 생각을 지워버리고 점심을 먹은 뒤 아내와 함께 산책하러 밖에 나갔다. 여전히 승용차가 그

자리에 있었다. 내 시선을 느끼기라도 한 듯이 차가 서서히 움직이며 고개를 넘어갔다.

　월요일에는 몸이 피곤했다. 하루를 쉬었던 몸은 좀더 쉬고 싶어 늘어졌다. 나는 목도 뻣뻣하고 다리에도 힘이 없어 슬리퍼를 끌 때처럼 맥없이 현장에 들어섰다. 다들 작업장에 들어오면서 시들한 표정으로 하품을 해댔다. 건조기 속에서 앞치마를 찾으니 없었다. 위생 장화도 없었다. 용역 직원들이 오면서 모든 게 뒤죽박죽이 됐다.

　외국인 노동자들에게 그랬듯이 사장은 용역 직원들에게 위생복과 장화를 지급하지 않았다. 길어야 이개월 일하는데 작업복을 지급하는 게 아까웠던 것이다. 용역 직원들은 막일할 때 입는 작업복을 입고 와서는 눈에 보이는 대로 아무 장화나 신고 아무 앞치마를 둘렀다. 정직원들이 유성 매직으로 이름을 써놔도 소용이 없었다. 아침마다 아주머니들이 핏대를 올리며 자기 것을 찾느라 소란스러웠다.

　사장은 여전히 공장에 제일 먼저 나와서 작업을 지시했다. 정직원들과 용역 직원들 간의 실랑이가 하루에 한두번씩은 꼭 일어났다. 사람들은 모두 부지런히 움직였지만 생산량은 제자리를 맴돌았다. 며칠 후 실장이 파랗게 질린 얼굴을 하고서 현장으로 뛰어들어왔다.

　"해썹 검사 나왔어요. 빨리 청소 좀!"

　아무도 예상하지 못한 일이었다. 이미 세번의 해썹 검사를 받았고 우여곡절 끝에 통과가 됐다. 사장은 학생들의 급식이 있는 방학 전까지 생산에 집중하고 내년 초에 대대적으로 공장 보수와 청소를 하려고 계획을 잡아놓고 있었다. 해썹 담당자들이 직원의 보건증부터 시작해서 각종 교육현황을 이수했는지 사무 자료를 살펴보는 동안 다급하게 청소가 시작됐다.

바닥에 기름이 튀면서 사람이 미끄러지는 것을 방지하기 위해 깔아놓은 박스들은 걷어내고 눈에 띄는 더러운 곳은 세척제를 갖고 와 닥치는 대로 닦았다. 그러다가 작업복을 입은 용역 직원들이 눈에 들어왔다. 현장에 들어오는 모든 사람들은 위생복과 위생모를 착용하고 마스크까지 써야만 했다. 공장장이 용역 직원들을 막걸리 만드는 옆 공장으로 밀어넣었다. 아주머니들이 한숨을 내쉬었다. 공장 구석구석 모두 청소가 필요한 상태였다. 이제까지 청소를 뒷전으로 밀어놓았던 현장은 그야말로 난장판이었다. 아주머니들은 땀을 뻘뻘 흘려가며 눈에 보이는 곳들을 닦았다. 하지만 대차는 기름때가 절어 붙은 채 곰팡이 핀 곳이 많았고 쟁반 역시 더러웠다. 배수구는 말할 것도 없고 환풍기 역시 검은 때가 더덕더덕 붙어 있었다. 짧은 시간에 닦아낼 수 있는 상태가 아니었다.

나는 해썹 검사가 달라진 모습을 보여 다행이라고 생각했다. 당국은 이제 일정을 알려주지 않고 지적을 많이 받은 공장들을 급습했다. 결국 사장은 처음 해썹 인증을 받았을 때처럼 내년 초에 공장을 새롭게 정비하라는 지적을 받았다.

공장이 야단법석을 떠는 사이 용역으로 온 삼사십대 젊은 여자들 서너명이 일을 그만뒀다. 그들은 화장실도 마음대로 못 가고 쉬는 시간도 없는 공장은 처음 봤다며 욕을 했다. 작업시키면서 작업

복도 안 주고 장갑까지 빨아 쓰라는 곳도 처음 봤다고 투덜거렸다. 유증기가 폐에 제일 나쁘다는데 돈 몇푼 벌려다 몸 망가진다고 나가버렸다.

"젊다고 유세 부리긴."

직원 아주머니들은 취직 때 나이 제한을 받지 않는 그들의 젊음을 시기했다. 그러면서도 더 좋은 곳이 있으면 가는 게 맞다며 고개를 주억거렸다.

그들이 떠난 뒤 반죽을 배우던 조선족 남자가 부인과 친구 한명을 데리고 왔다. 그들은 한국말을 제대로 못하는 사람들이었다. 여자는 붕어빵에 고정으로 배치되고 남자는 감자떡 반죽을 배웠다. 다시 공장의 기계들이 소리를 높이며 돌아갔다. 사장은 호떡 불량이 많이 나오자 찐빵 반죽을 조선족에게 맡기고 나를 다시 호떡실로 보냈다.

"야, 니네 오빠 호떡실로 다시 왔나보다."

명섭 언니의 말에 모두들 호떡실로 돌아온 나를 쳐다봤다.

"오빠! 호떡실로 온 겨?"

"그려, 본가로 돌아왔슈."

"잘 왔어, 오빠. 오빠가 없어서 얼마나 외로웠는지 몰라!"

인순이가 넉살을 떨자 아주머니들이 다들 웃었다.

"야, 오빠 왔는데 환영 노래 한곡 해야지?"

명섭 언니가 큰 눈동자에 장난기를 굴리며 인순이를 쳐다봤다. 인순이는 기다렸다는 듯이 환한 웃음을 얼굴 가득 담았다. 동글동글한 얼굴에 웃음이 꽉 들어차자 터질 듯이 반들거렸다. 그녀는 어깨를 까닥까닥 흔들며 노래를 부르기 시작했다.

"오빠에게서 꽃내음이 나네요. 잠자는 나를 깨우고 가네요."

인순이가 방글방글 웃으면서 한소절을 펼쳐놓자 아주머니들이 배꼽을 잡았다.

호떡실엔 아주머니들만의 벌칙이 있었다. 호떡을 만들 때 설탕을 넣고 조물조물 오므려 철판 위에 올려놓는데 반드시 오므려 붙인 곳이 위로 향해야 했다. 안 그러면 호떡이 제대로 눌러지지 않았던 것이다. 아주머니들이 바쁘게 하다보면 거꾸로 올려놓기도 하는데 벌칙으로 노래를 불러야 했다.

인순이는 벌칙을 받을 때마다 찬송가나 동요를 불러 빈축을 사곤 했다. 그런데 어느날 나를 오빠라고 부르더니 그때부터 유행가에 오빠를 넣어 시리즈를 만들어 불렀다. 그녀는 전날 밤에 노래를 만들어 잠들기 전까지 연습을 한다고 천연덕스럽게도 말했다.

"저것이 오빠한테 환장한 겨!"

순남이는 그럴 때마다 혀끝을 차며 킥킥거렸다. 인순이는 엉덩이가 대보름달처럼 둥글고 큰 반면 순남이는 배가 반달 모양으로 나와 있는 거구였다. 그녀는 나이가 나와 같았다. 늘 나만 보면 언제 쓰러질지 모를 정도로 말랐다며 기름진 음식 좀 많이 먹으라고 잔소리를 했다. 그녀는 일하다가 지겨우면 입을 쩍쩍 벌리며 하품을 큰 소리로 내질렀고, 배고프면 배고파서 일 못하겠다면서 호떡을 서너개씩 집어 먹고 방귀를 뿡뿡 내갈겼다.

그녀의 남편은 현재 아파트 경비원을 하고 있었다. 지난날 사업을 몇번 들어먹은 뒤 공장을 다니다가 이제 나이 제한으로 경비 일을 했다. 작은 자영업체 사장 사모님을 해본 탓인지 그녀는 사장을 욕하다가도 그를 이해한다는 말을 자주 했다.

"돈 벌어먹으려면 저런 악착이 있어야지."

사장이 쉬는 시간을 없앴을 때 '염병하네' 하면서 화를 돋우었다가도 이내 풀어버렸다.

"우리도 아저씨가 오니 좋네요."

맞은편에서 용역으로 일하는 아주머니가 말을 건넸다. 내가 그녀를 도와 호떡이 밀려서 타는 것을 막아주었기 때문이었다. 오전 내내 땀을 뻘뻘 흘린 뒤 점심을 먹으러 가는데 인순이가 다가와 말했다.

"오빠, 쟤들 도와주지 마. 오빠만 힘들잖아. 우리보다 이만원씩이나 더 받으며 일하는 사람들이라니까? 오빠가 도와주면 쟤들 더 일 안해. 응? 도와주지 마!"

나는 인순이 어깨를 두들기며 웃었다. 내가 힘들 것을 염려해서였겠지만 더 많이 생산을 하면서도 더 적은 임금을 받는 것에 대한 억울함이 묻어 있었다. 나는 앞치마를 벗어 벽에 걸어놓고 호떡실을 나섰다. 포장실에 있던 대리가 기다렸다는 듯이 내 앞에 섰다.

"아저씨, 밖에 손님들 와 계시니 나가봐요."

대리는 쌀쌀맞은 말을 던지고 사무실로 향했다. 나는 순간적으로 정보과 형사가 찾아왔구나 싶었다. 아니나 다를까 외부로 통하는 문을 열어보니 지난번 호떡실에서 봤던 두 사내가 서 있었다.

"박 선생님이시지요? 물어볼 말이 있어서 그런데 저희와 좀 가시죠?"

한 사내가 선량한 웃음을 입에 물고 점잖게 말했다. 나는 그의 웃음 뒤에 숨어 있을 비열한 모습들을 상상했다. 예전에 수없이 많이 본 양의 탈을 쓴 늑대의 웃음이었다. 일요일에 승용차를 봤을 때 무슨 일이 생길 거라고 예상했는데 틀리지 않았다.

"무슨 일로 어디를 가자는 것입니까?"

"김성은 목사 아시죠? 참고로 물어볼 말이 있어서 국정원에서 나왔습니다."

나는 아차, 싶었다. 사장이 정보과 형사라고 하는 바람에 원주 형사과에서 나온 줄 알았던 것이다. 임의동행이니 완강히 거절하면서 가지 않아도 된다. 하지만 그러면 소란스러워질 것이고 공장 사람들이 우르르 몰려나올 것이다. 지금 상황에서 내가 간첩 혐의를 받고 있다는 것을 공장 사람들이 알아서 이로울 것이 없었다.

나는 옷을 갈아입고 오겠다며 탈의실로 갔다. 옷장 문을 연 채 곧장 후배인 제민이에게 문자를 넣었다. 국정원으로 가니까 오후 여덟시까지 안 나오면 아내에게 전화를 걸어 상황을 알려주고 걱정하지 않게 해달라는 부탁을 했다.

승용차는 내가 뒷자리에 올라타자마자 출발했다. 그들이 무슨 근거로 나를 김 목사와 연결시키는지 이해가 되지 않았다. 지난해 11월 14일 민중총궐기가 열리던 날 새벽, 국정원은 한국기독평화연구소를 전격 압수 수색하고 인터넷 교회인 '평화의 교회' 김성은 목사를 체포했다. 그들은 김 목사가 북한 공작금을 받아 지하조직을 만들고 반정부 여론을 조성했다는 보도자료를 언론에 뿌렸다. 민중궐기에 북풍을 얹으려는 수작이었다.

그에 관한 뉴스는 종편에서 몇마디 나왔을 뿐 사람들의 관심을 끌지 못했다. 그들은 여론몰이가 안되자 간첩 혐의는 쑥 뺀 뒤 회합통신 혐의와 이적표현물 소지 혐의로 기소했다. 그 과정에서 국정원이 '패킷 감청'을 수년 동안 해온 것이 드러났다. 패킷 감청은 인터넷 회신에서 오가는 전자신호인 패킷을 통해 대상자의 컴퓨터를 실시간으로 들여다볼 수 있는 도청법이었다.

시민단체들은 패킷 감청에 대해 헌법소원을 해놓고 있었다. 그래도 국정원은 검찰을 통해 김 목사와 가까운 서너사람에게 체포영장을 발부하거나 출두를 압박하며 구로 지역 노동운동가들을 엮기 위해 안달을 부렸다. 검찰은 일심 재판에서 열세건의 회합과 공작금 수수 그리고 이적표현물 소지 혐의를 내세웠다. 변호인단은 사건을 예단하게 하는 증명할 수 없는 혐의내용들과 파일들이 무작위로 법정에 제출됐다고 반박하며 기소가 성립이 안되므로 사건 기각 판결을 요구했다.

법정은 아무런 대답도 없이 재판을 다음으로 넘겼다. 이에 대해 시민단체의 저항이 거세지자 검찰은 비공개 재판을 요구하고 나섰다. 이런 시점에서 국정원이 나를 찾아와 무슨 꼬투리를 잡고 임의동행을 강행하는지 알 수 없었다. 그들이 나한테 어떤 관심이 있는지 파악하고 강압적으로 나오면 묵비권으로 일관하자며 눈을 감았다. 승용차는 내곡동 한적한 곳에 있는 건물 안으로 들어갔다.

"『내 생의 적들』이란 소설에서 국가보안법을 악법으로 규정했는데, 맞죠?"

책상을 가운데 놓고 마주한 사내는 십여년 전에 내가 썼던 장편

소설을 앞으로 내밀었다.

"2004년 10월 19일 국가보안법 폐지와 사상과 표현의 자유를 위한 전국작가대회를 주도한 일이 있는 거 맞죠? 대답하지 않으면 힘들어집니다."

"다 알고 있는 거 뭘 물어봅니까. 요점만 얘기합시다."

"좋아요. 김 목사가 당신을 만나 뭘 제안했습니까?"

"제안은 무슨, 그런 거 없어요. 오랫동안 알아온 분이라 정담을 좀 나눈 것뿐이니까."

"세시간가량 정담만 나눴다면 누가 믿습니까?"

사내는 김 목사와 내가 우리집 마당에 같이 있는 사진을 내밀었다. 웃음이 나왔다. 그들은 전화를 도청하고 우리의 만남을 지켜봤다는 것을 자인하고 있었다.

"언제부터 알았습니까?"

"2000년 그 언저리쯤 될 거요."

"그때부터 국보법 철폐를 같이 외치신 거군요?"

나는 대답을 안했다.

"최근에 소설을 여러편 잡지에 발표하셨죠? 소설이 나올 때마다 김 목사가 대여섯차례 소설과 이 작가에 대해 설파했는데 그건 알고 있죠?"

"아니요."

"김 목사가 만났을 때 말 안했다는 것은 말도 안되지."

"사람 말을 못 믿는데 더이상 무슨 얘길 하겠소. 할 말 없으니 마음대로 해요."

사내가 책을 손바닥으로 내리쳤다.

"당신, 소설에서 자본주의 사회를 뒤엎자고 했잖아. 김 목사가 열변을 토하며 당신이 쓴 소설을 설파한 게 우연이라고? 당신, 생활이 어렵다는데 김 목사한테 공작금으로 얼마나 받았어?"

나는 눈을 감은 채 미동도 안했다. 김 목사가 내 소설에 대해 말을 했는지도 모르고 있었다. 그들이 나를 찾아온 이유가 어렴풋이 보였다. 십수년 전부터 알고 있는 사이, 국가보안법을 악법으로 규정짓고 있는 사람들, 정부에 대해 비판하고 민중의 고단한 삶의 근원을 파헤치고 있는 내 소설들, 그 소설 내용을 가지고 김 목사가 전했을 종교적 메시지. 충분히 고리를 이을 수 있을 거라고 판단했음이 분명했다.

그들과 나 사이에서 말이 공회전했다. 나는 사실관계에 대한 물음들만 짧게 대답하고 추궁 혹은 인정을 요구하는 말에 대해서는 침묵했다. 그들은 나를 혼자 남겨놓고 나갔다 들어오기를 반복하면서 그들의 말을 인정하라고 종용했다. 몇시간이 지났을까, 한 사내가 들어와서 냉정한 어조로 말을 했다.

"숨겨도 다 드러납니다. 당신은 물론 당신 가족과 주변을 조사하면 다 나오게 돼 있어. 공장 노동자들을 의식화시켰다는 정황도 다 갖고 있고. 어디 두고 봅시다."

사내의 마지막 말이 예사롭지 않게 들렸다. 나이 든 아주머니들만 잔뜩 있는 공장에서 의식화를 시켰다니, 누구에게서 무슨 얘기를 입수했기에 저런 말을 할 수 있을까 싶었다.

시계는 오후 여섯시를 넘어서고 있었다. 정문으로 나가는데 김 목사 석방대책위 사람들 대여섯명이 기다리고 있었다. 제민이가 나에게 다가왔다. 나는 그와 함께 온 분들에게 고마운 인사를 건넸다.

"뭐래요?"

"목사님과 함께 엮으려는 거지, 뭐. 근데 목사님이 내 소설 이야기 많이 하셨나?"

"그랬죠. 국민들이 꼭 읽어봐야 할 책이라고."

"책 선전을 많이 하셨네. 근데 책은 왜 안 팔리지?"

모두가 웃었다.

"식사나 하러 가시죠?"

"그러고 싶은데 가야 할 것 같아. 마누라가 알면 걱정하거든."

아내는 오랜 병을 앓고 난 뒤라 마음이 강하지 못했다. 그녀에게 스트레스는 무조건 나빴다. 스트레스를 심하게 겪으면 몇날 며칠 잠을 잘 못 잤다. 나는 후배가 몰고 온 차를 타고서 공장에 있는 차를 찾으러 갔다. 어두워져가는 차창 밖을 내다보니 수많은 생각이 밀려들었다.

일제 식민지 때 독립군을 토벌하기 위해 만들어진 게 치안유지법이었다. 해방이 됐으나 남북으로 분단이 되고, 분단 상황 아래서 이승만이 정권을 잡자 일제 청산은 이루어지지 못했다. 그들은 치안유지법을 국가보안법으로 계승해 남한 내에 있던 좌익 인사들을 국민보도연맹에 가입하게 했다. 당시 삼십만명이나 되던 그 좌익 인사들은 일거수일투족을 감시당하다가 6·25 전쟁이 일어나기 전에 무차별 처형되었다.

국가보안법은 4·19 혁명에 의해 일시 폐지되기도 했으나 5·16

군사쿠데타로 정권을 잡은 박정희는 반공법으로 명칭을 바꿔 국민의 언론과 사상과 표현의 자유를 억압했다. 김재규의 반란으로 박정희가 죽자 반공법은 폐기되고 다시 국가보안법이 등장했다. 분단국가라는 상황 아래서 국가 권력은 수십년 동안 민주주의와 자유를 외친 사람들을 그 법으로 다스렸다.

빨갱이!

수많은 사람들이 그 이름으로 죽고 사라져갔다. 한동안 숨죽이고 있던 국가보안법 유령이 박근혜정권이 들어서자 다시 시퍼렇게 눈을 뜨고 용트림을 했다. 분단국가의 아픔이기도 하지만 우리 사회의 병든 모습이기도 했다. 나는 시간을 확인하려고 스마트폰을 꺼내다가 문자가 와 있는 걸 보았다.

'박 선생님, 큰일 났으니까 전화 좀 해주세요.'

명섭 언니의 문자메시지였다. 이상한 기분이 들어 전화를 했다.

점심시간이 끝나고 사장의 훈시가 있었다고 했다. 내가 간첩 혐의로 조사를 받고 있는 불순세력이라고 했다. 공장 사람들에게 내가 평소에 이상한 말들을 하지 않았느냐고 물었다고도 했다. 내일부터 나를 공장에 못 나오게 한다고 했다. 나와 말을 섞는 사람은 무조건 해고할 거라고도 했다. 삼십년 전에 귀에 못이 박이도록 공장과 국가로부터 들었던 말이다. 예상하지 못한 사장의 반격이었다.

구로동맹파업 이후 공권력은 집요하게 노동운동을 탄압했다. 자고 나면 어디서 누군가가 끌려갔다는 소식만 우울하게 들려올 때였다. 박영진의 죽음은 노동운동의 도화선이 되었다. 노동운동가들은 그를 추모하는 분향소를 전국의 노동운동단체와 민주노조 사무실에 마련하고 저항의 몸짓을 다시 일으켰다.

노동조합 활동이 활발한 공장에서는 박영진을 살려내라고 하면서 일손을 멈추기도 했다. 활동가들은 학생들과 연계해 거리에서 기습 시위를 펼치며 노동운동 탄압 분쇄를 외쳤다. 박영진의 장례식이 있던 날 마석 모란공원에는 천명이 넘는 사람들이 모였다. 그들은 박영진의 죽음을 비통해하면서 모란공원을 에워싸고 있던 전투경찰과 투석전을 벌이며 날이 어두워질 때까지 철길을 점거한 채 격렬하게 싸웠다.

박영진의 죽음이 헛되지 않도록 투쟁에 나서고 있던 어느날 청미가 찾아왔다. 늘 화사한 미소를 담고 나타나던 그녀가 그날은 어딘지 모르게 다른 느낌이었다. 술을 한잔하라고 해도 안 먹겠다고 하고 책만 만지작거리며 말도 잘 안 섞었다.

"왜 그러는지 말을 해야 알지?"

아무리 생각해도 그녀의 마음을 헤아릴 수 없어 눈치만 살폈다. 그녀는 긴 한숨을 내쉬다가 내 앞에 와서 앉았다.

"나 사랑해?"

"그럼, 아직도 그걸 몰라?"

"얼마만큼 사랑하는데?"

"왜 그래? 너무너무 사랑하는 거 몰라?"

"혁명을 위해선 목숨까지 내놓을 수 있다며! 니 목숨보다 사랑해?"

"사랑해! 내 목숨보다도 더!"

"근데 왜 청혼을 안해?"

나는 갑작스럽게 결혼 얘기가 나오자 대답을 못했다. 결혼에 대해선 한번도 구체적인 생각을 해본 적이 없었다. 같이 살 집, 살림, 결혼 자금 등을 떠올리기만 해도 막막했기 때문이었다.

"그것 봐. 대답 못하잖아. 언제까지 우리가 이렇게 만나기만 해야 하는데?"

"결혼은 현실이잖아. 난……"

"니가 어때서? 내가 좋다는데!"

그녀는 실의에 젖어 나를 쳐다봤다. 나는 고개를 숙인 채 그녀의 눈길을 피했다. 나 역시 그녀와 함께 살고 싶었지만 현실적으로 아무것도 준비된 게 없었고 앞으로의 삶도 달라질 게 없었다. 내가 더이상 말을 잇지 못하자 그녀가 일어섰다.

"니 사랑이 겨우 그 정도야? 넌 현실을 이겨나갈 생각은 하지도 않는구나! 갈게."

"그러지 말고 생각을 좀 해보자."

"결혼을 생각하고 해? 사랑하면 결혼해 함께 살면 되는 거 아니야?"

"지금 내 꼴을 봐? 이 상태로 어떻게 결혼을 하겠어?"

"왜 못해? 단칸방에서 사는 노동자 부부들이 얼마나 많아? 도대체 어떤 상태가 돼야 결혼을 할 수 있는데?"

그녀는 주저앉더니 상기된 표정으로 내 얼굴을 들여다봤다. 나는 찬물을 뒤집어쓴 사람처럼 정신이 바짝 들었다. 그녀가 다른 노동자 부부처럼 사는 생활을 받아들인다면 결혼은 문제 될 게 아니었다. 나는 늘 청미의 입장을 헤아리며 결혼에 대해 난감해했는데 어리석은 생각이었구나 싶었다.

"노동자 아내로서 살 수 있겠어?"

"왜 못 살아? 대신 부모님껜 당분간 거짓말을 하자."

청미는 실마리를 풀 수 있는 묘수를 찾은 듯한 표정으로 내 손을 잡았다. 그녀는 나보고 자기 선배가 하는 출판사의 편집장 행세를 하라고 했다. 선배와 미리 입을 맞춰놓을 테니까 시인 행세도 하라고 했다. 자기 아버지가 미당 서정주를 좋아하니 그의 대표작들을 알아두는 것이 좋을 것이라고도 했다. 그녀는 많은 생각을 해둔 것 같았다. 어머니는 자신의 말을 모두 수긍해줄 거라고 했고 오빠들이 문제라면서 그들의 성격과 하고 있는 일에 대해서도 말해주었다.

그녀의 눈빛은 일을 성사시키겠다는 의지로 반짝였지만 내 마음은 점점 위축됐다. 나는 벽에 등을 기댄 채 힘들어진 마음을 붙들었다. 온통 거짓말로 나를 포장해서 결혼해야 하는 상황이 암담했다. 그렇다고 마음이 들떠 있는 그녀에게 못한다고 할 수만도 없었다. 그녀는 결혼만 하고 나면 모든 것이 밝혀진대도 문제 될 게 없다고 생각하는 듯했다.

나는 그녀의 생각을 받아들이기로 했다. 그녀의 모든 결단들은 나에 대한 사랑의 또다른 표현이었다. 나 역시 그녀를 아내로 맞이해 평생을 같이하고 싶었다. 많은 것들을 거짓말로 포장해야만 하는 상황이 싫었지만 모든 문제가 나의 궁핍한 삶 때문에 일어난 일이었다. 남을 속이거나 해할 줄 모르는 그녀가 부모님을 속이겠다면서 꺼내놓은 말들이 우울하게 방 안을 떠다녔다.

나는 그녀의 부모님에게 인사를 드리러 갔다. 그녀의 집 앞에서부터 주눅이 들어 입이 말랐다. 친구에게서 검은 양복을 빌려 입고 근사하게 폼을 잡았지만 구겨진 인상은 쉽게 펴지지 않았다. 한남동 이층 주택인 그녀의 집에는 잔디와 나무들로 꾸며놓은 넓은 정원까지 있었다. 대문 안으로 들어서자 커다란 디딤돌 한쌍이 나란히 평행을 이루면서 현관까지 이어져 있었다. 집 안으로 들어서자 거실 소파에 빙 둘러앉은 가족들의 눈이 일제히 나에게로 쏟아졌다.

"어서 오세요."

청미 어머니가 현관 앞에서 반갑게 맞아줬다. 안으로 들어선 나는 청미 부모님을 앉게 한 뒤 절을 올렸다.

"시인이라면서요?"

장모님 될 분이 물은 첫 질문이었다. 그뒤로 가족들의 질문이 쇄도했다. 여러 질문에 답을 하느라 머리가 어질어질했다.

청미 부모님은 많은 것을 묻지 않았다. 질문도 상대방에게 실례가 되지 않을 정도의 것만 물었다. 나는 어머니가 무당이라는 말은 안했지만 집안이 넉넉하지 않다고 솔직하게 대답했다. 오빠들 역시 여러가지를 들먹거리며 나를 몰아붙이지는 않았다. 화기애애한 분위기 속에서 식탁을 가득 채운 훌륭한 음식을 대접받았다. 밥을 먹고 나서 정원으로 나가 담배를 태우는데 청미 조카들이 우르르 몰려들어 신기한 듯 나를 쳐다봤다.

청미는 모든 것이 잘될 거라며 웃었지만 나는 눈에 티가 들어간 듯 앞이 가물거렸다. 식탁에 앉을 때부터 낯선 분위기가 나를 안절부절못하게 했다. 반찬이 무엇인지 무엇을 먹었는지도 모른 채 밥그릇을 비웠다. 그 집 대문 밖으로 나와서도 앞날이 잘 가늠되지 않을 정도로 그들과의 거리감은 줄어들지 않았다.

나는 시간이 흐르면 그 어색함이 해결될 거라고 애써 믿었다. 심란한 상황들이 하루빨리 떠나가기만을 바랐지만 소용없었다. 시간이 흐를수록 앞으로 부딪칠 일들이 험난한 모습으로 다가왔다. 오일쯤 지났을 때 느닷없이 청미 선배라는 출판사 대표에게서 전화가 왔다. 그는 전화번호를 하나 가르쳐주면서 청미 오빠의 번호라고 했다. 그 순간 뭔가 잘못됐다는 느낌이 온몸을 긴장시켰다.

나는 전화를 걸었다. 청미의 큰오빠가 구로공단 근처에 있는 룸살롱에서 만나자고 했다. 나는 내 신분이 노출됐다는 걸 확신하고 나갔다. 아니나 다를까 청미 오빠 둘이 나를 기다리고 있었다. 그들은 나를 앉게 하고서 술을 따랐다. 청미 오빠들의 표정은 룸 안의 공기처럼 답답하게 굳어 있었다.

"청미하고 헤어져주게."

큰오빠가 단도직입적으로 말을 꺼냈다.

"나는 대기업 부장일세. 자넨 노동운동을 하는 사람이고. 우리 집안에 자네를 받아들일 수 없네."

"청미가 말을 안 들으려 해도 무슨 수를 써서든지 이 결혼을 막을 테니까 헤어져요. 사람이 염치가 있어야지. 당신 가족사항도 우리가 다 조사해봤어. 결혼은 두 사람만이 아니라 두 집안의 관계인 거 몰라요?"

둘째 오빠가 술을 들이켜며 언성을 높였다. 그의 말이 귓구멍으로 날아와 착 달라붙었다. 이물감이 느껴지는 그 말들은 벌레처럼 몸으로 기어들어왔다. 그런데 그 말들이 오히려 기죽어 움츠렸던 몸을 곧추세우며 가슴에 불덩이를 지폈다. 더이상의 설명과 이해를 바라는 것은 그 자리에 필요 없어 보였다. 그들의 말에 욕설은 없었지만 시퍼런 칼로 내 혀를 자르듯 말을 막아버렸다. 나는 목구멍까지 닫혀버린 입을 굳게 다물고 밖으로 나왔다.

나는 예상했던 일이라 여기며 다 무시하고 걸었다. 사랑 같은 게 뭐 대수냐고 하며 자위했다. 몸을 달구던 불덩이도 식어버리고 거리의 사람들과 자동차들이 풍경처럼 지나갔다. 걸을 때마다 청미의 얼굴이 자꾸만 떠올랐지만 그녀의 오빠들이 던진 말이 프레스처럼 온몸을 짓눌렀다. 먼지가 쌓인 공단 골목길을 걸어갔다. 텅 빈 가슴에 조금씩 금이 갔다. 먼지와 쓰레기만 나뒹구는 공단 골목길엔 사람 하나 없었다. 주저앉고 싶은 다리를 끌며 대낮에도 캄캄한 지하 셋방으로 돌아왔다.

나는 사나흘 동안 술만 마셨다. 청미와 지냈던 기억들이 떠올라 방구석에서 웃다 울기도 했다. 가난을 저주하며 어디에도 정착 못하고 떠돌아다닌 나를 비웃었다. 술에 취해 쓰러져 자고 나면 텅 빈 공허함이 절망처럼 들어차 다시 술을 들이켰다. 어느날 취해서 눈동자가 허물어져내리는데 청미가 왔다.

그녀는 수많은 말들을 내게 쏟아냈다. 이럴수록 정신 차려야 한다고 소리쳤다. 아무도 없는 곳으로 도망가자고 애원하기도 했다. 가족과 결별을 하겠다고도 했다. 아이를 갖자고, 이도 저도 안되면 차라리 둘이 같이 죽자면서 나를 다그쳤다. 그러다가 오빠들이 보낸 사내들에게 끌려갔다.

생의 물길은 얼마나 예기치 못한 곳으로 흘러가는지. 나는 청미가 왔다가 두번째로 끌려가던 날, 삼개월 전 이승무에게서 전해받은 쪽지 한장이 떠올랐다. 문학 동아리 친구였던 그를 구로공단에서 다시 만나 지역 활동을 같이하는 중이었다. 그는 그때 내 수호천사였던 경희가 보낸 쪽지를 건네줬었다.

나는 경희의 쪽지가 반가웠지만 청미를 생각해 지갑에 넣어둔 채 연락하지 않았다. 쪽지에는 '보고 싶으니까 꼭 전화해주세요'라는 글과 전화번호가 있었다. 나는 술에 찌든 몸을 끌고 공중전화기를 찾아서 나갔다. 전화를 걸어보니 학교라고 했다. 최경희 선생님을 바꿔달라고 했다. 수화기를 타고 오는 그녀의 목소리는 외로움과 자학에 떨던 내 마음을 감싸주었다. 그녀는 퇴근 후에 나를 찾아왔다.

"얼굴이 너무 안 좋아 보여요. 어디 아픈 거 아니에요?"

경희는 내가 사는 방 안을 둘러봤다. 상 위에는 술병과 김치, 과자 부스러기가 있었다. 그녀는 개수대에 팽개쳐져 있는 행주를 들고 와서 상 위를 닦고 정리를 했다. 단발머리를 하고 초록 남방에 까만 바지를 입고 있었다. 쌍꺼풀이 살포시 져 있는 눈과 우직한 입술은 여전히 순박해 보였다. 그녀는 방 안을 정리하고 나서 내 앞에 앉았다.

"노동운동 한다는 얘긴 승무 형한테 들었어요. 근데 무슨 일 있으신 거 아니에요?"

나는 아니라고 손사래를 치며 그녀의 잔에 소주를 따랐다. 우리는 웃으며 옛날 학창 시절의 이야기를 했다. 그녀는 내가 학교를 떠난 뒤에 살아온 이야기를 듣고 싶어했다. 술에 몸이 반쯤 젖어들면서 나는 지난 이야기들을 조금씩 꺼내기 시작했다. 그러다가 청미 이름을 부르며 눈시울을 붉히기도 했다.

나는 점점 술을 빠르게 마셨고 목소리를 높였다. 눈꺼풀도 점점 내려앉고 정신도 깜박깜박했다. 때때로 핏대를 올리며 화를 참지 못해 소리도 질렀다. 경희가 뭐라고 말했는지 들리지도 않았다. 그냥 나는 내 이야기만 늘어놓다가 어느 순간 정신을 잃어버렸다.

머릿속에서 불이 밝혀지고 정신은 눈을 떴지만 무겁게 닫힌 눈꺼풀은 떠지지 않았다. 눈을 비벼대며 가까스로 일어나 개수대로 갔다. 수도꼭지에 입을 대고 물을 마신 뒤 물에 적신 손으로 눈을 문질렀다. 나는 담배를 피우기 위해 개수대에서 몸을 돌리다가 방 구석에 비석처럼 앉은 채 담요를 목까지 끌어올린 경희를 봤다.

"살아났네요."

나는 놀란 눈으로 멍하니 그녀를 바라봤다. 간밤의 일들이 주마등처럼 스치면서 자괴감이 일었다. 술 취한 나를 상대하다가 밤새도록 나를 지켜보며 앉아 있었으리란 것을 생각하자 민망스럽고 부끄러웠다.

"집에 가지그랬어."

나는 자리에 앉아 담배를 집어들며 갈라진 목소리를 힘없이 냈다.

"어떻게 병든 사람을 그냥 두고 가요. 속은 괜찮아요?"

나는 담배연기를 내뱉으며 고개를 끄덕였다. 며칠째 술과 담배에 찌들어 있던 방 안은 깨끗이 정돈돼 있었다.

"이제 술 그만 마셔요. 힘든 건 알겠는데 술로 해결될 일이 아니잖아요?"

나는 또다시 고개만 끄덕였다. 쪽창 밖으로 사람들의 발걸음 소리가 어둠을 걷어내고 있었다.

"갈게요. 집에 가서 옷이라도 갈아입고 출근해야 될 것 같아요."

그녀가 자리에서 일어나자 나는 담배를 손가락에 낀 채 얼떨결에 따라 일어났다. 뭐라고 미안하다는 말을 하고 싶었지만 입이 열리지 않았다. 그녀는 문을 나서며 나를 쳐다봤다.

"저녁에 다시 올게요. 그때도 술에 취해 있으면 정말 실망스러울 거예요. 술, 절대 마시지 마세요."

입안에 오지 말라는 말이 맴돌았지만 그녀의 맑은 눈빛을 마주할 수 없어 말없이 눈을 허공에 던지고만 있었다. 그녀가 문을 닫는 모습을 지켜보다가 벽에 기댄 채 이부자리에 주저앉았다. 쪽창 밖의 세상이 점점 밝아오고 있었다. 며칠 내내 술만 마신 몸은 기운이 없어 축 늘어졌다. 몸을 진동시키던 격한 마음도 지친 듯 멀리서 나를 바라보기만 했다. 나는 다시 눈을 감고 이불을 머리끝까지 올려 덮으며 어둠속으로 몸을 밀어넣었다.

한낮이 다 지나서 일어나 라면을 끓였지만 국물만 조금 삼킨 뒤 버렸다. 경희가 저녁에 온다고 해서 세수도 하고 이부자리도 정리했다. 경희는 약속대로 저녁에 와서 방구석에만 처박혀 있던 나를 데리고 죽집을 찾아갔다. 그곳에서 나는 호박죽과 미역국을 먹고 조금 기운을 되찾았다.

가슴 한쪽이 허물어진 벽처럼 바스러져 있었지만 먹고살기 위해 일을 해야만 했다. 구로공단과 맞붙어 있는 독산동 주변의 작은 공장을 찾아다닌 끝에 사출공장에 들어갔다. 세탁기, 냉장고 등에 들어가는 플라스틱 부품을 프레스로 찍어내는 공장이었다. 청미에 대한 기억이 등 뒤에서 느닷없이 울려대는 경적처럼 나타나 길 잃은 사람처럼 발걸음을 멈추게 했지만 오그라든 마음을 조금씩 펴가며 삶의 실마리를 풀어보려고 발버둥을 쳤다.

청미가 더이상 나를 찾아올 수 없도록 이사를 했다. 방 한칸에 한두걸음만 걸을 수 있는 좁은 부엌이 있는 곳이었다. 슬래브 이층집에는 아래위 합쳐 사십가구가 살았다. 대부분 공단에서 일하는 노동자들이었다. 사람들은 우글우글 몰려 사는 그 집을 닭장집이라고 불렀다. 먹고 자고 알을 낳는 닭처럼 똑같은 방에서 가난에 찌든 비슷한 얼굴들이 살고 있는 그 집이 닭장과 닮았다는 것이다. 노동자들은 먹고 자고 다음날 일할 수 있게 목숨 연명할 정도의 월급만 받아 살았다.

슬래브 집의 아침은 공동화장실 앞에 줄을 서서 발을 동동 구르며 빨리 나오라고 하는 사람들의 볼멘 목소리로 시작됐다. 경희는 포로수용소 같은 그 집으로 이틀에 한번씩 찾아왔다. 자물쇠가 채워져 있는 부엌문을 열 수 있게 열쇠까지 하나 갖고서 자기 집 드나들듯 다녔다. 내가 집에 없어도 상관하지 않고 들어와 가끔씩 빨래도 하고 반찬도 만들어놓았다.

청미가 떠나간 자리에 경희가 조금씩 들어왔다. 때론 어머니의 손길처럼 때론 우직한 친구의 손길처럼 정겨웠고 듬직했다. 그녀가 함께한 자리에서는 술을 마실 수 없었다. 자신이 없을 때 마시는 술로도 충분할 거라며 그녀는 늘 커피로 대신하게 했다. 핏기 잃은 일상이 그녀의 마음을 통해서 조금씩 혈색을 되찾아갔다.

늘 와서 곁을 주던 그녀가 삼개월쯤 지났을 때 느닷없이 발길을 끊었다. 오일이 지나도록 나타나지 않자 걱정스러운 마음이 불안으로 안절부절못하고 허둥거렸다. 급기야 학교로 전화를 해봤지만 받지 않았다. 내가 무엇을 잘못했는지, 그녀에게 무슨 일이 일어난 것인지 아무리 생각을 거듭해봐도 알 수가 없었다. 일주일쯤 지나서 공장에서 파김치가 된 몸으로 집에 돌아왔을 때 방 한가운데에 쪽지 한장이 놓여 있는 걸 보았다.

우리가 다시 만난 지 백일이 됐어요.

함께 여행 갈까요? 선후배가 아닌 남녀로요.

토요일 오후 여덟시 이십분까지 청량리역 매표소 앞에서 기다릴게요.

쪽지 한장이 나의 마음에 파문을 일으켰다. 나는 마음의 갈등을 정리하지 못한 채 청량리역으로 갔다. 그녀를 잃고 싶지 않았고 그녀에게 의지하려는 마음을 놓치고 싶지 않았다. 역사 안의 매표소 쪽으로 걸어가며 그녀를 찾았다. 경희는 사람들 사이에 서서 나를 보며 가만히 웃고 있었다.

같이 기차를 타고 여관에서 한방을 쓰고 공지천을 걷고 닭갈비를 먹고 향기 좋은 커피를 마시면서 나는 그녀에 대해 많은 것을 알았다. 물려받은 땅이 거의 없었던 그녀의 아버지는 소작농으로 시작해 중농이 됐다. 결혼을 해서 딸 셋을 내리 낳은 뒤 아들을 낳았다. 경희는 셋째 딸이었고 언니 둘은 상고를 나와 회사를 다니고 있었다.

경희의 아버지는 유교적 풍토에 젖어 여자는 많이 배울수록 박복해진다며 그녀가 인문계 고등학교 가는 걸 극구 말렸다. 경희는 아버지의 강압에도 굴복하지 않고 인문계 고등학교를 거쳐 대학을 들어갔다. 고등학교 때 대학 등록금을 절대 대주지 않겠다는 아버지의 야멸찬 언행에도 불구하고 졸면서까지 영어 단어를 외웠다고 했다. 그래서 자신의 성적으로 들어갈 수 있는 대학보다도 낮은 곳을 선택해 단과대 수석으로 입학해서 사년 장학생이 되었다고 했다.

아버지는 불행히도 그녀가 대학을 졸업하는 것을 보지 못했다. 경희가 대학교 이학년 때 교통사고로 돌아가셨던 것이다. 어둠이 짙었을 때 논에 있던 볏짚을 경운기에 싣고 집으로 돌아가다가 트럭에 받혀 논바닥으로 떨어졌는데 경운기 밑에 깔려 즉사했다고 한다.

경희는 아버지 이야기로 눈물이 맺히자 다른 이야기를 꺼냈다.

"내가 여자로 안 보여요?"

남자들이 한번도 그녀와 연애하자고 손을 내밀지 않았다고 했다. 그녀 역시 연애를 하고 싶은 사람을 만나지 못했다고 했다.

"내가 여자로서 그렇게 매력이 없나요?"

나는 웃으며 고개를 저었다. 그녀는 예쁘게 생기진 않았지만 그녀만의 매력이 있었다. 옷을 입어도 목까지 단추를 잠그는 것에서 알 수 있는 바처럼 그녀는 정갈하면서 중심이 분명한 사람이었다.

대학 시절 나를 챙겨주면서도 그녀는 따끔한 충고를 한마디씩 던졌다. 그때 가장 나를 아프게 했던 말 중의 하나가 부모님이 힘들게 내주신 등록금을 함부로 버리지 않아야 한다는 말이었다.

말을 정직하게 하듯 옷을 단정하게 입고 모범적으로 행동하는 모습들을 보면서 동아리 사람들은 그녀를 딱딱하고 융통성 없는 인물로 인식했다. 나 역시 대학 시절에 그녀를 보면서 고집스럽고 구태의연하다는 느낌을 받은 적이 많았다. 하지만 그녀는 알면 알수록 빛을 발하는 그런 여인이었다.

여행에서 돌아온 우리는 자연스럽게 연인으로 발전했다. 하지만 사랑한다는 말은 서로 입 밖으로 꺼내지 않았다. 그건 나에 대한 그녀의 배려였다. 청미에 대한 나의 감정이 여전히 마음속에 남아 있는 것을 존중하고 개의치 않겠다는 뜻이었다. 나는 한달쯤 지났을 때 무심코 말을 했다.

"우리 같이 살면 어떨까?"

"그건 싫어요."

"왜?"

"형하고 살면 불행할 게 뻔하잖아요. 앞으로도 노동자로 살 거고, 노동운동을 하려고 할 텐데 그런 삶은 너무 힘들 것 같아요."

나는 이렇게 일상을 나눌 정도라면 같이 살아도 좋을 것이라고 생각했다. 그녀가 나를 사랑하고 있다는 오만한 확신도 있었다. 어쩌면 그녀가 나의 제안을 기다리고 있을지도 모른다고 여겼다가 예상치 못한 그녀의 대답에 입을 다물어버렸다.

돌아보면 나는 결혼에 대한 아무런 준비도 없었다. 더욱이 그녀를 사랑하는지 아닌지를 일하는 도중에도, 그녀가 집에 왔다가 돌아간 뒤에도 문득문득 되묻던 중이었다. 그녀가 있으면 편하고, 그녀가 있으면 든든하고, 그녀가 있으면 휑하니 뚫려 있는 가슴에서 불어오는 쓸쓸한 바람을 덜 느낄 수 있어서 그녀를 붙잡아야겠다는 나의 이기심 때문에 그런 말을 꺼냈던 것이다.

나는 그녀가 원하는 대로 모든 만남의 시간들을 자연스러운 흐름에 맡겼다. 우리는 다시 평소의 모습으로 돌아갔다. 나는 일주일에 한번 학습모임에 나가면서 변혁에 관한 철학과 이론들을 배우고 마음에 새겨나갔다. 그러던 중 또다시 경희가 일주일 동안 얼굴을 나타내지 않았다. 나는 그녀에게 어떤 일이 일어났는지 알고 싶었지만 어떤 행동도 취하지 않았다. 그녀는 열흘째 되던 날 나타났다.

"무슨 일이 있었어?"

나는 기다림 한가운데에서 조바심을 태우던 마음을 감추고 담담하게 물었다.

"형, 나랑 같이 살자."

그녀의 입에서 헤어지자는 말이 나올 줄 알았는데 뜻밖의 말에 멍하니 그녀를 쳐다봤다.

"앞날이 험난할 것 같긴 하지만 운명인 거 같아. 나랑 같이 살자."

그녀는 임신 삼개월이라고 했다. 아이를 낳고 싶다고 했고 나의 삶을 존중해주겠다고도 했다.

같이 살자며 손을 맞잡은 날부터 결혼식까지 이개월도 채 걸리지 않았다. 그녀의 배가 불러올 것을 걱정해서 일사천리로 결혼 준비를 했다. 한가지 피할 수 없는 거짓말을 또다시 했다. 학교 선생이 노동자를 남편으로 맞는 것에 대한 그녀 가족의 반대와 그녀 어머니의 걱정을 덜어내기 위해 중소기업을 다니는 직장인으로 나를 둔갑시켰다. 청미에 대한 감정이 여전히 남아 있어서 마음 한편이 무겁기도 했지만 사랑에는 한순간의 열정으로 만나는 사랑만 있는 것은 아닐 거라고 여겼다. 만들어가고 키워가는 사랑 또한 얼마든지 아름다울 수 있다고 주문을 걸었다.

내가 결혼한 그해 5월, 우리 사회 역시 커다란 변화를 겪기 시작했다. 나는 구로 지역 활동가들과 함께 대통령 직선제를 공약으로 내세운 야당 신민당의 개헌추진위 인천 지부 현판식에 참여하기 위해 몰려갔다. 전두환정권에 타격을 가하기 위한 것이었다.

공권력은 그 집회를 소요죄로 몰아 폭력적으로 탄압했다. 수많은 사람들이 머리가 깨지면서도 경찰차를 부수기도 하며 밤새도록 저항했다. 결국 공권력에 의해서 수백명이 다치면서 경찰서로 끌려가거나 수배가 되었지만 독재정권의 말로가 여기저기서 보였다. 그해 8월 부천경찰서 성고문 사건이 일어나더니 11월에는 태백에 있는 미인폭포에서 활동가 테러사건이 일어났다.

당시 대한민국 위장취업자 구속 1호였던 강원대 출신 박인균은 태백에서 광부로 활동하고 있었다. 보안사는 그를 간첩으로 몰기 위해 프락치를 시켜 탄광 폭파를 계획한 주범으로 몰려고 했다. 미인폭포 위에서 프락치가 파묻어놓은 다이너마이트 두 박스를 꺼내 보이며 탄광을 폭발하자고 했다. 박인균이 노동운동은 공장과 노동자를 함께 살리는 운동이라고 설득하자 프락치는 그의 머리를 쳐 미인폭포 밑으로 떨어뜨렸다.

그런데 박인균은 기적적으로 살아났다. 그는 물속에서 간신히 빠져나오긴 했으나 사방에서 손전등 불빛이 몰려들어 보안대로 끌고 갔다. 보안대에서 사람을 풀어 폭포 주변을 미리 에워싸고 있었던 것이다. 그는 병원으로 이송돼 치료를 받은 뒤 구타와 물고문 그리고 잠 안 재우기 고문 등 견디기 어려운 고문을 당했다. 탄광 폭파 계획을 인정하라고 했지만 버티자 안기부와 보안사 간의 마찰이 생겼다. 안기부가 보안사에 '문제만 일으킨 계획'이라고 질타하면서 박인균과 동료들이 풀려났다.

천주교에서는 정부를 향해 광산 간첩단 조작 사건의 진상 조사를 강력히 요구했다. 그러나 이듬해 87년 1월 대학생 박종철이 남영동 대공 분실에서 고문을 받다가 사망하면서 이 사건은 묻혔다. "탁 하고 치니 억 하고 죽었다"라는 박종철의 죽음에 대한 공권력의 변명은 국민을 분노케 했다. 정권 유지를 위해 수많은 용공조작 사건을 만들어냈던 그 엄혹한 시절을 두려움 없이 뚫고 나온 사람들, 그 사람들이 전두환 독재정권의 몰락을 이끌고 있었다.

생의 길은 알 수 없는 곳에서 예기치 않게 열리는 것 같지만 사실은 필연적인 요소들이 내재해 있다. 내가 소설가의 길을 걷게 된 것도 결코 우연만은 아니었다. 박영진이 죽은 뒤 아무도 그를 위한 추모사업회를 만들려고 하지 않았다. 그건 당시 노동운동권의 편협한 조직관 때문이었다. 구로 지역에는 남노련과 서노련이라는 두 조직이 있었는데 그들은 준비가 안됐다는 이유로, 또 자신의 조직원이 아니라는 이유로 난색을 표했다.

"해운아, 우리가 영진이를 살려야 할 것 같다."

결혼한 지 삼개월쯤 지났을 때 김명운이 찾아왔다. 그는 서울대 공대를 과 수석으로 졸업한 사람으로 대우전자에 입사해 일년을 사무직으로 근무하기도 했다. 그는 앞날이 환하게 열려 있던 삶을 내려놓고 노동자들의 삶을 경험하고 싶어 동일제강에 입사했다가 박영진을 만났다. 항상 진지하고 성실하게 학습모임에 참여하던 김명운이 추모사업회를 만들자고 나섰다. 나는 그의 얘기를 듣고 흔쾌히 동의했다. 박영진 추모사업회를 만들기 위해 우리 신혼집에서 삼십여명이 들락거리며 한달 가까이 준비를 했다. 그때 나는 박영진의 삶을 기록하는 역할을 맡았다.

박영진은 다행히도 얇은 일기장 한권과 메모들을 남겨놓았다. 그는 나이 스물이 넘어 야학을 다니며 대학에 들어가고 싶어했다. 산동네 꼭대기의 빈곤한 삶에서 벗어나는 일은 대학을 졸업해야만 가능하다고 믿었다. 그런데 산동네 아래에 있던 야학 선생들은 학과만이 아니라 노동법 등 사회문제에 대해서도 공부시간을 많이 할애해 알려주었다.

영진은 자기보다 두어살 많은 선생들에게 검정고시에 합격할 수 있는 공부를 더 가르쳐달라고 항의하다가 결국 야학을 떠났다. 그는 페인트공으로 전국을 떠돌다가 육개월 후 다시 야학을 찾았다. 선생들의 가르침을 통해 세상을 이해해보고 싶었던 마음이 들었던 것이다.

그뒤 박영진은 야학 선생이 건네준 『전태일 평전』을 읽고 충격에 휩싸였다. 책 속에 담겨 있는 전태일의 삶이 그의 삶을 송두리째 흔들었다. 그는 노동운동가가 되기로 결심하고 몇몇 공장에서 개인적으로 부당함에 맞서 싸우기도 했으나 투쟁에서의 승리는 현장의 조직력이라는 바탕이 있을 때에만 가능하다는 것을 깨우쳤다. 그는 마음의 중심에 변혁을 새기며 동일제강에 입사했다. 첫 출근 하는 날의 감회가 일기에 한줄 남아 있었다.

이제 나는 노동자의 아들로 새로 태어났다. 인간답게 산다면 단 하루, 아니 몇초라도 좋으리.

박영진의 일기는 치열했다. 자신의 삶을 찾아가고자 하는 절실함이 글씨에 묻어 있었다. 그는 현실을 냉철하게 바라보면서 세상을 바꾸는 행위를 두려움 없이 해나갔다. 나는 원고지 삼백매로 그의 생을 기록하면서 내가 걸어온 지난 세월이 한없이 부끄러웠다.

나는 추모사업을 위해 여러가지 일들을 계획했다. 각 현장과 연계해 노동해방 가요제를 만들기도 했다. 활동가들이 노동해방 가요제에 참여한다는 구실로 현장에서 노래패를 만들면 그 노래패가 직접 다른 현장 노래패와 가요제를 꾸려나가면서 각 사업장의 조직을 강화하는 일을 수년 동안 이어갔다. 노동조합을 만들기 어려운 작은 공장들의 경우 노동자들을 모아 열사 축구회를 결성하기도 했다. 돈도 없고 여유도 없어 휴일을 즐기지 못하던 노동자들은 축구회에 몰려들었다. 추모사업회에서는 축구회 회원이 육백여명까지 늘어나자 공장 지대 한가운데에 '열두마당'이라는 술집까지 차렸다.

모든 계획은 김명운의 머릿속에서 나왔다. 그가 정세를 분석하고 해야 할 일들을 계획하면 난 몸으로 뛰었다. 추모사업회 일을 하면서 나는 어릴 적 흥을 되찾아갔다. 노동자들과 축구를 하고 술집에서 인생에 대해 떠들다보면 어느새 그들과 형, 아우 하는 사이가 돼 있었다. 우리는 민중교회나 합법적인 공간에서 그들에게 노동법과 우리나라의 정치와 사회구조에 대해서 가르쳤다. 당시 축구회를 통해 나온 노조위원장들도 여럿 됐다. 그들 중 몇명은 여전히 박영진 추도식에서 만나며 같이 늙어가고 있다.

몸이 열개라도 모자랐던 그 시절, 나는 추모사업회 회보를 작은 잡지로 만들어 유포했다. '신새벽'이라고 이름 붙인 오십여쪽의 회보에 현장에서 일어난 일상 이야기들을 담아냈다. 노동자들의 소식지 한장도 불온하게 여겨지는 판이라 글쓴이들의 이름을 가명으로 바꿔놓고 은밀히 만들었다.

나는 을지로 세진인쇄소 사장 강은기 선생에게 도움을 많이 받았다. 수많은 옥살이를 하면서도 민주화운동을 위한 인쇄물을 쉼없이 만들어주신 그분이 약속한 장소로 인쇄물을 들고 와 건네주면 나는 도망치듯 택시를 타고 돌아와 현장에다 뿌렸다.

현장 동료들로부터 폭발적인 반응을 얻었다. 오백부를 찍어 활동가들을 통해 오백원에 팔았는데 이틀 만에 다 팔렸다. 나는 글을 쓰면서 힘이 났다. 그 힘이 넘쳐 소설을 쓰고 싶다는 생각으로 자연스럽게 이어졌다.

소설이라곤 고등학교 때 읽어본 소설이 전부였던 나는 머릿속에 그려지는 대로 소설을 썼다. 「산동네 사람들」 「광산 프락치」 등을 써서 회보에 실었다. 그러다가 소설을 이렇게 써도 되나 싶어서 소설책 대여섯권을 사서 보았다. 나는 그 소설들을 읽으면서 작가들이 글을 만드는 방법을 유심히 살폈다. 그후 나는 백종수의 이야기를 원고지 삼백사십매 분량으로 썼다. 백종수는 전두환 독재정권에 대한 분노를 이기지 못해 광화문 네거리에서 온몸에 시너를 붓고 불을 붙인 채 '독재정권 타도!'를 외치며 달리다 쓰러진 사람이었다.

그의 소식이 알려지자 재야인사들은 득달같이 병원으로 달려갔지만 그가 회생하자 발길을 끊어버렸다. 그의 고통과 아픔을 오롯이 품은 사람은 김명운이었다. 그는 백종수를 계속 돌보다가 퇴원할 무렵 추모사업회로 데려왔다.

백종수의 얼굴은 껍질 벗긴 뱀들이 얽혀 있는 것처럼 흉측했다. 눈동자만 까맣게 빛나고 있을 뿐 콧등도 없이 콧구멍만 두개 뚫려 있었다. 입술도 까뒤집혀 인중 위에 달라붙어 있었다. 말이 어눌하게 변해버린 그는 늘 의기소침해 보였다. 김명운은 그의 마음에 생기를 불어넣어주려고 애를 썼다. 나 역시 그를 감싸며 말벗이 되어주었다. 그는 내게 자신이 살아온 이야기를 들려줬다. 그 이야기를 소설 형식으로 썼는데 그 글이 나를 소설가로 만들어줄 줄은 당시엔 생각도 못했다.

아내는 나에게 모든 것을 할 자유를 주었다. 생활은 그녀가 교사 일을 하며 꾸려갔다. 아내는 내가 소설을 쓰자 나보다 더 기뻐했다.

소설가가 된 것도 아닌데 나를 보고 소설가라고 불렀다. 곧 나를 많이 닮은 아이도 태어났다. 분만실에서 갓 태어난 아이를 보고 또 보았다. 간호사들이 유난스럽다고 했지만 생명의 탄생에, 내 자식이 생겨났다는 경이로움에 기뻐 어쩔 줄 몰랐다.

안기부와 정보과 사람들은 나를 요시찰 인물로 보기 시작했다. 소름 돋는 눈빛들이 우리집 주변을 늘 지켜봤다. 일곱번 이사를 했는데 이삿짐을 트럭에 싣고 갈 때마다 그들은 먼저 이사 갈 집 앞에서 우리를 기다렸다. 아내는 그들 때문에 수시로 뒤를 돌아보는 습관이 생겼다. 출근할 때나 시장을 갈 때에도 누군가가 쫓아오지 않을까 하는 불안감에 젖곤 했다. 그래도 씩씩하고 환한 웃음을 잃지 않으며 지냈다. 난 그녀에게 생활을 맡긴 채 눈앞에 펼쳐진 내 길을 걸어갔다.

1987년 전두환정권은 대통령 간선제로 집권 연장을 꾀했다. 많은 국민들이 일제히 비난을 퍼부었다. 전두환의 4·13 호헌 조치에 대한 반대가 각계각층의 성명서로 시작되어 거리 시위로 이어졌다.

나는 금천구와 구로공단을 오가며 노동자들과 함께 거리에서 민주주의를 외쳤다. 축구회 회원 중에서도 자신들의 권리를 찾아 투쟁에 나서는 사람들이 생겨났다. 그들은 현장 동료들과 함께 노동조합을 만들고 부당한 대우에 저항해 파업을 일으키기도 했다.

남부경찰서 정보과 형사들은 '열두마당' 근처에 쉽게 나타나지 못했다. 박영진의 아버지가 늘 그곳에 있으면서 형사들이 나타나면 몽둥이를 들고 쫓아갔다. 우리 역시 그들이 나타나면 몸싸움을 해서 밀어냈다. 저녁에 노동자들이 몰려들면 그곳은 투쟁가를 부르는 해방구로 변했고 노동조합을 만들어내는 토론장이 되기도 했다.

가리봉오거리 고가차도 밑에 전투경찰의 간이초소가 있었다. 그들은 그곳에 컨테이너를 세워놓고 노동자들을 감시하다가 투쟁이 일어나면 득달같이 달려가 공권력을 휘둘렀다. 우리는 전두환정권에 대한 국민적 반감이 팽배하던 그해 5월 중순경 점조직을 통해 시위 계획을 알렸다.

일요일 오후 노동자들이 가리봉오거리 골목들마다 모여들었다. 경찰들은 눈치채지 못했다. 약속대로 '동'을 뜨기로 한 사람들이 정오에 맞춰 '독재정권 타도!'를 외치며 골목에서 뛰어나왔다. 그들은 소식지를 뿌리며 초소를 향해 달려갔다. 그러자 백여명이 되는 노동자들이 순식간에 가리봉오거리를 점거해버렸다. 달리던 차들이 경적을 울리며 멈추었고 고가차도 위로 올라간 노동자들이 소식지를 허공에 날렸다.

거리를 점령한 노동자들은 보도블록을 깨서 초소를 향해 던졌다. 거리를 활보하던 전경들은 달아났고 일부는 초소 안으로 들어가 문을 잠갔다. 노동자들이 초소 손잡이를 돌로 치며 문을 부쉈다. 손잡이가 휘어지자 문을 열고 안으로 들어갔다. 그들은 들어가자마자 눈에 보이는 모든 집기들을 집어던졌다. 서너명의 전경들이 구석에 몰려 두 팔로 얼굴을 감싼 채 웅크리고 있었다. 몇사람이 그들을 발로 짓밟으며 분노를 표출했다. 김명운이 그들을 뜯어말리며 철수를 외쳤다. 계획한 대로 오분 습격이었다. 남부경찰서에서 전투경찰이 탄 차량들이 몰려왔을 땐 이미 노동자들은 사라진 뒤였다.

전투경찰들은 갑작스럽게 습격을 당한 뒤부터 초소를 더 강화하고 감시를 두텁게 했다. 가리봉오거리 골목마다 서너명씩 조를 짜서 순찰을 자주 돌았다. 그들은 가방을 들고 가는 청년들이 있으면 서슴없이 불심검문을 해댔다. '열두마당'에도 사복형사들이 자주 나타나 그곳을 드나드는 사람들을 유심히 살펴봤다.

초소 습격이 있은 지 보름쯤 지나 밤 열두시가 넘어서 집으로 돌아올 때였다. '열두마당'을 나와 십여분쯤 걸었는데 느닷없이 내 옆에 봉고차가 섰다. 사내 서너명이 취한 채 걷는 나를 순식간에 차 안으로 밀어넣고 비닐봉지를 씌웠다.

내가 "뭐야?"라고 소리치며 저항을 하자 그들은 내 손에 수갑을 채운 뒤 옆구리를 주먹으로 가격했다. 나는 느닷없는 주먹질에 숨도 제대로 쉬지 못하고 허리를 감싸안은 채 고개를 숙였다.

"끽소리라도 내면 죽인다!"

누군가가 뒷덜미를 누르며 서늘한 목소리로 위협했다. 술이 확 달아났다. 수갑을 채운 걸로 봐서 경찰이나 안기부 직원이라고 생각했지만 한참을 지나도 차는 멈추지 않았다. 그들은 말이 없었고 나도 입을 다문 채 생각에 잠겼다. 도대체 이들은 누구이고 날 어디로 끌고 가는 것일까. 시간이 흐르면서 긴장이 풀어지자 졸음이 밀려왔다. 나는 끄덕끄덕 졸았다. 정신없이 자다가 눈을 떴는데도 차는 여전히 달리고 있었다.

"도대체 어디로 가는 겁니까? 당신들은 누구요?"

그들은 대꾸하지 않았다. 얼마나 달렸을까, 차가 멈추더니 누군가가 밖으로 나갔다.

"고개 숙이고 눈 감고 계셔. 뜨면 눈알을 확 뽑아버릴 거니까."

사내가 뒷덜미를 누르며 비닐봉지를 벗겼다. 대신 천으로 눈을
가렸다. 밖으로 나간 사내가 빵과 우유를 사갖고 오더니 내게도 주
었다. 문을 여닫으면서 들어오는 바람이 서늘한 게 이른 아침이 아
닌가 싶었다. 나는 빵과 우유를 옆에 놓아두고 소변을 보고 싶다고
했다. 그들 중 한 사내가 나를 데리고 밖으로 나갔다.

"그냥 싸. 수작 부리면 죽여버릴 거니까."

차 밖으로 나갔으나 나는 자동차 소리는 고사하고 다른 작은 소
리조차 들을 수 없었다. 사내는 수갑을 풀어주며 내 뒷덜미를 움켜
쥐었다. 도망치고 싶은 마음은 굴뚝같았으나 엄두를 낼 수 없었다.
소변을 본 뒤 다시 수갑을 차고 안으로 끌려들어갔다.

경찰이 아니라면 용역깡패들인가. 안기부나 보안사 놈들이라면
이런 식으로 끌고 다닐 이유가 없다. 그들은 어떤 자백을 받거나
조작할 땐 고문실로 끌고 가 무자비한 폭력을 서슴지 않았다. 이들
은 말도 없고 폭력도 행사하지 않았다. 경찰이 아니라면 분명 누군
가로부터 사주를 받은 자들임이 분명했다. 나를 어떻게 할 것인지
결정을 내리지 못한 것일까. 의문사로 사람이 여럿 죽던 시절이었
다. 불안한 기운에 휩싸여 있는 나를 태운 채 봉고차는 시간을 잊
어버린 차처럼 달리고 또 달린 후에야 멈춰 섰다. 차 안에서 부산
을 떠는 소리들이 잦아지더니 누군가가 청테이프로 내 입을 봉했
다. 뺨에 달라붙는 끈적끈적한 테이프의 이물감이 혀까지 붙여버
리는 듯했다. 누군가가 내 손에 볼펜을 쥐여줬다.

"불러주는 대로 써."

내 앞에 탁자 같은 게 놓여졌고 그 위에 종이가 올려졌다.

"나는 살기 싫다."

사내의 목소리를 듣는 순간 이건 유서 조작이라는 생각이 들어 머리카락이 쭈뼛 섰다. 나는 쓰지 않았다. 자살로 위장할지 모른다는 두려움이 두드러기처럼 온몸에 돋아났다. 손끝이 떨려 볼펜을 손에서 놔버렸다.

그 순간 누군가가 내 신발과 양말을 벗긴 뒤 맞은편 의자 위에 내 맨발을 올렸다. 그는 발등을 꽉 잡고 느닷없이 엄지발가락 끝에 바늘 같은 것을 깊숙이 쑤셔박았다. 비명을 지르며 발을 빼려고 몸을 비틀었으나 허사였다.

서슴없이 들어오는 바늘에 의한 고통이 사지를 떨게 만들었다. 나는 실험실의 개구리처럼 눈을 감은 채 가슴을 벌렁거리며 입을 쩍 벌렸다. 발가락 끝에서 시작해 온몸을 관통하면서 머리끝까지 올라오는 것 같은 바늘의 진격이 멈추자 화끈거리는 아린 통증이 전신으로 번졌다. 그래도 소름 끼치는 바늘이 더이상 움직이지 않으니 살았다 싶었다.

그들은 바늘을 쑥 빼내고 솜과 테이프로 발가락을 감쌌다. 나는 오그라든 심장을 붙잡으며 정신을 차리려고 눈을 떴지만 검지발가락 끝으로 바늘이 다시 찌르고 들어왔다. 그 순간 몸이 튀어오르면서 입 밖으로 나가지 못한 처절한 소리들이 목구멍을 넘어 식도를 타고 뜨거운 불길처럼 배 속으로 들어왔다. 정신이 아득해지고 땀구멍들이 활짝 열렸다. 몸 안에 있던 생의 열기가 구멍으로 빠져나가면서 영혼을 끌고 나갔다. 새끼발가락까지 바늘에 찔렸을 때 나는 손을 흔들었다. 악을 쓰면서 손에 볼펜을 쥐여달라고 하며 온몸을 뒤틀었다. 등은 땀으로 흥건히 젖었고 이마에 돋아난 땀방울들은 뺨을 타고 흘러내렸다.

그들은 내 소리를 들으려고 하지도 않았다. 열 발가락에 바늘을 찌르면서 손끝 하나 떨지 않았으며 흥분이 섞인 거친 숨소리조차 내지 않았다. 내 몸은 뼛속까지 탈진해 축 늘어진 채로 또다른 고문을 예상하며 바들바들 진저리를 쳐댔다.

몇분이 흘러갔다. 이상하게도 그들은 유서 쓰기를 강요하지 않았다. 나는 달아난 정신을 끌고 와서 귀를 열고 생각을 더듬었다. 봉고차 문소리와 들락거리는 소리가 들렸다.

갑자기 그들 중 한사람이 차 밖 멀찍이서 내지르는 소리가 들려왔다. 무슨 말인지 알 수 없었으나 전화 통화를 하면서 화를 내고 있는 것 같았다. 잠시 후 그들은 나를 차에서 끌어내렸다. 신발도 신지 못한 채 내리니 흙이 밟혔다. 그들에게 떠밀리며 비탈길을 올라갔다. 풀냄새가 맡아졌고 작은 돌들이 발바닥에 밟혔다. 산이라는 생각이 들었다. 5월 말경인데도 공기가 서늘했다. 바람이 간간이 불어와 몸에 스칠 때마다 꿈을 꾸는 게 아닌가 싶었다.

"여기서 빨리 끝내고 갑시다. 어이, 올라가!"

누군가가 내 발을 들어 어딘가에 올렸다. 불안에 떠는 발바닥으로 플라스틱 감촉이 전해졌다. 의자가 뒤뚱거렸다. 나는 영문도 모른 채 그 위에 올라섰다. 그러자 반질반질한 느낌을 주는 끈이 목을 휘감았다. 나는 목매달리고 있다는 극도의 공포심에 떨면서 살려달라고 소리쳤다. 온몸의 피가 얼굴로 솟구치며 눈, 코, 입으로 터져나갈 것 같았다. 그때 의자가 툭 소리를 내며 발밑에서 사라졌다. 밧줄이 목을 팽팽하게 조이자 목구멍이 턱 막혔다. 발을 구르며 조여지는 숨통을 열기 위해 용을 쓰자 항문으로 똥 한무더기가 비어져나왔다.

"이런 개자식! 마, 이렇게 약해빠진 놈이 왜 까불어?"

그들은 비웃었지만 내 귀에는 들리지 않았다. 목을 끊어서라도 밧줄에서 벗어나려고 발버둥 쳤다. 바람은 죽음의 냄새를 풍기며 온몸을 휘감았고 목구멍엔 티끌 같은 틈새도 없어 혀가 입 바깥으로 기어나가기 시작했다. 죽는다는 아득한 의식 속으로 떨어져내릴 때쯤 발바닥 밑으로 의자가 들어왔다. 발바닥을 지탱해주는 의자에 견고하게 발을 딛고 서자 툭툭 끊겨가던 신경이 다시 이어졌고 머리를 터지게 할 것같이 역류하던 피가 화르르 온몸으로 돌아갔다. 그러자 숨구멍이 열리고 막혔던 숨이 한꺼번에 몰려들었다. 나는 컥컥거리면서 영원히 닫힐 듯이 붙어버린 눈을 떴다. 그들의 비웃음도 똥을 쌌다는 사실도 나는 상관하지 않았다. 어둠속 한줄기 빛처럼 목숨을 돌려준 한줌의 숨이 고마울 뿐이었다.

"당신 운 좋은 줄 아셔. 여기 있다가 우리 차가 떠난 뒤 눈가리개를 푸셔. 아니면 다시 와서 당신을 죽일 수도 있으니까."

날을 바짝 세운 사내의 음성이 오래전 하루 종일 미행했던 한 사내의 눈빛을 떠오르게 했다. 구로동에서 한양대까지 가방에 넣은 문건을 전하러 갔을 때 미행이 붙었다. 그는 치열하게 나를 쫓아왔다. 마지막에 그를 따돌리기 위해 학교 앞 다방으로 들어갔다. 뒷문이 있기를 바랐지만 지하 다방엔 비상구도 없었다. 할 수 없이 삼십분쯤 있다가 조심스럽게 밖으로 나갔는데 그자가 문 앞에서 딱 버티고 서서 나를 노려보고 있었다. 그때 그의 눈빛에서 쏟아져나온 살기가 소름 돋을 정도로 내 몸을 긋고 가는 걸 느낀 적이 있었다.

시동이 걸리고 봉고차 떠나는 소리가 들렸다. 차 소리가 멀어지자 내 안에서 헐떡거리던 숨소리가 들려왔다. 나는 차가 완전히 사라지고 나서도 한참을 기다렸다가 머리끈을 풀었다. 오랫동안 가려져 있던 눈으로 희미한 빛을 느꼈다. 눈을 깜빡거리며 손가락으로 비볐다. 어둑해진 산속에 내가 서 있었다. 눈에 비친 풍경들이 서글프게 흔들거렸다. 산 아래 펼쳐져 있는 바다가 어둠에 잠기고 있었다. 바람이 코끝을 스치자 허망한 느낌에 눈물이 돋아났다.

나는 바지를 벗고 똥 한무더기가 붙어 있는 팬티를 벗어 숲에 던졌다. 죽음 앞에서 완전히 발가벗겨진 나 자신이 치욕스러웠다. 나약한 내가 수치스러웠고 죽음의 공포 앞에서 두렵게 떨던 목소리와 생각들이 나를 물어뜯었다. 나는 똥냄새가 여전히 진동하는 바지를 입고 맨발을 끌면서 산을 비틀거리며 내려갔다.

산을 내려와 불빛들이 켜져 있는 곳을 향해서 걸었다. 술집 간판들을 보니 대부도였다. 술집 앞에 즐비하게 서 있는 자가용들 너머로 사람들이 웃으며 떠들고 있었다. 그들을 지나쳐 걸었다. 바닷가를 따라 걷다가 물가로 내려갔다. 나는 어둠속에서 바지를 벗고 몸을 씻었다. 서럽게 떨어지는 눈물과 바닷물에 옷을 빨고 또 빨아서 꽉 짠 뒤 다시 입었다. 물이 뚝뚝 떨어지는 바지를 입은 나는 갈기갈기 찢긴 영혼을 붙들며 걸었다.

불안과 긴장이 풀리자 공허함이 밀려들었다. 추위에 후들후들

떨던 지친 몸을 아스팔트 갓길에 앉힌 채 바다를 바라봤다. 멀리 뱃길을 밝혀주는 등대 불빛이 바다에서 넘실거렸다. 길 잃은 배처럼 나도 그 불빛에 실려 길을 찾고 싶었다.

인간이란 도대체 어떤 존재일까. 우리가 바라는 사회는 정말 올 수 있을까. 내가 그 길을 걸어갈 수 있을까. 파도가 하얀 거품을 문 채 어둠속으로 곤두박질쳤다. 상실감에 젖은 나에게 파도의 우울한 몸부림이 밀려왔다 밀려갔다. 가도 가도 끝이 보이지 않는 자유와 평등을 찾아가는 길이 아득하게 멀기만 했다.

나는 오랜 시간 동안 치욕감에서 빠져나오지 못했다. 살려달라고 구걸하던 내 목소리와 그들의 비웃음이 이명처럼 귀에 남아서 괴롭혔다. 그날 이후로 술집과 집 주변을 다닐 때 나도 모르게 두리번거리면서 몸을 사리곤 했다. 그럴 때마다 함께 활동한 안지성 및 태백에서 활동한 박인균을 떠올렸다.

"고문을 이길 수 있는 사람은 없어."

안지성은 광주항쟁 때 학내 시위를 주도하다가 보안사로 끌려갔고 고문실에 처박히는 순간부터 맞았다고 했다. 주먹으로 손바닥으로 발길질로 맞다가 반들반들한 몽둥이로 내려치는 매타작을 견디지 못해 기절하면 그들은 강제로 정신을 차리게 해서 다시 폭행을 가했다고 했다. 그 후유증으로 그는 한쪽 귀가 멀었다.

박인균 역시 고문을 당한 이후 오랫동안 정신적 고통에 시달렸는데 밤마다 악몽을 꾸며 식은땀을 흘렸고 작은 소리에도 깜짝깜짝 놀라며 습관적으로 주변을 둘러보게 되었다고 했다. 비가 오거나 날이 흐리면 뼈마디가 욱신거려 한동안 침과 뜸으로 다스리기도 했고 시간이 많이 흐른 지금도 고문을 당한 순간들이 가끔 꿈속에 나타나 괴롭힌다고 했다.

그들에 비해 내가 겪은 것은 아무것도 아니라고 나는 자신을 위로했다. 나를 끌고 간 놈들이 안기부원인지 보안사 요원인지 경찰인지 청부업자들인지 더이상 판단하려고 하지 않았다. 그날 나는 그들에게 붙잡혀 죽었다가 살아났다. 죽을 것 같던 순간에서 벗어났으니 살아남은 시간을 더 잘 살자고 나 자신을 독려했다. 그때 나는 '열두마당'을 운영하면서 노동자들이 퇴근해 몰려오기 전까지 하태산의 노래를 많이 들었다. 특히 「우리는」이라는 노래를 들으면 마음이 비에 젖은 듯 아련해졌다.

지나가버린 과거의 기억 속에서 우리는 무얼 얻나
노래 부르는 시인의 입을 통해서 우리는 무얼 얻나
모두 알고 있는 과오가 되풀이되고
항상 방황하는 마음 가눌 길 없는데
사람은 거리에서 떠돌고 운명은 약속하지 않는데
소리도 없이 스치는 바람 속에서 우리는 무얼 듣나
저녁 하늘에 번지는 노을 속에서 우리는 무얼 느끼나

노래 선율은 나를 안개 자욱한 새벽 강가나 노동자들의 푸른 작업복이 물결치는 출퇴근 거리로 이끌고 갔다. 하태산은 나에게 나직이 당신은 지나간 세월을 돌아보며 어떻게 살 것이냐고 물었다. 시인보다도 더 시인 같은 노랫말로 그는 야만의 세월 속에서 당신은 무얼 듣고 보고 느끼느냐고 물었다. 그 노래는 하태산이 스스로에게 질문하던 노래였을 거라고 나는 생각한다. 그는 그 노래를 시작으로 더욱 구체적인 가사로 민중의 애환을 노래하기 시작했다.

사람에게서 얻은 상처는 사람에 의해 아물어갔다. 퇴근한 노동자들이 '열두마당' 문을 열고 들어와 소란을 떨면 나도 활기가 차올랐다. 오른쪽 손가락 네마디가 프레스에 잘린 진욱이, 키가 유난히 작아 무시당하기만 하던 창석이, 시위가 있을 때마다 자욱한 최루탄 연기를 뚫고 들어가 돌을 던지며 돌격대장 역할을 하던 인철이, 수많은 노동자들이 노동으로 지친 하루를 털어내고 생의 활력을 찾으면 나도 흥이 살아났다.

끔찍했던 기억이 내 마음 어딘가에서 상처 딱지로 굳어져 있을 즈음, 세계출판사 사장과 편집장이 추모사업회 사무실에 나타났다. 그들은 『신새벽』 두권을 들고 와서 회보를 만든 사람을 찾았다. 그 책을 수도권 노동자들에게 읽혀봤는데 반응이 좋았다고 하면서 책으로 묶고 싶다고 했다. 그 무렵 정도상이라는 소설가도 나를 찾아왔다. 그는 동녘출판사에서 열사들의 이야기를 소설화할 계획이라면서 그 첫번째로 박영진을 쓸 것이라고 했다.

나는 소설을 쓰기 위해 정도상의 소설책을 사본 적이 있었다. 「십오방 이야기」라는 단편소설은 아주 재미있으면서도 의미있었다. 그런 그가 느닷없이 나타나 박영진에 대한 자료를 구해줄 수 없느냐고 물었을 때 가슴이 덜컥 내려앉았다. 나는 때가 되면 박영진의 삶을 소설화하려는 마음을 품고 있었다. 그런데 진짜 소설가가 나타나 박영진에 대해 쓰겠다고 한 것이다. 나는 욕심을 내려놓고 박영진에 대해 잘 써주길 바라면서 정도상에게 모든 자료를 넘겨주었다. 그날 저녁 귀한 보물을 빼앗긴 것 같은 억울함과 이제 박영진을 쓰지 못하게 됐다는 안타까움으로 밤늦게까지 술을 마시며 눈물까지 흘렸다.

몇개월이 지난 어느날 정도상이 내게 책 한권을 보내왔다. 『녹두꽃』이라는 잡지 창간호였다. 잡지 앞머리에 '박해운 중편소설' 「우리 억센 주먹」이 실려 있었다. 정도상이 처음 왔을 때 백종수를 소설화한 내 원고를 보고 싶다며 갖고 갔는데 제목도 없는 그걸 제목까지 붙여 실은 것이었다.

내가 의도하지는 않았지만 『신새벽』은 많은 것들과 인연을 맺게 해줬다. 소설가 김한수도 그때 알게 됐다. 어느날 그가 추모사업회로 전화를 걸어왔다.

"나 김한수라는 소설간데 박해운이라는 사람 좀 바꿔주십시오."

힘이 팍 들어간 걸쭉한 목소리였다. 내가 박해운이라고 하자 『신새벽』이라는 회보에 「산동네 사람들」을 쓴 사람이 맞느냐고 물었다. 내가 그렇다고 대답하자 그는 당장 만나보고 싶다고 했다. 그는 구로 지역 노동자들이 만든 글벗이라는 도서관에 있다면서 나에게 오라고 했다. 난 그가 어떤 소설가인지도 모른 채 소설가라는 말이 반가워 막걸리 한병을 들고 찾아갔다.

"누구 찾으세요?"

내가 글벗도서관의 문을 열자 키가 작고 살집이 없는 사내가 의자에 앉은 채로 물었다.

"김한수 소설가님을 찾아왔는데요."

"박해운 씨입니까?"

그는 당혹스러운 웃음을 지으며 나를 맞이했다. 술 몇잔을 나누고서 그가 말했다. 글을 보니 어린 사람처럼 느껴져서 키워보려고 전화했다고. 그는 나보다 여덟살이나 어렸다. 우린 서로를 쳐다보며 박장대소했다.

돌아보면 나는 소설 한권 제대로 쓰지 못한 상태에서 『신새벽』을 통해 문학판에 발을 내디뎠다. 노동운동이 넓어지면서 그 후광을 입고 등단한 것이었다. 세계출판사와 가까워져 전태일 기념사업회가 주관하는 전태일문학상에도 자연스럽게 관여하게 되었다. 그 당시 각 지역마다 노동자 문학회가 많이 있었다. 나는 그들과 교류하면서 노동문학을 시대의 문학으로 끌어올리고 싶었다.

"소설을 쓰고 싶어."

나는 추모사업회 동지들을 모아놓고 말했다. 그때까지 나는 축구회와 술집에 관여하면서 지역 노동운동 활성화를 위해 분주하게 뛰어다녔다. 소설은 자투리 시간에나 썼다. 그들은 지금 소설을 쓰고 있지 않으냐고 했다.

"추모사업회 활동을 정리하고 본격적으로 쓰고 싶어."

함께 활동하던 친구들의 표정이 어두워졌다. 그들과 나 사이에 어색한 침묵이 흘렀다.

"목숨 걸고 쓸 수 있겠어?"

김명운이 무거운 분위기를 걷어내며 나에게 물었다. 나는 그의 말이 무엇을 뜻하는지 알고 있었다. 글로 노동운동에 기여하고 세상을 바꾸는 힘을 만드는 데에 열정을 다하겠느냐는 뜻이었다. 나는 목숨 걸고 쓰겠다고 하며 추모사업회 활동을 접었다.

소설을 잘 쓰고 싶었지만 어떻게 하는 게 잘 쓰는지도 몰랐다. 소설도 궁극적으로 운동에 기여해야 한다는 생각을 갖고 있던 때였다. 전태일문학상을 중심으로 문학의 힘을 모아 운동을 넓혀가는 발판으로 만들고 싶었다. 나는 민중에 대한 글을 쓰는 작가들을 만나보고 싶었고 그들과 함께 문학 얘기를 나누면서 운동과 문학의 결합을 모색해보고 싶어 전화를 걸었다.

소설가 김한수, 정화진, 윤동수, 시인 김명환 등이 가리봉오거리 후미진 술집에 모였다. 김한수와 정화진의 입담은 대단했다. 그들은 음담패설부터 유머까지 자기 식으로 맛깔나게 버무려 모두를 웃겼다. 우리는 삼십초에 한번씩 허리가 젖혀지는 웃음을 터뜨리며 술을 마셨다. 나는 기쁨에 휩싸여 가장 먼저 취했고 토악질까지 했다. 그리고 다 같이 우리집으로 갔다. 우리집이 이 모임의 아지트가 된 날이었다.

나는 전태일문학상의 위상을 높이는 일에 몰두했다. 문학상을 널리 알리기 위해선 의미있는 장편소설이 나와야 한다고 판단했다. 나는 안지성을 떠올렸다. 그는 고등학교 때부터 소설을 써보려고 했다. 마침 광산노동운동의 배후로 지목되어 수배 중인 그를 만났다. 나는 안지성에게 문학상의 의미를 설명한 뒤 장편소설 원고를 마감 전까지 반드시 내보라고 권했다. 만일 그가 못 쓸 경우를 대비해서 나 역시 『활화산』이라는 장편을 쓰기 시작했다.

다행히 안지성은 원고를 써서 문학상 원고공모에 내놓았다. '파업'이란 제목을 단 그 소설은 당시 우리 사회에 가장 크게 대두되던 노동자들의 파업을 힘차게 그려냈다. 상업적으로도 오만권 이상 팔리면서 전태일문학상은 물론 안지성이란 작가를 우리 사회에 알리는 계기가 됐다. 나 역시 이개월 후『활화산』을 출판사에 내놓으며 작품활동에 본격적으로 나섰다.

소설에 전념할 것인지, 공장과 전면적인 싸움을 할 것인지 결단을 내려야 했다. 사장을 생각하면 그를 때려눕힐 때까지 질기게 붙들고 싸움을 하고 싶었다. 그는 식품을 만드는 기본적인 철학도 없는 사람이었다. 이윤을 위해서라면 아이들의 급식까지도 위생관리를 무시하는 질이 나쁜 사장이었다.

그만둘 생각을 하자 함께 일하는 아주머니들이 눈에 밟혔다. 그들은 자신이 무시당하는 것도 알고 월급이 형편없다는 것도 알고 있었다. 수모를 받으면서도 일할 수밖에 없는 아주머니들에게 일자리를 잃는다는 것은 생계에 대한 위협이었다. 월급을 올려달라고 싸우는 것도 아니고 작업환경을 개선하라고 싸우는 것도 아닌 상황에서 나를 간첩으로 몰아 해고시키는 것에 맞서 싸웠을 때 아주머니들이 어떻게 나올지 상상이 됐다.

몇몇 아주머니들은 미심쩍은 눈빛을 던지며 나에게 등을 돌릴 것이고 어떤 아주머니들은 참고 다른 일자리를 찾아보라고 할 게 분명했다. 나이가 많아 다른 일자리를 찾기가 어려운 아주머니들은 공장이 망하는 것을 가만히 지켜보려 하지는 않을 것이다. 내가 싸운다면 공장의 비리를 바깥에 알리면서 부당해고를 철회하라고 외치는 수밖에 없었다.

나는 싸움에서 이길 수 있다고 판단했지만 아주머니들과의 인간적인 관계를 잃어버리는 게 싫었다. 공장의 비리가 알려지면 거래처에서 문제를 삼을 것이고 근로감독관, 인권위원회 등등 이곳저곳에서 감사가 나올 것이다. 위생 검열에 대해서도 불평을 늘어놓던 아주머니들이었다. 누군가의 방문이 있기만 하면 온갖 수선을 다 떨며 정리정돈을 해야 하는 짓거리를 수없이 되풀이해왔다. 그런데 공장의 비리가 알려져 감사가 진행된다면 아주머니들을 지치게 만들 게 뻔했다. 혹시라도 언론이나 SNS에 공장 비리가 알려지면 공장 가동도 중단될 수 있었다. 아주머니들이 결사적으로 사장의 편에 서서 방어를 할지도 모를 일이었다.

　"더이상 공장에 있지 말고 글을 썼으면 좋겠네."

　나에게 착잡한 심정을 내려놓으라는 문우들의 소리가 빗발쳤다. 소설을 다시 쓰기 시작한 뒤부터 가까운 작가들은 물론 운동의 일선에 있는 친구들도 글에 매진하라며 격려를 했다. 그들의 말은 고마웠지만 소설로 밥 먹을 수 있는 여건이 안되는 나는 돈을 벌어야 했다.

　"한달에 백만원만 주는 사람이 있다면 영혼을 팔아서라도 글을 쓰겠다."

　술자리에서 나는 친구들에게 이렇게 푸념을 하기도 했다. 돈 몇 푼 벌기 위해 노동을 하느라 쓰고 싶은 글을 쓸 수 없다는 생각은 다섯편의 중단편 소설을 발표한 뒤부터 늘 몸에 붙어다녔다. 장편소설이 쓰고 싶어지면서부터 마음의 갈등은 더 심해졌다.

　장편소설은 일하면서 쓰는 게 어려웠다. 생각의 끈을 지속적으

190

로 이어가야 하는데 열시간씩 노동을 하고 쓴다는 것은 상상할 수조차 없었다. 내 나이 쉰아홉살, 일흔살까지 글을 쓴다고 해도 십년밖에 안 남았다. 그 시간 동안 내가 쓰고 싶은 글을 미친 듯이 쓴다고 해도 과연 몇권이나 책을 남길 수 있을지 모르는 일이었다. 나는 글을 쓰기로 결심했다. 친구들에게 돈을 빌려 생계를 이어가면서 쓸 수 있는 데까지 글을 써보자고 결단을 내렸다.

출근을 하기 위해 아주머니들을 태우러 갔다. 그런데 아주머니들이 사는 동네에 실장의 차가 미리 와 있었다. 아주머니들은 어떤 차를 타야 좋을지 몰라 당혹스러워했다. 실장은 화가 난 사람처럼 인상을 찌푸리며 나에게 출근하지 말라는 무언의 압력을 행사했다. 나는 아주머니들에게 실장 차를 타고 가라고 권한 뒤 그 차를 뒤쫓아갔다.

공장 안에 차를 세우고 내리니 먼저 와 있던 실장이 다가와 현장에 들어가지 말라고 했다. 그는 사장의 말이라면 벌벌 기는 덩치가 산만 한 삼십대 중반의 청년이었다. 그는 현장으로 통하는 문 앞을 가로막고서 나를 노려봤다.

"사장하고 얘기를 하러 온 거니 비켜요."

"잠깐만!"

실장은 나를 제지하며 사장에게 전화를 걸었다. 사장의 차가 공장 마당에 세워져 있었다. 실장이 전화를 끊더니 문을 열고 앞장서 들어갔다. 그 뒤를 따라 들어가자 현장에 있던 아주머니들의 시선이 나에게 쏟아졌다. 나는 웃으면서 "안녕하세요"라고 인사를 건넸다.

아주머니들은 걱정스러운 표정으로 눈짓, 손짓을 해가며 어떻게 된 일이냐고 물었다. 나는 웃으며 염려하지 말라고 손짓하면서 이층 사무실로 올라갔다. 사무실에 있는 대여섯대의 모니터에서는 아주머니들이 움직이는 모습이 보였다. 사장은 모니터를 들여다보다가 굳은 표정으로 내게 말했다.

"할 말 있으면 해봐요."

그는 소파에 앉아 나를 올려다봤다.

"해고 사유가 뭡니까?"

"몰라서 물어요? 당신 간첩 혐의로 조사를 받고 있잖아요. 그런 사람을 어떻게 써."

"내가 간첩이면 사장님 얼굴 다시 볼 수 있었을까요? 부당해고인 건 아시죠?"

"뭘 부당해고? 이 사람이, 그래서 어쩔 건데?"

나는 준비해온 봉투를 사장 앞에 놓으며 마주 앉았다. 사장이 봉투 안의 내용을 읽으면서 화를 꾹꾹 누르고 있는 게 눈에 보였다. 어제저녁 A4 용지 석장을 꽉 채워서 쓴 글에는 공장의 온갖 비리들이 빼곡히 적혀 있었다.

"마음대로 해, 이 사람아."

그는 고발장을 반으로 찢어 책상 위에다 던졌다.

"간첩 혐의를 받는 사람 말을 누가 믿을까? 거래처가 믿을까, 근로감독관이 믿을까? 이봐, 이 사람아. 나도 산전수전 다 겪은 사람이여. 당신 같은 사람 두려웠으면 공장 안했어! 골치 아프면 공장을 폐업해버리면 그만이야. 그러니 당장 나가. 당신 더이상 보고 싶지 않으니 나가라고, 나가!"

"어디 한번 폐업해보시죠. 사장님이 상호를 바꿔서 식품업을 하시면 악착같이 쫓아가서 이 기업은 이런 기업이라고 폭로하고 다닐 겁니다. 그럼 오늘 날짜로 거래처, 근로감독관, 인권위원회에 모두 보내고 각 언론사와 방송국은 물론 SNS에도 올려놓을 테니 잘 대처해보십시오."

"이봐 당신! 당신 도대체 왜 이러는 건데? 돈이 필요해? 얼마가 필요해?"

내가 등을 돌리자 사장이 큰 소리로 말을 던졌다. 난 잠시 서 있다가 돌아서서 소파에 앉았다. 그가 머리를 퇵퇵 흔들며 안경을 고쳐 썼다.

"지난번에 말씀드렸지만 난 여기 돈 벌러 왔을 뿐입니다. 이런저런 소란을 만든 건 미안하지만 내 뜻은 아닙니다. 근데 사장님이 직원들을 모아놓고 나를 간첩으로 낙인찍었더군요. 동네 사람들도 있는데 나를 어떻게 생각하겠어요? 무혐의로 입증될 나를 사장님은 진짜 간첩으로 몰아세웠으니 심각한 명예훼손입니다. 인터넷으로 다 조사해보셨듯이 나도 공인입니다. 만일 사과 안하시면 많은 작가들과 함께 사장님께 사과를 요구할 겁니다. 내가 언론사에 글을 보내면 내 글이 무시될 거 같습니까? 나는 인권위원회에 있는 분들도 여럿 압니다. 그들이 나를 믿지 않을 것 같습니까? 먼저 나한테 사과하세요. 그리고 직원들에게 아니라고, 오해했던 거라고 말하세요. 그럼 나 스스로 공장을 그만두지요."

"이봐요, 국정원에 끌려간 건 사실이잖아?"

"끌려간 게 아니라 사실관계를 밝히기 위해 내 발로 간 겁니다.

국정원에 가면 무조건 간첩입니까? 사과하세요!"

사장이 머리를 굴리는 소리가 내 귀에 들리는 듯했다.

"아니, 무슨 문제가 있어서 조사를 받고 있다고만 했지 간첩이라고는 안했거든요."

"사과 안하시겠다는 겁니까?"

"아니, 그게 사과할 일이 되는가? 거참, 유 대리 여기 커피 두잔 내와."

대리가 커피를 타오는 동안 사장은 계속 머리를 굴렸다. 내 글이 외부로 전해지면 어쨌거나 타격을 입을 게 뻔했다. 그는 머리를 계속 흔들며 턱을 쓰다듬기도 하고 허리를 젖혀 한숨을 내뱉기도 했다.

"일 중단하고 모두 식당으로 모이라고 전해."

사장은 커피를 한모금 마시고 난 뒤 실장에게 지시했다. 나는 안도의 숨이 흘러나왔다. 사장이 계속 막무가내로 나가면 나 역시 고발장을 놓고 심각한 고민에 휩싸였을 것이다. 고발장이 외부로 나가는 순간 일이 생각지 못한 상황으로 흘러갈 수도 있었다. 공장을 그만두더라도 아주머니들에게 남아 있을 수도 있는 터무니없는 의혹은 불식하고 싶었고 글을 쓸 수 있도록 내게 마음을 열어준 아주머니들과 인연을 끊고 싶지 않았다.

"감정이 상해 오해한 것이니 기분 나빴다면 풀어요. 내가 직원들에게 해명하고 오리다."

사장은 여전히 거드름을 떨며 사과의 말을 삐죽 내비쳤다. 애초부터 정중한 사과는 기대도 하지 않았지만 추접스러워 보였다. 그는 식당으로 가서 직원들에게 변명을 늘어놓았다. 어제 일은 자기가 오해를 한 것이라고 말했다. 다른 사람이 조사받고 있는데 사실 관계를 확인해주러 간 것이라고 내 문제를 얼버무렸다. 그는 원래 내가 소설가였다고 밝히기도 했다. 아주머니들이 그 사실을 이미 알고 있다는 것을 눈치채지 못한 그는 내가 앞으로 소설을 쓰기 위해 공장을 그만두게 돼 아쉽다는 뻔뻔한 말까지 덧붙였다.

사장은 오분 정도 시간을 할애해 이야기를 했다. 나는 약속대로 사직서를 제출했다. 사장과 나는 더이상 말을 나누지 않았다. 나는 공장을 나서기 전에 호떡실을 들렀다. 아주머니들이 손을 멈추고 나에게 몰려들었다.

"그만두는 거예요?"

"네, 소설에 전념하려고요."

"너무 아쉽다."

"오라버니, 계모임엔 나오실 거지?"

명자가 호들갑을 떨며 다가왔다.

"불러주면 가지. 불러줄 겁니까?"

"그럼요, 대환영입니다!"

왕언니의 목소리와 표정에서 서운함이 물씬 전해졌다. 나는 말 없이 왕언니의 손을 잡고 어루만졌다. 아주머니들이 안쓰러운 눈길로 나를 더듬었다. 나는 그녀들의 손을 한번씩 맞잡고 난 뒤 현장을 나왔다.

2015년 한해가 막바지에 다다르고 있었다. 많은 일들이 내게 일어난 한해였다. 나에게 글을 쓰도록 등 떠민 것은 공장 현실이었지만 우리 사회의 암울한 모습들도 한몫했다. 정말 예상하지도 못한 지난날의 망령들은 나를 흔들어댔다. 미친 바람처럼 휘젓고 다니는 국가보안법을 위시로 국가 정책은 민중의 삶을 점점 피폐시키는 방향으로 몰고 갔다.

흙수저를 물고 태어나 모태에서부터 패배의식을 숙명처럼 안고 살 수밖에 없는 비정규직 청년, 노동자들 사이의 경쟁을 부추기며 그들의 해고를 쉽게 하려고 안달을 부리는 재계와 정계, 인간의 이기적인 탐욕만 살아남을 수 있는 길이라고 조장하는 교육, 인간 최대의 선은 자본의 피라미드 꼭대기에 앉는 것이라고 가르치는 사회, 문화와 예술을 상업적 논리로만 받아들이며 한 사회의 정신적 풍토를 만들어내는 문화를 상품으로 전락시키는 행위들.

남한강을 끼고 달리다 창문을 열고 담배를 태우는데 공장에 있는 아주머니들의 얼굴이 자꾸 따라왔다. 마음이 쓸쓸해지고 허기져 가게에서 소주 두병과 새우깡을 샀다. 해가 서서히 중천으로 올라와 남한강 위로 햇살을 뿌렸다. 다리 아래에 차를 세워두고 소주 뚜껑을 땄다. 목을 타고 넘어가는 소주의 독한 기운이 눈에 핏발을 세웠다.

수면에서 부서지는 현란한 햇살처럼 격한 감정들이 진저리를 치며 날뛰었다. 나는 더이상 생각하는 게 싫어 차에 전원을 켜고 CD를 틀었다. 하태산의 「북한강에서」였다. 내륙에서 태어나서 군대를 갈 때 처음 강을 봤다는 그는 산을 끼고 휘도는 북한강이 경이로워 눈을 뗄 수가 없었다고 했다. 그때의 느낌을 품고 있다가 만든 노래가 「북한강에서」라고 했다. 그는 강과 노을과 안개를 벗처럼 여기는 사람이었다.

저 어둔 밤하늘에 가득 덮인 먹구름이 밤새 당신 머릴 짓누르는 아침

나는 여기 멀리 해가 뜨는 새벽 강에 홀로 나와 그 찬물에 얼굴을 씻고

서울이라는 아주 낯선 이름과 또 당신 이름과 그 텅 빈 거리를 생각하오

강가에는 안개가, 안개가 가득 피어나오

짙은 안개 속으로 새벽 강은 흐르고 나는 그 강물에 여윈 내 손을 담그고

산과 산들이 얘기하는 나무와 새들이 얘기하는 그 신비한 소리를 들으려 했소

강물 속으론 또 강물이 흐르고 내 맘속엔 또 내가 서로 부딪치며 흘러가고

강가에는 안개가, 안개가 또 가득 흘러가오

아주 우울한 나날들이 우리 곁에 오래 머물 때 우리 이젠 새벽 강을 보러 떠나요

과거로 되돌아가듯 거슬러올라가면 거기 처음처럼 신선한 새벽이 있소

흘러가도 또 오는 시간과 언제나 새로운 그 강물에 발을 담그면

강가에는 안개가, 안개가 천천히 걷힐 거요

하태산의 노래가 남한강 물에 나를 싣고 북한강 쪽으로 흘러갔

다. 내 몸에서 뜨겁게 달아오르던 독기도 노랫소리에 씻겨 강물에 떠내려갔다.

뭇 생명체보다도 세상에 먼저 태어났을 강, 살아 있는 모든 것을 길러내고 키워내기 위해 자신을 온전히 내주는 강. 사람들 역시 강을 따라서 집을 짓고 먹거리를 얻으며 살아왔다. 그 숱한 세월 동안 강은 끊임없이 사람들에게 수난을 당하면서도 제 상처를 껴안은 채 숙명처럼 흐르고 있다.

하태산 역시 사람들의 눈물을 닦아주고 생명의 빛을 찾아가면서 노래를 불렀다. 첫차를 기다리는 심정으로, 평화를 찾아 떠나는 작은 배의 심정으로 비를 맞거나 소외된 거리를 떠돌며 쉼 없이 흘러왔다. 사람들이 현실의 벽에 갇혀 그 너머를 보지 않으려 해도 자유와 평등을 찾아가는 그의 노래는 멈추지 않았다.

"예술가가 꿈과 이상이 없다면 무얼 노래하지? 그런 것 하나쯤 가슴에 품고 살면 기쁘지 않나?"

하태산이 강 저편에서 주름진 입가에 웃음을 새긴 채 나를 쳐다보는 듯했다. 웃음 속에 고독이 묻어 있던 사람. 나는 기타를 치면서 노래 부르는 그가 보고 싶었다.

공장을 그만두었다고 하자 가장 기뻐한 사람 중 한명이 재범이였다. 그는 당장 서울에서 한잔하자며 나를 불렀다. 나는 마침 잘됐다 싶었는데 퇴직금으로 생활을 꾸려갈 수 있는 기간이 삼개월 정도여서 이후의 생활비를 그에게 빌릴 생각이었다.

나는 아내를 서울에 살고 있는 딸네 집에 데려다주고 그를 만나러 양평동으로 갔다. 약속시간보다 한시간 먼저 도착해 젊은 날의 기억을 더듬으며 양평동 거리를 걸었다. 수 다방이 있던 자리와 재건이네 집터에는 사층짜리 건물이 들어서 있었다. 다방 뒤편 여인숙이 있던 자리에는 갈비집이 자리 잡고 있었다. 여인숙 주변에 빼곡히 모여 있던 작은 공장들은 아파트 단지로 변해 있었다.

그리운 얼굴들이 떠올랐다. 재건이는 미국으로 이민을 갔고 '노가다' 노정수는 몇년 전 세상을 등졌다. 노정수는 일하다가 다친 허리를 세번에 걸쳐 수술했는데 일년이 지나도록 제대로 걸을 수 없었다. 병원에서만 지내던 그에게 우울증이 찾아왔다. 어느날 새벽에 그는 우울증을 이겨내지 못하고 병원에서 목을 매달았다.

나는 수 다방이 있던 자리에서 얼마 떨어지지 않은 편의점 파라솔 아래에 앉아 커피를 마셨다. 십대 후반부터 양평동을 돌아다녔으니 사십년 가까이 지났다. 긴 세월이 흘렀는데도 젊은 날의 내 모습과 양평동의 옛 모습이 생생하게 뇌리에 남아 있다.

약속시간이 다 돼가자 재범이에게서 전화가 왔다. 나는 그에게 여인숙 자리에 있는 갈비집으로 오라고 했다.

"야, 여기가 그 여인숙 자리야?"

내가 술을 시켜놓고 갈비를 굽고 있을 때 재범이가 들어섰다.

"그럼 여기 이층 저 구석방이 니 꿀림방이었겠네?"

"쓸데없는 소리. 그때 그 건물이 아냐."

"야, 그래도 위치상으로 볼 때 저기쯤은 되겠구먼."

지나간 것은 모두 아름다운 법이어서 추억은 많이 꾸며진 채로 우리 앞에 나타났다. 지난날의 부끄러움과 수치스러움도 이제는

웃음거리로 변했다. 우리는 수 다방과 '너랑나랑'이라는 술집에서
있었던 일들을 한참 동안 풀어놓으며 술안주로 삼았다.

"근데 소설은 잘돼가고 있냐?"

소주 한병 반을 비워냈을 즈음 재범이가 물었다. 나는 그에게 하
태산이 아니라 내 얘기를 써볼 것이라고 말했다. 어머니가 나온 꿈
이야기를 해주면서 나를 돌아보며 앞으로 내가 살아갈 길을 찾고
싶다고 했다.

"또 노동소설이냐? 그만큼 노동자로 살았고, 노동운동도 했고,
소설까지도 노동자들을 위해 썼으면 이젠 좀 다른 얘기도 써봐야
되지 않겠어?"

그는 아쉬운 표정으로 나를 쳐다보며 재차 물었다.

"근데 니가 찾고자 하는 게 뭔데?"

"따뜻한 평등."

"개소리 까지 말고 구체적으로 말해봐. 너 공산주의자냐?"

재범이가 핏대를 올리자 나는 웃음이 나왔다.

"너, 내가 하나 물어보자. 니 자식들 초등학교에 다닐 때 학교 가
서 친구들하고 어떻게 지내라고 했냐?"

"사이좋게 지내라고 했지. 왜?"

"사이좋게. 그럼 가난해서 도시락을 안 싸온 아이가 있으면 니
아이들에게 그애와 나눠 먹으라고 할 거냐, 말 거냐?"

"뭔 수작이야, 지금?"

"말해보라니까."

"좀 나눠 먹으라고 해야 하지 않겠어?"

"그래, 사이좋게 나눠 먹어라. 그럼 너도 공산주의자냐?"

"이런, 어디서 개수작을 떨어?"

우린 서로 웃으며 술잔을 비웠다.

"이건 내가 한 얘기가 아니야. 너「로마의 휴일」이라는 영화 알지? 그 대본을 쓴 사람이 돌턴 트럼보라는 미국 사람인데 그 사람이 한 말이야. 그 역시 미국에서 매카시 열풍이 일어났을 때 공산주의자로 몰렸거든."

1947년부터 미국에서는 '반미 활동에 관한 미의회 위원회'가 결성돼 공산주의자를 색출했다. 트럼보는 엑스트라, 조명보 등등 영화를 만들기 위해 없어서는 안될 사람들이 임금 인상과 처우 개선을 요구하며 파업할 때 그들을 지지했다. 그로 인해 그는 공산주의자로 몰려 십일개월을 감옥에서 보냈고 미국작가협회에서도 쫓겨났다.

영화사들은 그의 대본을 사지 않았다. 그와 관계를 가지면 공산주의자로 몰릴 거라는 두려움 때문이었다. 결국 생계를 이어가기 위해 트럼보는 열개의 가명을 가지고 대본을 써서 팔았다. 훗날「브레이브 원(용감한 사람)」으로「로마의 휴일」에 이어 다시 한번 아카데미 각본상을 받자 그는 자신의 존재를 밝혔다.

나는 재범이에게 그의 말을 인용했다.

"지금보다 더 좋아지는 일을 지지하는 게 급진주의자라면 자신은 급진주의자라고 말했지. 너도 알잖아? 우리 사회에서 끊임없이 남발된 말들인 빨갱이, 용공좌경세력, 공산당 등등. 그 말이 다 어디에 쓰였어? 집권세력에 반대하는 자들을 억압하기 위해서 쓰였잖아? 내가 「공장의 불빛」에서 쓴 말이 있어. 오늘보다도 내일이 낫다면 그 내일을 위해서 살아야겠다. 더 자세히 말하면 인간의 자유는 무한대이고, 인간의 경제적 평등은 서로가 존중될 수 있는 따뜻한 평등으로 무한히 접근해야 된다는 거야.”

"씨팔, 이런 사회에서 평등이 가당키나 하냐? 공산주의 사회에서도 평등은 없을 거다. 북한이 경제적 평등이 있는 사회냐? 인간의 경제적 평등은 인간 자체가 용납을 못하는 거야. 인간이 그렇게 생겨먹지 않았거든.”

"그냥 내 꿈이야. 가능한 한 그렇게 서로가 존중되는 경제적 평등이 받아들여질 수 있는 사회가 되어야만 인간의 공동체적 운명이 파괴가 아닌 회생으로 나아갈 수 있다고 생각해. 그래야 사회도 사람도 살 만하지 않겠어? 너 매일 아침 눈떠서 텔레비전을 보지? 인간이 저질렀다고는 믿어지지 않는 살인사건이 서슴없이 일어나고 있어. 사회가 흉악해지니까 사람도 무서워지는 거라고.”

"야, 깨는 소리 그만하고 술이나 마시자.”

우리는 다시 추억을 끌어왔다. 재건이가 미국 모 대학을 나와 잘 나가고 있다는 얘기도 했고, 노정수의 죽음을 안타깝게 여기며 그와 함께 대마초를 피웠던 한 시절을 아쉬워하기도 했다.

나는 재범이에게 돈 빌리기가 싫어졌다. 그가 사장이라서 거부감을 가진 건 아니었다. 그는 일주일에 한번씩 직원 회식도 꼬박꼬박 하고 명절에는 일하는 사람들에게 오십만원씩이나 챙겨주는 나쁘지 않은 사장이었다. 물론 일하는 사람들에게 막말도 전혀 하지 않는다. 불현듯 그가 "또 노동소설이냐?"고 했던 말이 걸렸던 것이다. 좀더 대중적인 얘기로 돈도 벌고 유명세도 얻으라는 뜻이 담긴 말이었겠지만 한편으론 나의 가치관에 동의하지 않는다는 말이기도 했다. 나는 그가 좋아하지 않는 내용의 글을 쓰면서 그에게 생활비를 빌리는 궁색한 모습을 보이기 싫었다.

우리는 이차로 맥줏집에 갔다. 재범이는 귀촌해서 낚시나 하면서 남은 생을 보내고 싶다고 했다. 나는 시골집을 구한 이야기를 해주며 땅을 알아봐주겠다고 했다. 가까운 친구들이 함께 모여 사는 것도 좋겠다면서 우리는 기분 좋게 술을 이어가다 노래방까지 갔다.

내 기억은 거기서 멈췄다. 잠에서 깨어 눈을 떴을 땐 모텔방이었다. 주머니를 뒤져보니 지갑과 스마트폰 등이 모두 그대로 들어 있었다. 나는 정신을 차리려고 찬물을 마신 뒤 샤워를 했다. 스마트폰을 열어서 시간을 보니 오전 일곱시가 조금 넘어 있었다. 재범이로부터 문자메시지가 와 있어서 열어보았다.

'너 나한테 억하심정 있냐? 나 지금 완전 열 받았으니까 당분간 전화하지 마라.'

재범이의 문자가 나를 불안하게 만들었다. 나는 지난밤에 있었던 일을 떠올려봤지만 노래방에 간 뒤로는 아무것도 생각나지 않았다. 또 무슨 실수를 저지른 것일까. 언제부터인지 술에 취해 기억이 나지 않으면 마음이 힘들어졌다. 나는 잘 놀고 잘 얘기하다가 술이 취하면 사람들을 공격하곤 했다. 그것도 아주 야비하게 상대방의 허점을 집요하게 파고들어 기분 나쁘게 만드는 그런 말들을 서슴없이 했다.

나는 오랜만의 나들이를 망친 채 집으로 돌아왔다. 술을 자제해야겠다고 마음먹고 아침마다 호흡과 명상을 통해 마음을 맑게 만들려고 애썼다. 며칠 후 재범이에게서 다시 문자가 왔다. 돈 걱정 말고 쓰고 싶은 글이나 열심히 쓰라는 메시지였다. 나는 얼굴이 화끈 달아올랐다. 술에 취해 결국 돈 얘기를 꺼냈다는 사실이 부끄러웠고 세상 고민을 다 짊어진 것처럼 굴면서 오히려 마음이 닫혀 있지 않았는가 싶어 자괴감도 일었다. 나는 심신의 단련을 위해 하루에 한번씩 앞산을 오르며 소설을 준비해나갔다.

"아저씨, 송별회 해야죠?"

공장을 떠난 지 열흘쯤 지났을 때 명자에게서 전화가 왔다. 명자는 애교 섞인 비음으로 아주머니들이 송별식을 준비했다면서 약속 장소를 가르쳐줬다. 다음날 나는 반가운 마음에 그녀들을 만나러 갔다. 식당 문을 열고 들어서자 아주머니 열분이 환하게 웃으며 박수로 맞아주었다.

"일 안하니까 좋죠?"

옆에 앉은 왕언니가 빨간 립스틱이 칠해져 있는 조막만한 입술로 귀엣말을 건넸다.

"동생, 한잔 받아."

덕자 언니가 술병을 쥐고 흔들었다. 머리를 붉은 끈으로 묶고 부채하고 방울만 들면 용한 만신같이 보이는 풍모였다. 그녀는 술도 잘하고 노래도 잘하고 걸쭉한 음담패설도 서슴없이 늘어놓는 왈패였다.

"자, 박 선생이 한 말씀 하신다니까 들어보고 다 같이 한잔하는 걸로!"

"뭔 말씀?"

"송별사 해야지. 작가니까 멋지게 한번 해뿌려!"

덕자 언니에게 등 떠밀려 일어나자 아주머니들이 조용해졌다. 그녀들이 나를 쳐다보는 눈빛이 반짝거렸다.

"언니들하고 정이 많이 들어서 헤어지는 게 아쉽습니다. 난 사실 젊었을 때 노동운동을 했던 사람입니다. 소설도 노동자나 어려운 서민들의 이야기를 주로 썼어요. 간첩 아닌 건 아시죠?"

"알지! 우린 다 박 선생 편이야."

명섭 언니가 추임새를 놓으며 끼어들었다. 나는 평소에 하지 못하고 담아놨던 말들을 꺼냈는데, 노동자들의 삶이 살 만할 정도로 바뀌기를 원한다는 말도 했고, 노동자들의 삶을 소설로 써서 노동자들이 인간적인 존중을 받을 수 있어야 한다는 것을 세상에 알리고 싶다는 말도 했다. 그래서 우리 공장 얘기도 썼고 여러 아주머니들에 관한 이야기도 조금씩 소설 속에 집어넣었다고 말했다.

"나도 들어간 겨?"

남성 작업자들로부터 저팔계로 불리는 순남이가 끼어들었다.

"쬐금."

"어디 보여줘봐."

"책이 나오면 보여줄게."

"말 좀 끊지 말어. 어여 해."

덕자 언니가 손사래를 치며 사람들의 입을 막았다.

나는 공장을 떠났지만 아주머니들하고 평생 다정하게 지내고 싶다고 말했다. 계모임에 꼭 나올 것이며 책이 나오면 출판기념회도 같이하고 싶다고 했다. 마지막으로 아주머니들이 없었다면 내 글은 나오지 못했을 거라는 말을 덧붙이면서 술잔을 들었다.

"자, 건배, 건배! 우리의 사랑을 위하여!"

나의 건배사에 맞추어 모두 '위하여'를 외치며 술잔을 비웠다. 그녀들의 훈훈한 사랑이 술집에 넘쳐흘렀다. 나는 그네들의 따뜻한 마음을 글 속에 담아 그들에게 돌려줄 수 있기를 바라며 술을 마셨다.

"글 쓴 거 좀 보여줘봐요."

"책 나오면 보내드릴게요."

"지난번처럼 보여줘봐요. 얼굴을 못 보니 글이라도 보게요."

왕언니가 섭섭한 표정을 감추지 않았다. 나는 그녀의 손을 잡고 알았다고 대답했다. 어느새 명자가 술병을 들고 옆에 와 있었다.

"아저씨는 우릴 얼마나 사랑해요?"

"어, 하늘만큼 땅만큼!"

"정말요? 아이, 좋아라."

명자는 남편하고 통화할 때도 연애하듯 말했다. 존대어로 말꼬리를 올렸다 내렸다 하는 것이 나긋나긋했다. 그녀는 키도 크고 날씬했다. 아주머니들은 얼굴까지 예뻤으면 사내들 간까지 빼먹을 년이라고 놀려댔다. 얼굴은 「달려라 하니」에 나오는 홍두깨 선생을 사랑하는 고은애를 많이 닮았다. 난 그 얼굴이 정겨웠다. 왜 남편에게 그렇게 애교 넘치는 말투를 쓰느냐고 물은 적이 있다. "남편이 좋아해요!"라고 말하면서 어찌나 쑥스러워하던지.

일차가 끝난 뒤 여섯사람은 먼저 가고 다섯명이서 노래방에 갔다. 들어가자마자 명자가 「오라버니」를 부르며 흥을 돋웠다. 덕자 언니는 춤을 췄다. 나보다 나이가 세살이나 많은 그이는 춤을 귀엽게 췄다. 작달막한 그이가 스텝을 앙증맞게 밟으면서 양 손바닥을 내밀고 까닥까닥 흔들자 웃음이 저절로 나왔다.

덕자 언니가 슬금슬금 나에게 다가오더니 내 팔을 잡아끌었다. 나 역시 어릴 적부터 춤을 좋아했다. 이제는 막춤으로 변해버렸지만 흥에 몸을 내맡기면 그럴싸해진다. 나는 수줍음도 체면도 버린 채 분위기를 타며 몸을 흔들었다. 왕언니와 명섭 언니가 박수를 치며 좋아했다. 내친김에 윤수일의 「아파트」까지 부르며 온몸에 액션을 가하자 아주머니들이 자지러졌다.

그날 나는 아주머니들과 돌아가며 블루스를 췄다. 웃음소리가 끊이질 않는 노래방에서 헤어진 것을 아쉬워하며 합창도 했다. 물병에 담아 파는 소주를 한잔씩 마시고는 기분 좋게 취했다. 한시간이 후딱 지나갔고 아주머니들이 한시간만 더 놀자고 했다. 아내가 기다리고 있을 거라는 생각이 들었지만 분위기를 깨고 싶지 않았다.

"재미있었어?"

취한 정신을 붙잡고 간신히 집에 들어가니 아내가 웃으며 물었다. 아내의 머리카락은 백발로 변해 있었다. 그녀의 집안 내력이었지만 염색을 하지는 않았다. 그녀가 움직일 때마다 숱 많은 백발이 너울거리면서 지나온 먼 세월이 나에게 달려오는 듯했다. 반듯한 이마와 웃을 때마다 눈가의 자글자글한 주름 속에 숨어 있는 지난

날의 상처들. 내가 그려놓은 주름이 반도 더 되리라.

공장을 그만두겠다고 하자 아내는 나를 안으며 등을 도닥거렸다.

"글 써. 한번 사는 인생인데 하고 싶은 일 해야지. 안 그래요, 소설 가님?"

"공장 다니는 마음으로 글 쓸게."

나는 하루에 노동으로 묶여 있던 열시간을 잊지 않고 싶었다. 생계 때문에 어쩔 수 없이 해야만 했던 지긋지긋한 노동, 그 힘겨운 시간들을 글 쓰는 시간 속으로 오롯이 끌고 가고 싶었다. 모든 일이 그렇듯 소설 역시 자기와의 싸움이다. 생각을 글로 옮기려면 끈질기게 생각을 붙들고 의자에 앉아 있어야 한다. 한 글자 한 글자가 이어져 한 문장이 되고, 여러개의 문장이 모여 한 단락이 된다. 치열한 노동 없이는 소설은 만들어지지 않는다.

'목숨 걸고 쓸 수 있겠어?'

오래전 김명운이 했던 말이 먼 길을 돌아 내 머리 위에 내려와 앉는다. 나이 육십을 바라보며 내가 끌고 온 시간들을 돌아본다. 기쁨보다는 슬픔과 회한이 많았던 시간들, 많은 사람들이 그 길 위에서 죽었고 어떤 이들은 아직까지 힘겹게 그 길을 걷고 있다. 나는 여전히 내가 보고 겪은 시간의 연장선상에 있는 것이다.

또다시 생계 곤란을 겪을 수도 있는데 아내는 선뜻 내게 글을 쓰라고 했다. 나는 아내를 가슴에 품었다. 그녀는 술냄새가 난다고 나를 밀어냈지만 나는 더 힘껏 끌어안으면서 고맙다고 속삭였다. 나는 아내의 웃는 소리를 들으며 아내와 이불 위로 쓰러졌다.

4부

먼 산 먼 길

가리봉오거리에서 만난 문우들과 함께 문학의 길을 걸었다. 모두들 문학잡지에 부지런히 작품들을 발표했고 단행본을 세상에 내놓기도 했다. 나 역시 수배자의 삶을 그린 『문밖의 사람들』이란 장편을 내놓았고 작품활동을 이어갈 준비를 하고 있었다. 하지만 결혼을 하고 저마다 가정을 꾸리면서 작가들은 생계의 압박에 시달렸다.

90년대 들어서면서부터 진보적인 의식을 갖고 있던 많은 사람들이 흔들렸다. 소련의 붕괴와 더불어 운동에 발을 담그고 있던 사람들이 서서히 자본의 구조 속으로 들어갔다. 학력이 있는 작가들은 강단이나 안정된 직장을 찾아가면서 자신이 추구하던 문학으로부터 점점 멀어져갔다. 하지만 마땅히 다른 곳으로 이전할 여건이 안되어 있는 작가들이 갈 만한 길은 많지 않았다.

가난이 글을 쓰는 힘이 되기도 했지만 지독한 가난은 글을 붙잡고 있을 여유를 주지 않았다. 아이의 분유값이 없어 돈을 꾸러 다니는 순간 문학은 가족의 생계를 방관하는 무책임한 것으로 전락했다. 혼자일 때는 굶으면서도 문학을 끌고 갔지만 가족이 생기면서부터 문학은 벗어던져야 할 무거운 굴레가 되었다.

민중의 삶을 소설화하면서 성과를 내고 있던 작가들도 생활고에 시달렸다. 그들은 여기저기 출판 계약을 해 받은 돈으로 밑 빠진 독과 같은 생활비를 충당했지만 소용이 없었다. 문학은 점점 뒷전으로 내쳐졌다. 결국 그들 중 몇몇은 문학을 내려놓기도 했다

우환이 우리집에 찾아왔다. 어느날 아내가 집에 오더니 저녁도 먹지 않고 누워버렸다. 늘 묵묵하게 생활을 이끌어오면서도 지치지 않던 사람이 방에 누워서 울먹이기만 했다. 그녀는 교원노총에서 추진한 주택조합이 사기극으로 밝혀졌다고 말했다. 주택조합에 오백만원을 넣고 내 집 장만의 꿈에 부풀어 있었는데 모든 게 허사가 됐다며 하염없이 울었다.

"그렇게 집이 갖고 싶니?"

일주일이 지나도록 그녀의 울음이 멈추지 않자 나는 화가 났다. 아무것도 할 수 없었던 나의 무능력에 대한 신경질적인 반응이었다. 나는 그녀에게 집을 마련해주겠다며 오기를 부리며 밖으로 나가 여기저기 문의를 해봤다. 학교 출근 때문에 서울을 떠날 수 없으니 서울 외곽의 싼 아파트를 찾아보았다. 마침 광명시 하안동에서 옷가게를 하던 후배의 소개로 그곳의 아파트를 구입하기로 했다.

우리는 살고 있던 반지하 셋방 전세금과 교사 자격으로 대출받은 돈을 끌어모아 집을 샀다. 그후 아내의 월급은 모두 빚을 갚는데 들어갔다. 나는 생활을 책임지겠다고 호언장담을 한 터라 매달돈을 꾸러 다녔다. 집을 등에 지고 생활에 허덕이는 삶이 일년 가까이 계속될 때 유혹처럼 손길이 뻗어왔다.

페미니즘이 유행하던 시기에 상업적으로 성공을 거두고 있던 출판사에서 남성 작가가 쓴 페미니즘 소설을 만들어보자고 제의해왔다. 그들은 내가 가정주부 역할을 하면서 소설을 쓰고 있는 걸 알고 세번에 걸쳐 후한 제의를 했다.

나는 두번째까지 못 쓴다고 했다. 특별히 할 말도 없고 식상한 일상의 얘기를 꺼내놓고 싶지도 않았다. 그러다가 우연히 동서가 하는 사업 개업식에 가게 됐다. 말레이시아 사람들과 인도네시아 사람들이 많이 모인 그곳에서 처음으로 동서가 하는 사업에 대해 알게 되었다. 그는 맨몸으로 전세계 오지를 돌아다니며 바닷가재, 킹크랩, 참치 등의 수산물을 모아 일본과 한국에 역수출 하는 사업을 하고 있었다.

그날 행사가 끝나고 동서 집에 갔을 때 동서는 전세계를 돌아다니며 수산물을 끌어모은 얘기를 들려줬다. 모험과 술수로 가득한 그의 이야기는 흥미진진했다. 나는 그의 이야기를 들으면서 문득 사업 주체를 여성으로 세우면 신나는 얘기가 나올 수 있겠다는 생각이 들었다. 그래서 구성을 짜서 그 이야기를 출판사에 보여줬다.

출판사는 흔쾌히 계약을 했다. 나는 두달 동안 절에 들어가 소설을 썼다. 경제적 압박에서 벗어나면 더 좋은 글을 쓸 수 있을 거라는 기대를 갖고 오로지 글쓰기에만 집중했다. 삼일 동안은 글을 쓰고 일박 이일은 술 마시는 사이클로 소설을 써나갔다. 사흘 정도 글을 쓰고 나면 머릿속에서 '윙' 하는 소리가 났다. 그 소리는 점점 커져 기계톱이 돌아가는 요란한 쇳소리를 냈다.

나는 작업을 더이상 할 수 없다는 뇌의 신호가 들리면 밖으로 나갔다. 절 아래 주막을 잡아두고 그곳에서 술을 마셨다. 소설에 대한 생각을 술에 타서 마시다 취기가 오르면 안주와 소주를 싸갖고 절로 들어와 쓰러질 때까지 몰래 마셨다. 다음날 숙취에 젖은 몸을 털어내고 다시 글쓰기를 반복하면서 천팔백매를 썼다. 『그 아침은 다시 오지 않는다』라는 소설이었다.

출판사는 대대적으로 광고를 했다. 신문은 물론 지하철 내부에도 광고를 했다. 그 시절만 해도 신문기사와 광고의 힘이 대단해서 이십오일 만에 오만권의 책이 팔렸다. 출판사에선 백만부가 나갈 것이라고 확신했다. 내가 흥미 위주의 글을 쓰자 언론도 많은 관심을 보였다. 라디오와 텔레비전 방송국마다 출연을 부탁한다는 전화를 해댔다. 책 판매 때문에 KBS에서 하는 「작가와의 대화」라는 프로그램에도 한번 나갔다.

"돈 벌려고 작정했구먼."

나는 책이 잘 나가서 기뻤는데 문우들은 비판의 소리를 냈다. 예상을 못한 건 아니었지만 막상 그런 말이 들리자 자신의 정체성을 돈으로 팔아먹었다는 생각이 들어 마음이 위축되었다. 그런데 갑자기 출판사가 부도가 났다는 소식이 들렸다. 출판사 사장이 경영하던 주유소 일곱군데가 연쇄 부도를 냈고 그러자 채권자들이 출판사를 점령했다. 그들은 논의 끝에 영업이익을 내고 있는 출판사를 살려 변제를 받고자 했으나 소용없는 일이었다. 이미 출판사가 부도가 났다는 소문을 거둬들일 수는 없었다. 도매상들은 더이상 출판사의 책을 받아주지 않았다. 경영난에 허덕이던 출판사는 내게 인세조차 지급하지 못했다. 나는 내용증명 우편까지 보내 오만 권에 대한 인세를 육개월 뒤에야 겨우 받았다.

나는 허탈감에 빠져버렸다. 세계출판사 사장이 잘되고 있던 출판사 문을 닫았던 기억이 떠올랐다. 그는 우리가 쓴 책들로 인해 국가보안법 위반으로 또다시 구속될 것을 염려했다. 아마도 공권력의 압박을 받은 것 같았다. 결국 그는 출판사를 중단하고 전태일문학상까지 내놓았다. 그때 나는 그에게서 배신감을 느끼며 비난까지 했다.

그러다가 일이년쯤 지났을 때 세계출판사 사장이었던 그가 만나자고 했다. 일억 벌이는 될 거라고 하면서 국회의원 자서전 여섯권만 쓰자고 했다. 나는 생각해볼 가치도 없다며 거절했다. 내가 존경하지 않는 국회의원의 자서전을 그들의 입맛에 맞게 쓸 수는 없다고 하고서 돌아서 나왔다.

그랬던 내가 몇년이 지나지 않아서 돈 때문에 소설을 만든 것이다. 모든 것들이 무너져내렸다. 몸과 마음이 시도 때도 없이 끓어오르는 고열에 시달렸다. 설거지를 하다가도 밥을 먹다가도 욱하고 치밀어오르는 나에 대한 분노로 치를 떨었다. 나는 자책하는 말을 입 밖으로 퍼올리며 스스로를 증오했다. 한숨이 꼬리를 달고 이어졌다.

'목숨 걸고 쓸 수 있겠어?'

김명운의 말이 하루에도 수십번씩 머릿속을 쑤셔댔다. 박영진을 비롯한 죽은 자들과 옥살이를 하고 나온 많은 친구들, 좀더 나은 현장을 만들어보려고 기를 쓰는 노동자들, 그 모든 친구들의 눈빛이 나를 질책했다. 숨통이 트일 만한 빛은 어디에도 보이지 않아 집에 틀어박혀서 침묵의 고통을 감내하고 있었다.

"시집이 나와서 가까운 사람끼리 술 한잔하려고 전화했어."

박남준 시인이었다. 어디에도 나가고 싶지 않았으나 가야만 했다. 그는 내게 형제 이상의 의미를 준 시인이었다. 산속에서 자연과 더불어 살고 있는 그가 보고 싶었다.

이십여명의 사람들이 술집에 모여 있었다. 반은 낯익은 사람들이었다. 나는 그들과 반갑게 인사를 나눈 뒤 술을 마시며 박남준이 낭송하는 시를 들었다. 시인과 가까운 가수와 문우들이 기타를 치며 노래를 불렀다. 나는 무거운 마음에서 벗어나지 못한 채 무심히 시간을 보내고 있었는데 어떤 눈길이 느껴졌다.

내가 이상한 기분이 들어 고개를 돌리면 마주치곤 하는 얼굴이 있었다. 털실로 짠 모자를 쓰고 개량한복을 입은 여자였다. 처음엔 그냥 눈길이 마주쳤나 싶었다. 맞은편 끝자리에 앉아 있어서 얼굴 윤곽도 뚜렷이 보이지 않았다. 똑같은 상황이 세번이나 계속되자 어떤 여잔가 싶었다.

"술 한잔 따라도 될까요?"

나는 그러려니 하고 있었는데 그녀가 소주병을 들고 옆자리에 와서 앉았다. 기분 좋은 자리에서 만난 사람이어서 나는 기꺼이 술잔을 들었다.

"작가세요?"

"네. 박해운이라고 하고 소설을 씁니다."

"말씀이 별로 없으시데요. 제가 잘생긴 남자를 좋아한답니다. 반가워요. 서화연이라고 해요."

그녀의 말과 행동이 도발적으로 느껴졌다. 속 쌍꺼풀이 매력 있게 길게 내려앉아 묘한 눈빛을 흘리는 여자였다. 그녀가 내 잔에 술을 채운 다음 술병을 내게 넘기고 자신의 빈 잔을 내밀었다. 버선코처럼 코끝이 오똑 올라와 있고 인중 밑으로 뚜렷한 선을 가진 작은 입술이 오만스럽게 보이기도 했다.

"박 시인하곤 친군가요?"

"아뇨. 일년 후배 됩니다."

"그럼 나한테도 일년 후배 되시네요. 전 시를 써요."

우리는 술잔을 비웠다.

"서로 책 바꿔 볼래요?"

싫다고 할 수는 없는 일이어서 그러자고 했다. 그녀는 가방에서 수첩을 꺼내 내 주소를 물어가며 적었다. 자신의 주소도 쪽지에 적어 내게 건네주었다.

"모든 게 다 귀찮다는 표정 지우세요. 여기까지 왔으니 즐겁게 지내다 가시고요. 반가웠어요."

그런 다음 그녀는 원래의 자리로 되돌아갔다. 나는 주소가 담긴 종이를 안주머니에 넣으며 그녀를 쳐다봤다. 시 좀 쓴다고 겉멋을 부리는 여자 같지는 않았다. 사람을 들여다보는 눈빛도 예사롭지 않았다. 어떤 여자인가 궁금했지만 나는 침울하게 있었다.

늪에 빠진 듯한 우울한 시간이 계속되었다. 일주일쯤 지나서 그여자의 시집이 날아와 나 역시 책을 보내줬다. 만사가 귀찮았던 나는 그녀의 시집을 봉투도 안 뜯은 채 책상 위에 던져놓았다. 나는 내 안에 갇혀 상처를 찢고 꿰매는 짓을 되풀이하고 있었다.

비까지 추적추적 내리는 날, 슬리퍼를 끌고 슈퍼에 갔다. 소주 서너 병을 사들고 돌아와 작업실로 쓰는 작은 골방에서 처량하게 창문을 적시는 빗소리를 들으며 소주를 마셨다. 세상을 바꿔보려고 힘겹게 걸어온 지난날들이 조롱의 눈빛으로 나를 쳐다봤다. 산다는 것이 모욕덩어리가 되어 목구멍을 틀어막았다. 내게로 밀려드는 생각이 무서워 고개를 들었을 때 서화연이 보낸 시집 봉투가 눈에 들어왔다. 나는 시라도 읽으면 혼란스러운 생각이 떨쳐질까 싶어 그녀의 시집을 꺼내 펼쳤다. 그런데 그녀의 시집 첫 편을 읽으면서 눈물이 모여들기 시작했다.

겨울비 3

그대 앞에 엎드려 울고 싶다
숨죽이지 않으리라
소리 내어 목을 놓아
통곡으로 울고 싶다

그녀의 시집을 넘기면서 내 눈에 눈물이 넘쳐났다. 그녀의 시편에 흐르고 있는 외로움과 허망함이 나를 망망대해로 끌고 갔다. 내 안에 없는 게 그녀의 시에 있었다. 그녀의 시 속에는 모든 살아 있는 것들과의 교감이 꿈틀거리고 있었다. 풀잎 하나에도 이름을 만들어주고 보듬어주는 그녀의 마음이 시 전편에 배어 있었다. 만나고 싶은 충동에 휩싸여 전화를 걸었다.

"박해운이라고 하는데 기억하시나요?"

"그럼요. 전화 오길 기다리고 있었지요."

"정말입니까?"

"그렇다니까요."

그녀의 웃음소리가 경쾌하게 들렸다. 나는 지금 출발하겠다면서 약속장소를 전주로 잡았다. 우산을 펼치고 집을 나와 고속버스터미널로 향했다.

늦가을 추적거리며 내리던 비는 전주터미널에 도착했을 땐 더욱 굵어지고 거세졌다. 나는 택시 기사에게 약속장소를 가르쳐주고 올라탔다. 먹장구름이 뒤덮은 거리는 낮인데도 어둑했다. 이십분쯤 달려 택시가 성당 앞 건널목에서 멈췄다. 택시에서 내려 주변을 두리번거리니 건널목 건너편에서 우산을 든 여인이 손을 흔들고 있었다. 한눈에도 서화연임을 알아볼 수 있었다.

도로를 사이에 두고 우리는 서로 바라보면서 웃었다. 신호등이 파란불로 바뀌자 그녀가 종종걸음으로 건널목 한가운데로 와서 내 손을 잡았다. 나는 그녀의 손에 이끌려 성당 뒷골목으로 갔다. '새벽강'이라는 간판을 달고 있는 허름한 한옥 술집이 나타났다.

"어서 오세요. 잘생긴 남자 맞네."

안으로 들어서자 술집 여주인이 환하게 웃으며 나에게 반갑다는 손짓을 했다. 탁자 앞에는 수염이 덥수룩한 건장한 사내가 앉아 미소를 머금고 있었다. 처마 밑에 받쳐놓은 함지박 위로 빗물이 퐁당퐁당 튀는 소리가 울렸다. 탁자 위에 파전과 홍합탕이 막걸리와 어우러져 맛깔스럽게 차려져 있었다.

"먼 길 오니라고 숨 가빴을 것이니 시원하게 막걸리 한잔하소."

사내는 통성명도 하기 전에 누런 양재기에 막걸리를 콸콸 부어 내게 내밀었다. 나는 술을 받아 벌컥벌컥 들이켰다. 목이 탁 트이고 가슴이 시원하게 뚫리는 술맛이었다. 술집 여주인이 김치를 숭숭 썰어 접시에 담아 내왔다.

사내는 한옥을 짓는 목수라고 했다. 목수는 상처를 드러내고 나서야 제 몸의 속살을 보여주는 것이 나무라고 말했다. 나무는 이쪽과 저쪽으로 밀고 당기면서 뒤틀리고 엇갈려 오랜 나날 비틀려야만 비로소 곱고 단단한 무늬가 만들어진다고 했다. 나무는 죽어서도 제 몸을 다 내주는데 사람들이 그 고마움을 모른다고 했다.

여주인은 먼 길을 떠난 누군가를 기다리며 술집을 열어놓고 있다고 했다. 십년을 기다려도 기다리는 사람이 오지 않는다며 웃었다. 봄이면 훈풍을 타고 올 것 같아 기다리고 여름이면 빗소리에 묻어 올 것 같아 기다리고 가을이면 낙엽을 밟으며 올 것 같아 기다리고 겨울이면 아무도 밟지 않은 새벽 눈에 발자국을 찍으며 올 것 같아 기다린 지 십년째라고 했다.

무엇이 나를 무장 해제시켰는지 알 수 없었다. 나는 그들의 이야기 속으로 들어가 마음에서 나오는 말들을 그대로 꺼내놓았다. 노동운동을 하다가 지금은 민중의 삶을 소설로 쓰고 있다고도 말했다. 그러다가 돈 좀 벌어서 소설을 더 잘 써보려고 수작을 부리다가 망했다는 말도 했다. 술이 막힘없이 들어갔다. 서화연이 기타를 치며 노래를 불렀다. 하태산의 「촛불」이란 노래였다.

> 소리 없이 어둠이 내리고 길손처럼 또 밤이 찾아오면
> 창가에 촛불 밝혀두리라 외로움을 태우리라
> 나를 버리신 내 님 생각에 오늘도 잠 못 이뤄 지새우며
> 촛불만 하염없이 태우노라 이 밤이 다 가도록
> 사랑은 불빛 아래 흔들리며 내 마음 사로잡는데
> 차갑게 식지 않는 미련은 촛불처럼 타오르네
> 나를 버리신 내 님 생각에 오늘도 잠 못 이뤄 지새우며
> 촛불만 하염없이 태우노라 이 밤이 다 가도록

그녀의 목소리는 맑고 고왔다. 마음이 담겨 노래에 애절함이 실려 있었다. 노래를 부르는 동안 술집 여주인이 쓸쓸한 눈길로 그녀를 바라봤다. 노래가 끝나자 서화연에게 "눈물은 안 흘리네" 하고 놀려댔다. 나는 그게 무슨 의미인지 모른 채 술에 젖어들었다.

기억이 연기처럼 빠져나가며 혼미해지는 게 느껴졌다. 내 눈앞에 숲이 보이고 그 사이를 내가 휘청휘청 걷는 것 같았다. 서화연이 깔깔거리며 웃는 소리가 들렸다가 사라졌다. 등이 따뜻해지면서 얼굴 위로 상쾌한 바람 한줄기가 간헐적으로 내려앉았다. 코끝에 흙냄새가 그윽해 눈을 떠보니 황토방이었다. 천장에 노란 한지

로 감싸놓은 전구 불빛이 붉은 흙빛을 쓰다듬고 있었다. 나는 게슴 츠레한 눈을 마저 뜨고 일어나 앉았다. 창호지 문밖이 환하게 밝아 있었다.

머리맡 쟁반 위에 주전자가 놓여 있었다. 나는 주전자를 들어 타는 목을 축이며 정신을 차렸다. 벽과 벽 사이에 걸쳐놓은 대나무에 여러 색깔의 천이 걸려 늘어뜨려져 있었다. 왼쪽 벽에 오래된 서랍 장이 놓여 있었고 그 위에 거울 하나가 세워져 있었다. 방 안에 은은하게 떠도는 흙냄새와 천에서 흘러나온 꽃향기가 나풀거리는 문풍지를 타고 들어온 바람에 날리고 있었다.

나는 서랍장 앞에 아무렇게나 벗어 던져놓은 바지와 윗도리를 걸치고 문을 툭 건드렸다. 환한 햇살이 섬돌 위에 하얗게 앉아 있었다. 산 기운이 들어 있는 서늘한 바람이 불어와 숙취에 찌든 몸을 씻어주었다. 밤새도록 비에 젖은 대지는 구름 같은 안개를 온 산에 풀어놓았다. 작고 아담한 기와지붕을 얹은 안채 굴뚝에서 피어오르는 연기가 구름 속으로 스며들어 온 산을 훈훈하게 만들고 있었다.

안채와 사랑채 사이에 꽃밭이 있었다. 꽃밭 주위는 돌을 차곡차곡 쌓아 경계를 만들어놨다. 그 주위로 흙길이 정갈하게 이어져 있었다. 나는 섬돌에 올려져 있는 하얀 고무신을 신고 마당에 서서 나무들 사이를 하얀 솜이불처럼 뒤덮으며 산 위로 올라가는 안개를 바라보다 몇걸음을 걸었다. 사랑채 옆으로 빼곡히 서 있는 수십 그루의 감나무에는 감들이 주렁주렁 매달려 있었다.

주홍빛 감들이 꽃처럼 매달려 내 눈을 붉은 빛깔로 물들였다. 나무 아래에서 구름안개가 뭉클뭉클 피어올라 붉어진 내 마음은 어찌할 바를 몰랐다. 인간세계에서 사바세계로 넘어온 듯한 환각에 사로잡혀 넋을 놓고 있는 그때 어디선가 또랑또랑한 물소리가 들렸다. 나는 그 물소리를 찾아 걸었다. 삼십여 미터쯤 걸어가자 작은 개울이 산 위에서 흘러내리고 있었다.

밤새 거세게 내린 비가 인간의 흔적을 씻어냈다. 맑은 물이 청초한 빛으로 작은 바위와 풀 들을 타고 개울로 흘러들었다. 개울 중간에 파놓은 웅덩이에 맑은 물이 고여 휘돌다 다시 흘러갔다. 그 물에 홀려 손을 담갔다가 기겁을 하며 뺐다. 어디서 나타났는지 물고기들이 우르르 달려들어 손가락 사이마다 끼어들었던 것이다.

그들은 내 손을 따라 물 위로 튀어올랐다가 떨어져내렸다. 하얀 비늘이 햇살에 반짝거리며 두 눈을 어지럽혔다. 피라미들이 물속에서 몰려다니며 내 손을 찾고 있었다. 알 수 없었다. 그들을 지켜보는데 내 눈에서 눈물이 흘러나왔다. 바람이 바람을 불러와 숲속을 휘저어놓듯 눈물은 더 많은 눈물을 몰고 왔다. 나뭇가지를 부러뜨리다 못해 뿌리째 뽑아버릴 듯한 미친 바람이 내 안에서 요동을 쳤다.

나는 몸이 터져버릴 것같이 숨이 막혀서 산을 향해 비명을 질러댔다. 비명이 메아리로 돌아와 폐부를 찔렀다. 나는 그 고통을 견딜 수 없어 또다시 비명을 질렀다.

그 슬픔은 무엇이었을까. 나는 한순간의 풍경 속에서 무엇을 보았기에 그리 눈물을 흘렸는가.

나는 울다가 지쳐버린 몸을 주저앉히며 또다시 물속에 손을 집어넣었다. 물고기들이 화르르 달려와 손을 간지럽혔다. 손을 휘휘 저어 그들을 떨쳐내고 두 손으로 물을 받아 얼굴을 씻은 뒤 안채를 향해 걸어갔다. 하태산의 데뷔곡 「시인의 마을」이 들려왔다.

서화연이 집 뒤 텃밭에서 배추 잎을 한바구니 담아서 나오고 있었다. 그녀는 마당 한쪽에 있는 수돗가에서 배추 잎을 씻었다. 나는 사랑채 문턱에 걸터앉아 담배를 피웠다. 그녀는 솥뚜껑을 열어 젖혀놓고 다 씻은 배추 잎을 잘게 찢어서 하얀 김이 폴폴 올라오는 가마솥에 집어넣었다. 구수한 된장 냄새가 흘러나왔다.

"막걸리 남은 거 있나요?"

내가 그녀 곁으로 다가가 묻자 그녀는 잠깐 기다리라고 하며 부엌으로 들어가더니 막걸리와 김치를 쟁반에 담아 내왔다.

"그렇게 힘들면 돌아가요."

그녀가 막걸리를 따라주며 말했다.

"어디로요?"

"처음 시작한 곳으로요."

"다 망쳐버려서 갈 데가 없어요."

나는 막걸리 잔을 입에 댄 채 씁쓸한 웃음을 지었다.

"그러면 다시 시작하세요. 실수나 잘못은 누구나 해요. 그것조차 못 느낄 때가 문제인 거죠. 두려워 말고 다시 돌아가보세요."

서화연의 목소리는 나직했지만 내 마음을 울렸다. 그녀는 도대체 어떤 사람일까. 사람의 마음을 꿰뚫어보는 눈이 그녀에게 있었다. 어떤 세월을 건너온 것일까. 한참을 들여다봐도 고요한 물처럼 그녀에게서는 그 어떤 파문도 엿볼 수가 없었다.

집으로 돌아와 많은 것들을 되돌아봤다. 그러다 모악산을 다시 찾아갔을 때 그녀가 출판 기념모임에서 나에게 접근한 이유를 알게 되었다. 그녀는 박남준 시인으로부터 내 얘기를 들었고 내가 많이 힘들어하니 술친구를 해줄 것을 부탁받았다고 했다. 그날 몇마디 안 나눴지만 내가 어떤 사람인지 느꼈고 다시 만나게 될 거라는 예감도 했다고 한다.

그녀는 자비를 품고 있는 보살 같은 여자였다. 사람들에게는 물론 살아 있는 모든 것들과 사랑을 나눌 수 있는 마음을 안고 사는 사람이었다. 내가 그 집에서 비명을 지르며 눈물을 터뜨렸던 건 사람 살리는 운동을 한다면서도 오히려 황폐해져버린 나를 봤기 때문이었다.

그녀는 이 집에 정착하기 삼년 전에 모악산에 등반하러 왔었다고 했다. 그녀는 산을 얕보고 들어갔다가 의외로 깊어서 길을 잃었다. 물이 떨어져 목은 타고 날도 어둑해져 당황해하다가 숲속에 있는 이 집을 보았다. 물을 얻어 마시려고 들어서니 백발의 노파가 툇마루에 앉아 있었다. 그녀는 마당에 들어서자마자 향내를 맡고 곧바로 무속인의 집이라는 걸 알았다. 스산한 기운이 서려 있었지만 편안했다. 이런 집이 있으면 참 좋겠다,라는 생각을 하면서 물 한잔 얻어 마신 뒤 내려갔다. 그리고 삼년이 지난 어느날 그녀의 선배인 화가로부터 작업실을 구했으니 같이 구경을 가자는 전화가 왔다. 선배의 차를 타고 가는데 길이 낯설지가 않았다. 그녀는 모악산 밑 산길로 차가 접어들자 이상한 기분이 들었다. 길이 끝나는 곳에 차를 세웠는데 삼년 전 보았던 집으로 가고 있구나, 싶었다.

아니나 다를까 선배는 산 밑 마을을 지나 그 집으로 올라갔다.

그녀는 기이한 기분이 들어 삼년 전에 찾아왔던 일을 선배에게 말했다. 그러자 선배는 그 집의 인연이 그녀에게 닿아 있는 것 같다며 집을 넘겼다. 글을 쓰고 천연물감을 만들어 천에 색을 입히며 살아가는 그녀에게 산속의 나무들과 꽃들은 넉넉하게 재료를 선사했다. 넓은 터 역시 그녀가 자유롭게 작업할 수 있는 여유로운 공간을 주었다.

사건은 그 집에 살면서 일년 후에 일어났다. 그녀가 잠을 자려고 불을 끄면 문창호지가 파랗게 물들며 문밖에서 사악한 기운이 뻗쳐들었다. 처음엔 몸이 약해져서 헛것이 보이는 줄 알았다. 그런데 밤마다 그 기운은 점점 심해지더니 어느날 문창호지를 뚫고 무엇인가가 방 안으로 쓰윽, 스며드는 게 느껴졌다. 그녀는 기겁을 하며 일어나 소리쳤다.

"누구야? 감히 요사스러운 것이! 썩 나가지 못해!"

그녀는 불을 켜서 어둠을 쫓아내며 며칠을 뜬눈으로 시달렸다. 도저히 견딜 수 없어 목수 친구를 불러 집 주변에 전등 수십개를 달았다. 그래도 그 기운은 수그러들지 않아 친구들에게 하소연을 했다. 친구들은 산속에서 먹을 걸 제대로 챙겨 먹지 않아서 그런 거라며 술과 먹거리를 잔뜩 사가지고 와서 놀다가 갔다.

사람들이 있으면 잠잠해졌다가 가고 나면 여지없이 그것이 나타나 괴롭혔다. 바람이 심하게 불던 어느날, 마침내 그것이 정체를 드러냈다. 푸른빛을 마당까지 물들이며 들어온 그것은 섬뜩한 음성으로 그녀에게 말했다.

"니 몸속으로 들어가고 싶어!"

서화연은 그날 밤새도록 귀신과 싸운 뒤 친분이 두터운 고승을 찾아갔다. 스님은 집터를 밟자마자 불쌍한 영혼들이 한둘이 아니라고 하면서 천도재를 지냈다. 사흘 동안 목탁을 두들기며 재를 올린 뒤로 귀신은 더이상 나타나지 않는다고 했다.

아무튼 그녀는 대단한 기운을 갖고 있는 사람이었다. 그 정도로 사악한 기운에 시달렸으면 도망가기 바빴을 텐데 버티고 이겨낸 것이다. 그건 심지가 굳지 않은 허약한 사람은 결코 해낼 수 없는 일이었다.

우린 마당 한쪽에 모닥불을 피워놓고 술잔을 기울이며 수많은 얘기를 나눴다. 처마 밑에 달아놓은 외등이 어둠을 환하게 밝혀주었다. 날이 추워져 날벌레들도 귀찮게 굴지 않았다.

"결혼은 안하세요?"

"애인 없어요."

"한번도 연애 안해봤어요?"

서화연이 소리 내어 웃었다. 그녀는 모닥불 위로 잔가지를 하나 올려놓으며 대답했다.

"딱 한번 했는데 도망갔어요."

"왜요?"

"자신은 누구를 사랑할 수 없는 사람이래요."

나는 술을 한모금 들이켰다. 쉽지 않은 사랑을 했구나 싶었다.

"알 순 없지만 그분에게 깊은 상처가 있었던 게 아닌가 싶네요."

"그건 맞아요. 세상이 그에게 너무나 깊은 상처를 줬죠. 하지만 정도의 차이만 있을 뿐 사람들은 누구나 상처를 안고 살지 않나요? 이기적인 사람이었죠. 자신의 상처는 보면서 내 상처는 못 보는."

서화연의 눈빛이 쓸쓸하게 젖어들었다. 그녀는 잔가지 두개를 모닥불 위에 던져넣었다. 세상의 모든 것들과 어우러져 사는 그녀의 눈에 서러운 눈물을 맺히게 한 그 남자가 누군지 궁금했다. 어떤 고통이 있었기에, 그리고 어디로 떠나버린 것일까. 차마 거기까지는 묻지 못하고 술만 마셨다.

날이 밝아오는 것을 새들이 먼저 알고 숲이 먼저 알았다. 딱새, 박새, 붉은머리오목눈이가 울어대며 여명을 퍼뜨리고 다녔다. 새소리를 듣고 있던 그녀가 그들에게 자리를 양보해야겠다며 방으로 들어가 잠을 청했다. 뭇 생명들과 더불어 사는 그녀의 마음이 한없이 크게 느껴졌다.

서화연의 말대로 처음으로 돌아가자고 마음을 세웠다. 마침 김명운이 기울어져가는 아버지의 가구공장을 일으켜세우기 위해 지방 도시로 내려간 상태여서 내가 박영진 열사 추모사업회를 이끌기로 했다. 목숨 걸고 쓰겠다고 한 소설은 기약 없이 내려놓았다. 나는 구로동에서 노동자들을 만나며 그들의 활동을 지원하고 추모사업회의 공식적인 일들을 수행해나갔다. 민주노총도 만들어지고 노동운동의 저변도 넓혀졌다지만 변혁운동의 정신은 곳곳에서 훼손되고 있는 것 같았다.

구로 지역에서도 노동조합 소식지 한장 보기가 어려워졌다. 나는 지역 노동조합 회보를 만들어 노동자들의 의식을 고취할 수 있는 일을 해보자고 생각했다. 구로에서 일년 동안 활동하면서 본 사람 중에 열정적인 일꾼들을 규합했다. 추모사업회와 같은 공간을 쓰는 '구로노동자문학회' 송경동과 민주노총 구로 지역 본부장을 하고 있는 홍기열, 그리고 『구로신문』을 발간하고 있던 정종권을 불러모았다.

그들에게 내 생각을 말하니 지방분권 시대니까 지역 잡지를 만들자고 했다. 논의를 거듭하면서 우리는 지역 잡지를 만들 힘으로 전국 잡지를 만들어보자고 의기투합했다. 무슨 배짱이었을까. 난 아무것도 없는 상태에서 돈을 만들기 시작했다.

먼저 추모사업회의 동의를 얻기 위해 나는 대전에서 사업을 하고 있는 김명운을 찾아갔다. 그에게 동료나 이웃 사이에 나눠 볼 수 있고 생활 이야기를 담는 민중의 '샘터'지와 같은 잡지를 만들어보고 싶다고 했다. 잡지를 통해서 조금이나마 운동이 이익집단의 활동으로 빠지지 않는 풍토를 조성하는 데 기여하고 싶다고 했다. 『신새벽』을 함께 만들어봤던 경험이 있는 김명운은 적극 지지하고 나섰다. 그는 노동자 기술학교를 만든다고 모아놓은 오백만 원을 잡지 만드는 데 쓰라고 했다. 게다가 몇개월 전 교통사고 보상비로 받은 이백오십만원까지 내놓았다.

우리는 칠백오십만원을 갖고 책에 담을 내용을 결정해가며 잡지를 함께 만들 사람들을 물색했다. 사진사, 디자이너, 인문학자, 만화가, 철학자, 수필가 등 우리가 접촉할 수 있는 사람들을 다 만났다. 나는 당시 유력 출판사들의 북디자인을 하고 있던 고등학교 동창 이원우를 찾아갔다. 진정성이 담긴 생활 글들을 아름다운 표지와 본문 디자인으로 담아내고 싶다며 그에게 손을 내밀었다. 이원우는 선뜻 내 손을 잡아주었다. 그는 좋은 일에 동참시켜줘서 고맙다며 오히려 매달 오십만원을 후원하면서 표지 디자인과 편집을 맡아줬다.

일이 진행되면서 뜻밖의 인물들도 만나게 됐다. 오래전 『철학 사냥』이란 책을 흥미롭게 보면서 그 책이 나온 출판사에 전화를 걸어 상권만 나와 있는데 하권은 언제 나올 예정이냐고 물으며 크게 관심을 표한 적이 있었다. 나는 회의 도중에 그런 철학자가 한명 있으면 좋겠다고 했다. 그러자 정종권이 그 책의 저자가 자신의 선배라고 했다. 얼마나 반갑던지 바로 그 철학자와 약속을 잡고 만났다. 지금까지 깊은 인연을 맺고 있는 그는 인문학자 김경윤으로 기획위원으로 합류해 '한국철학 이 한마디'라는 이야기를 잡지에 연재하면서 매달 십만원까지 내놓았다. 이렇게 한 사람을 만나면 어디선가 또다른 사람으로 이어져 얼마 지나지 않아서 함께하겠다는 사람들이 수십명으로 늘어났다.

1998년 2월에 『삶이 보이는 창』 창간호가 나왔다. 출판 경험이 없던 우리들은 이원우의 사무실에서 게릴라식으로 책을 만들었다. 이박 삼일 동안 쪽잠을 자며 그의 도움으로 편집도 하고 필름도 뽑으면서 책을 만들어나갔다.

"글이나 쓰지 이 어려운 일을 왜 시작했나?"

출판기념회를 구로동 사무실에서 열었을 때 작가들 백여명이 와서 던지던 말이었다. 그들의 염려는 당연했다. 작은 출판사를 하더라도 최소한 이삼억은 갖고 시작해야 한다던 그때 난 칠백오십만원을 가지고 무작정 일을 벌였던 것이다. 많은 사람들의 걱정대로 책이 나오자마자 그다음 호 만들어낼 돈을 구하러 여기저기 뛰어다녔다.

신자유주의의 물결이 거세게 우리 사회를 덮친 한해였다. 김영삼정권은 외환 위기가 목에 칼날을 들이댈 때까지도 위험을 느끼지 못하다가 국가 부도를 낸 채 물러나고 김대중정권이 들어섰다.

정부는 IMF의 구제금융을 받으면서 자본시장을 전면 개방하기 시작했다. 환율변동 제한도 폐지하고 외국인 주식투자 한도도 폐지했다. 외국인 투자 유치를 위한 종합대책이 세워졌다. 자본의 방대한 물결이 사회를 압도했다. 국내 기업들은 살아남기 위해 통폐합을 하거나 구조조정이라는 이름을 내걸고 인력 감축을 단행했다. 그러면서 수많은 사람들이 실직했고 자영업자들은 무너져내렸으며 자산이 튼튼하지 않은 기업들은 휘청거리며 도산했다.

노동자들은 '정리해고는 죽음'이라며 강력하게 저항했다. 나라를 위태롭게 만든 건 부패 정부와 부실 금융, 무능 기업인들인데 왜 자신들이 쫓겨나야 하느냐고 항변했다. 노동자들은 결사항전을 부르짖었다. 그 투쟁의 일선에서 현대자동차 노동조합이 상징적인 파업을 전개했다. 그들은 격렬하게 삼십팔일을 싸웠지만 당시 노조 간부들은 정치권의 압박과 관료화된 노동운동 선배들의 압력을 받으면서 위원장의 직권 조인이라는 투항으로 무너져내렸다. 결국 일만명 이상의 퇴직자가 생겨났고 현대자동차 노동조합은 이익집단으로 변모해갔다. 전국의 노동자들은 구조조정의 칼날에 무더기로 일터에서 쫓겨났다.

모든 것이 자본을 중심으로 변해갔다. 나는 사람들이 『삶이 보이는 창』을 통해 서로의 삶을 보고 들으면서 힘이 되기를 원했다. 잡지 발간을 중단하지 않으려고 부단히 애를 썼다. 돈을 만들고 독자를 구하고 글 쓰는 사람들을 독려하며 하루하루를 정신없이 보냈다.

한때 철강회사에서 노조위원장을 역임했던 사업가를 찾아가 광고도 얻었다. 그는 학습지로 국내 제일의 기업을 세웠다. 김명운의 선배였던 그는 우리에게 작은 힘을 보태주었다. 수많은 사람들의 도움으로 구독자가 천여명에 달했으나 그것만으로는 잡지를 운영하기 어려웠다. 할 수 없이 후원금 모금을 위해 일일주점을 대규모로 열 계획을 세웠다.

IMF 사태로 노동운동은 물론 다른 사회운동 역시 침체의 늪에 빠졌다. 중대한 사안이 있어 집회를 가져도 사람들 동원이 안되었다. 나는 그 어려운 상황에도 아랑곳하지 않고 밀어붙일 수밖에 없었다. 구로공단역 근처에 있는 오백석 규모의 호프집을 빌리고 가수들에게 손편지를 써서 도움을 요청했다.

민중가수 열세명에게 편지를 했다. 우리는 구로 지역에서 『삶이 보이는 창』이라는 민중의 '샘터'지를 만들고 있는 사람들이라고 밝히면서 '후원의 밤'에 와준다면 크나큰 힘이 될 거라고 했다. 꼭 와줬으면 싶은 가수 몇명은 직접 찾아갔다. 그때 만난 사람이 하태산이었다.

후원의 밤은 성황리에 시작됐다. 그 많은 객석을 누가 채워줄까 싶었는데 칠백명이 넘는 사람들이 모여들었다. 가수들이 몇명이나 와줄까 싶었는데 열세분 모두 와주었다. 술집은 그야말로 축제의 장이 되었다. 사람들은 춤을 추거나 함께 노래했으며 곳곳에서

'투쟁!'을 외치기도 했다. 힘들었던 시기에 마음을 풀 곳이 없었던 사람들이 많이 몰려든 것 같았다. 그날 이백여명은 술집에 들어오지도 못하고 밖에서 놀다 돌아갔다. 자리를 잡고 앉은 사람들이 장사가 끝날 때까지 나가지 않았던 것이다. 그 바람에 우리의 수익은 기대에 못 미쳤으나 사람들에게 『삶이 보이는 창』을 알리는 계기가 되었다.

하태산은 오랜만에 구로동에 왔다고 하면서 기뻐했다. 그는 노래보다 말을 많이 했다.

"여러분 세상이 살 만한가요? 여러분은 안녕하신가요? 힘드시죠? 그래도 힘을 잃지 말고 살아야 하지 않겠습니까?"

몇번이나 그가 되풀이한 말이었다.

나는 그가 돌아갈 때 이십만원을 봉투에 넣어 고마운 마음을 전하려고 했다. 그는 봉투를 받더니 "만나고 싶었던 사람들을 만나게 해줘서 고맙다"며 웃었다. 그러고는 내 어깨를 툭툭 치면서 봉투를 다시 내 주머니에 넣어주었다. 그와의 인연은 그렇게 시작됐다.

『삶이 보이는 창』이 중단되지 않고 지속적으로 나오게끔 도와준 사람은 수없이 많다. 그중에서도 김명운이 없었다면 잡지는 아마도 중단됐을 것이다. 김명운은 아버지의 가구공장을 일년 만에 정상으로 끌어올렸다. 그는 운동을 하던 방식으로 사업을 했다. 뒷돈을 주고 거래처를 잡는 기존의 방식을 버리고 제품을 제대로 만들어 적정한 가격으로 납품했다. 처음엔 그의 방식을 좋아하지 않았던 거래처들이 일년이 지나면서 그의 진정성을 받아들이기 시작했다. 좋은 재료로 정성을 들여 만든 제품은 소비자들에게도 인정을 받았다.

명운은 공장 운영도 독특하게 했다. 그는 사장이었지만 노동자들과의 논의를 통해 자신의 월급을 책정했고 이윤이 발생하면 재투자를 했다. 모든 경영을 투명하게 내보이며 공장을 이끌어가자 처음엔 낯설게 사장을 대하던 노동자들이 공장의 주인으로 나서서 일을 꾸려갔다. 그는 그런 힘을 모아 지역 가구공장들 중에서 서열 2위까지 사업을 일으켜세웠다.

당시 지리멸렬한 사회운동들처럼 '전국민주화운동유가족협의회(유가협)' 역시 내분으로 끊임없이 마찰을 겪으며 갈 길을 제대로 못 가고 있던 상태였다. 이소선 어머니와 유가협 어머니들은 김명운을 찾아가 '민족민주열사·희생자추모단체연대회의'를 맡아달라고 부탁했다. 그는 공장 소유권에 대한 댓가만 매월 받기로 하고 직원들에게 경영권을 넘겨준 뒤 또다시 추모사업회의 일을 맡아 수행했다.

신중하고 성실하게만 보이던 명운의 모습은 우직하고 단단한 바위와 같이 변모해갔다. 싸움도 못할 것 같던 사람이 투쟁할 때 늘 든든한 버팀목으로 앞장섰으며 사랑하는 것들을 지키기 위해서는 분노할 줄 알아야 한다고 했다. 또한 투쟁이란 진실을 찾아가는 싸움이니 즐겁게 해야 한다고 했다.

내 친구지만 존경심을 갖지 않을 수 없었다. 그가 사업을 할 때 나는 돈이 급하면 손을 내밀었다. 그럴 때마다 그는 미안해하는 나를 오히려 위로했다.

"넌 니 삶을 온통 그곳에 쓰고 있잖아. 난 돈을 조금 보탤 뿐이고.

이렇게라도 할 수 있어서 오히려 내가 고맙다."

나는 만 육년 동안 『삶이 보이는 창』을 이끌었다. 그동안 그가 나에게 건네준 돈은 사억 가까이나 된다. 그의 월급 중 많은 부분을 내가 갖다 쓴 것 같아 『삶이 보이는 창』을 후배들에게 맡기고 떠나올 때 그에게 술 한잔을 샀다.

술을 잘 못했고 많이 마셔야 소주 반병 정도 마시는 그는 소주잔을 받으면서 장사 한번 크게 했다며 환하게 웃었다. "그 돈 갖고 육년 동안 많은 일들을 했다"며 좋아했다. 나는 운동을 하면서 잊어서는 안될 많은 것들을 그로부터 배웠다. 사심을 갖지 않아야 한다는 것을 배웠고 사람을 사랑하는 마음을 조금이나마 얻었다.

어떤 삶을 살 것이냐는 문제는 개인의 판단과 선택에 달려 있다. 하지만 공인이 된 사람들이 순식간에 모습을 바꿔버리는 것을 보는 것은 슬픈 일이었다. 나는 『노동의 아침』을 쓴 박 시인이 감옥에 갇혀 있을 때 책 몇권을 보낸 적이 있다. 그의 재능이 더 빛나기를 바라면서 보냈는데 그의 누이로부터 동생이 고맙다는 말을 전해달랬다고 하는 전화를 받기도 했다.

1998년 8·15 특사로 박 시인이 석방됐다. 사상전향서에 해당하는 준법서약서를 쓰고 석방된 터라 안 좋은 말이 나돌았다. 그는 석방된 지 며칠 지나지 않아서 느닷없이 전화를 걸어왔다. 자신을 소개하면서 나를 만나보고 싶다고 하며 감옥에서 나오자마자 제일 먼저 만나고 싶었던 사람이 나라고 했다. 나도 석방을 축하한다는 인사말을 전했다.

"기자가 하도 따라다녀서 지금 찾아뵐 수가 없습니다. 며칠 지나 잠잠해지면 그때 가서 뵙도록 하죠."

나는 그가 거기까지만 이야기를 했더라면 그와의 만남을 기다렸을지도 모른다. 그런데 그는 『삶이 보이는 창』에 대해서 구체적으로 물어왔다. 책을 몇권 찍고 정기구독자는 얼마나 되고 자산 규모는 얼마나 되는지를. 정겹게 맞이했던 그의 목소리가 왠지 점점 불편해졌다.

아니나 다를까 며칠 지나서 그는 자신이 피하고 있다는 언론에 얼굴을 내밀었다. 신문은 물론 텔레비전 방송에까지 나와 눈물을 떨어뜨렸다. 며칠 후 친구 한사람을 만났을 때 내가 박 시인 얘기를 하면서 제일 먼저 나를 보고 싶다면서 텔레비전에 먼저 나오데, 하자 자기한테도 전화를 해서 자기가 가장 먼저 만나고 싶었던 사람이라고 했다는 것이다. 우린 그냥 웃고 말았다.

그후 나는 『삶이 보이는 창』의 일을 내려놓고 한국작가회의 자유실천위원장을 할 때 그에게 전화를 한 적이 있다. 노무현정권 시절 국가보안법 개폐 논란이 전면에 등장할 때였다. 재야를 비롯한 모든 시민운동 단체들이 국가보안법을 폐지하라고 외쳤다. 노무현 대통령은 정치적인 힘겨루기에 밀리자 국가보안법은 박물관에 들어가야 할 정도로 힘도 없는 법이니 천천히 폐기하자고 말했다. 나는 사상의 자유를 무엇보다도 중시하는 작가로서 그 문제를 등한시할 수 없어 '국가보안법 폐지를 위한 작가대회'를 열 계획을 세웠다.

80년대 이후 처음으로 작가들을 다시 거리로 불러내는 일이라

의미있게 행사를 만들고 싶어 많은 노력을 기울였다. 집회를 열 비용이 없어 문화예술운동을 하는 동료들의 도움을 받아 집회 준비를 했다. 그때 하찮은 욕심이 생겨 여전히 대중적 인지도가 있는 박 시인을 불러내려고 전화를 했다.

"박 대표님 좀 부탁합니다."

한 공익단체의 대표로 있는 그에게 전화를 걸자 젊은 여성이 전화를 받았다. 나의 신분을 밝히고 통화하고 싶다고 했다. 그러자 비서라고 신분을 밝힌 그 여성은 "묵언수행 중이셔서 전화를 받지 못합니다"라고 했다.

전화를 끊고 나서도 비서의 말은 뇌리에서 쉽게 사라지지 않았다. 운동권 내에서는 여전히 박 시인에 대해서 소영웅주의에 사로잡힌 사람이라는 말이 돌고 있던 터였다. 나는 비서가 남긴 묵언수행이라는 낯선 말을 지우며 박 시인까지 기억에서 지워버리고 싶었다. 그런데 어처구니없는 일을 겪으면서 다시 한번 그를 떠올리게 되었다.

『삶이 보이는 창』의 외연이 커지면서 노동문화운동의 저변을 넓혀가자는 데 사람들의 의견이 모였다. 그러기 위해서 사단법인을 만들기로 했고 우리는 노동부에 법인 요건을 갖춰 신청을 했다. 하지만 서류가 계속 반려됐다. 육개월이 지나도 성사가 안돼 주변에 도움을 요청했다. 그때 구로동에서 신망을 받고 있던 선배가 정치권의 도움을 받자고 제안했다.

선배는 잘 아는 국회의원이 있으니 그에게 부탁하면 들어줄 거라고 했다. 익히 알고 있는 사람이었지만 내키지 않았다. 그 국회의원은 호랑이를 잡으려면 호랑이 굴로 들어가야 한다며 한나라당으로 간 김문식이었다. 구로동맹파업 이후에 만들어진 '서울노동운동연합'의 공동대표를 역임했지만 자신의 정체성을 순식간에 바꿔버린 사람이었다.

그는 지식인들과 노동자들에게 많은 것들을 말했었다. 실천적 지식인이란 우리 사회의 과제를 당당히 민중에게 얘기해서 깨우치게 만드는 사람이라고 했다. 노동자들에게 경제투쟁인 노동조합운동에만 머물러서는 안된다고 하면서 정치투쟁에 나서라고도 했다. 노동자들이 스스로 권리를 찾고 역사의 주인이 되지 않으면 아무도 대신 그것을 해주지 않는다고 역설했다. 그리고 노동자의 해방이라는 거대한 흐름은 그 누구도 막을 수 없다고 단언했다. 그랬던 김문식은 한나라당으로 간 지 일년도 안돼서 노동자들을 탄압하는 데 앞장섰다.

나는 존경하는 선배의 말에 이끌려 일말의 기대를 품고 김명운과 함께 셋이서 국회의원 사무실로 찾아갔다. 거의 한시간을 기다린 뒤 들어오라고 해서 들어갔다. 선배가 그의 앞에 앉고 김명운과 나는 그 옆에 앉았다.

"또 무슨 일로 온 거야?"

그는 우리와 인사도 나누지 않고 짜증 섞인 목소리를 던졌다.

"뭘 부탁하려는 건데?"

선배가 말을 꺼내려 했지만 들으려고 하지도 않았다. 그는 바쁘다는 것을 확인이라도 시켜주듯 책상 위의 물건들을 이리저리 옮기며 짜증을 부렸다.

"나 한가한 사람 아니거든. 뭐, 뭐가 필요해?"

그는 우리를 구걸하러 온 거지로 취급했다. 나는 쌍욕이라도 퍼붓고 싶어서 일어나려고 몸을 들썩였다. 옆에 있던 김명운이 그런 나를 잡아 누르며 내 허벅지를 피멍이 들도록 꼬집었다. 상대할 가치조차 없긴 했지만 내 몸을 돌고 있던 모든 피가 거꾸로 치솟아 얼굴을 붉혔다. 그는 우리의 심정을 더욱 짓밟으려는 듯이 한술 더 떠서 지갑을 꺼내 뒤적거렸다. 지갑 안에서 십만원짜리 수표 한장을 꺼내 흔들면서 우리에게 말했다.

"이거면 돼?"

그의 손가락 사이에 빳빳하게 끼워져 있는 수표가 우리를 비웃었다. 난 속이 뒤집어졌다. 똥바가지를 뒤집어쓴 듯 구역질이 올라왔다. 명운은 그런 나의 허벅지를 손으로 꽉 잡고 비틀었다. 나는 만신창이가 된 자존심을 어찌지 못해 명운의 손을 떨쳐내고 벌떡 일어나 나가버렸다.

그날 치욕을 털어내려고 술집을 찾아갔다. 처음엔 수치심을 씻어내고 싶어서 술을 마셨고 나중에는 인간에 대한 상실감에 젖어 들이켰다. 많은 생각이 들었다. 그는 원래 저런 사람이었을까. 권력에 대한 욕망으로 노동운동을 했고 운동을 통해 권력을 가질 수 없자 가면을 벗어던지고 자신이 적으로 규정했던 자들에게 기어들어간 건가. 인간이란 도대체 어떤 존재일까. 그때 이후 세상을 변화시키고자 했다가 낯빛을 바꾼 모든 사람에 대한 적의가 내 안에 들어찼다.

돌아보면 많은 사람들이 운동에 등을 돌린 90년대였다. 권력과

238

명예와 돈을 좋아하는 사람들은 그런 것들을 찾아서 떠났고 다양한 분야에서 역량 있는 사람들 역시 사회질서 속으로 편입해 들어갔다.

그 시기에 나는 민주화운동과 노동자 대투쟁 그리고 구로동맹파업 등 긴박한 투쟁과정 속에서 배출된 걸출한 인물들이 얼마나 쉽게 기회주의자로 변할 수 있는지를 봤다. 운동이 사람이 만들어가는 길이라면 사람이 달라지지 않는 한 운동 역시 달라질 수 없는 거였다. 그 길에 '출신' 같은 건 따질 필요도 없었다.

하태산은 지난 시절의 우울한 모습들이 노을 속으로 사라져가는 것을 노래로 불렀다. 그는 90년대라는 천박한 한 시대가 노쇠한 한강 다리를 건너가는 것을 회한에 찬 눈길로 더듬었다.

아무도 서로 쳐다보지 않고 그저 창밖만 바라볼 뿐
흔들리는 대로 눈 감고 라디오 소리에도 귀 막고
아, 검은 물결 강을 건너 아, 환멸의 90년대를 지나간다
깊은 잠에 빠진 제복의 아이들 그들도 태우고 건넌다

새 천년이 왔다고, 한 세기가 바뀌었다고, 희망찬 미래를 만들어가자고 모든 방송과 언론이 요란을 떨었지만 나에게는 슬픈 소식부터 날아들었다. 목숨을 담보로 월남전에 참전했던 형이 병원에 입원한 것이다. 매년 두세차례 병원 신세를 진다는 형의 소식을 들을 때마다 참담한 기분에 사로잡혔지만 어떤 도움도 줄 수가 없었다.

형은 월남에서 돌아온 지 몇년 안돼서 성격이 변하기 시작했다.

군대 가기 전에만 해도 성실하고 순박하기만 하던 그가 술과 노름에 빠져들기 시작했다. 형수는 군대가 사람을 망쳐놨다며 형을 타박했고 집안에서는 형을 구제불능이라고 제쳐놓았다. 키도 크고 탄탄한 몸을 자랑했던 형은 뒤룩뒤룩 살이 찐 게으른 부랑자가 되어 밤새 술에 절었다가 눈을 비비며 푸시시한 모습을 보이면서 나오곤 했다.

형수는 매번 눈물 바람으로 정신 차리라고 간청하다가 그것도 안되면 쌍욕을 해대며 형을 윽박질렀다. 급기야 이혼이라는 협박 카드를 흔들어대며 군대 가기 전의 모습으로 돌아와주기를 바랐지만 눈빛마저 흐리멍덩해진 형은 정반대의 길로 엇나갔다.

형수는 형을 포기한 채 자식을 위해 생업에 나섰다. 무능한 형을 대신해 식당 종업원으로 일하던 어느날 퇴근길에 형을 보곤 기겁을 했다. 형이 집 앞에 있는 전봇대를 붙잡은 채 꼼짝도 않고 있었던 것이다. 형수가 무슨 일인가 싶어 다가가 형을 전봇대에서 떼어내려 했지만 형은 전봇대에 딱 붙은 채 감전된 사람처럼 사지를 사시나무 떨 듯 떨었다.

눈동자도 공포에 사로잡힌 듯 허옇게 뒤집혀 까져 있었고 입으로는 거품을 꾸역꾸역 토해내고 있었다. 형수는 사람 살려달라고 이웃집 문을 두들겼고 이웃의 도움을 받아 형을 병원으로 싣고 갔다. 거기서 그녀는 형이 고엽제 환자일 수도 있다는 말을 듣고 일 년 넘게 보훈처에 요구해 고엽제 환자 판정을 받아냈다.

고엽제는 치료가 불가능한 병이었다. 남편을 원망했던 형수는 전쟁을 증오했고 국가를 원망했다. 그녀는 신경계가 서서히 죽어가고 있는 남편의 생 너머로 아득한 절망을 보았다. 그게 무서워서 형수는 두번이나 도망갔다가 되돌아왔다. 형의 불쌍한 삶을 외면하지 못한 형수는 끝내 자신의 삶을 포기했다.

어둠속을 지나온 세월은 쉽게 밝은 내일을 만들어주지 않았다. 새 천년이 왔지만 IMF 사태의 여파는 여전히 국민의 삶을 어렵게 만들었다. 국가 신용등급이 상향되고 대기업들이 엄청난 이윤을 창출했지만 가난한 사람들의 삶은 그리 나아지지 않았다. 기업 성장 우선주의를 내세운 정부는 기업이 저렴한 인력을 자유롭게 공급받을 수 있게 비정규직 제도의 도입을 검토하고 있었다. 대중경제론을 설파하고 민주투사를 자임했던 김대중정권하에서도 경제정책에 한해서는 사회구조 변화는 물론 제도적인 변화조차도 가난한 사람들을 위해 펼쳐지지 않았다. 나라 경제를 일으켜세우는 게 먼저라는 말은 기업들이 돈 많이 벌면 직원들도 잘살게 된다는 말처럼 구린내를 풍겼다.

이런 상황 속에서 나는 잡지를 일으켜세우기 위해 안간힘을 써야만 했다. 다시 지역구 국회의원을 찾아가 이야기를 했다. 선거에서 한표라도 더 필요한 그가 우리 잡지가 도움이 될 수 있다고 느끼게 만들어야 했다. 나를 그와 연결해준 친구도 그런 점을 부각하며 지역에 노동자 문화법인 하나 있어야 하지 않겠느냐고 설득을 했다. 김대중정권 시절이라 여당이었던 지역구 국회의원과는 어느 정도 말이 통했다.

그는 노동부로 전화해서 책임자를 만날 수 있게 해줬다. 책임자는 법인 설립 실무자를 불러 설립 인가를 내주도록 하라고 지시했다. 실무자는 잘 알겠다고 대답을 한 뒤 나를 데리고 아래층으로 내려갔다. 그런데 아래층에 내려오자 실무자는 순식간에 얼굴빛을 바꿨다. 그가 말하길, 윗분들은 여러 관계 때문에 어쩔 수 없이 해드리라고 하는데 비슷한 법인이 많아서 해줄 수가 없다고 했다. 나는 어이가 없어서 그에게 물었다.

"근데 왜 해주실 것처럼 대답한 겁니까?"

"위에선 누가 와도 다 그렇게 말합니다. 실무자 선에서 알아서 해야 되는 거지요."

"이런 씨발! 당신 지금 장난치는 거야?"

나는 윗도리를 벗고 러닝셔츠까지 벗어서 바닥에 내던졌다.

"당신 이리 와봐!"

내가 상반신을 드러낸 채 눈을 부릅뜨며 다가가자 실무자가 뒷걸음질 치면서 "잠깐만요, 잠깐만요"를 되풀이했다. 당황한 그는 또다시 말을 바꿨다.

"해드릴게요, 해드린다니까. 이름만 바꾸면 해드릴게요."

나는 법인 이름을 '노동문화복지센터'로 적어넣었다. 그는 '근로자복지센터'가 있으니 이름을 조금 더 바꿔달라고 했다. 그래서 우여곡절을 거쳐 만든 사단법인이 '현대노동문화복지센터'였다. 법인 이름을 공식적으로 사용하면서 우리는 사무실도 조금 큰 데로 옮기고 잡지 발간과 더불어 다양한 문화강좌 등을 열면서 사업을 넓혀갔다.

구로공단으로 다시 돌아온 나는 아내가 쓰러질 때까지 십여년에 걸쳐 참으로 많은 일들과 대정부 투쟁을 했다. 사회문제가 되는 커다란 싸움에 문화예술인들과 함께 적극적으로 싸워나갔다. 한미 FTA 반대 싸움, 평택 미군기지 반대 싸움, 비정규직 차별 철폐 투쟁, 이라크 전쟁 반대와 우리 군 파견 반대 싸움, 국가보안법 폐지 투쟁 등 수많은 저항을 했다.

하태산을 앞세워 거리문화제도 했다. 비정규직 차별 철폐를 위해 민주노총 공공연맹과 금속연맹 문화부 책임자들을 끌어들여 작가 100인 시화전도 했는데, 서울역 역사에서부터 시작해서 울산 현대자동차 현장 안에 이르기까지 일년 동안 순회 전시를 하며 문화제도 열었다. 평택 미군기지 반대 투쟁에서는 삼년 가까이 줄기차게 싸웠다.

아빠 찾는 전화가 자주 온다고 초등학교 다니는 딸이 불안한 눈빛으로 나를 쳐다보며 말했다. 그러던 어느날 전화를 받은 딸이 그 사람이라며 바꿔줬다.

"무슨 일로 날 찾습니까?"

"아, 여기 동사무손데 부모님 직업에 대해 물어보고 있는 중입니다."

"그래요? 내가 동사무소로 직접 가죠."

내가 불쾌한 표정으로 달려가서 확인해보면 아무도 그런 전화를 건 사람이 없었다. 끊임없이 사찰하고 감시하면서 어린 딸에게까지 겁을 주던 시절이었다.

그 시절은 내게 힘겹고 지난한 싸움의 연속이었다. 나는 세상일에 대해서는 적극적으로 나섰지만 아버지로서의 자격은 부족했다. 아내를 제대로 보듬어주며 살지도 못했고 딸과 따뜻한 시간을 함께하지도 못했다. 아이가 태어나면 함께 자주 여행을 하고 싶었다. 그러나 나는 활동을 위해 어쩔 수 없다는 변명을 하면서 일상의 소중한 것들을 외면하고 살았다. 한번도 아이와 여행을 다니며 세상을 가르쳐주지 못하고 밖으로만 나돌았다.

그때는 삶이 불면의 덩어리처럼 나를 압박하던 시절이기도 했다. 책을 만들고 저항과 투쟁을 반복하면서 늘 턱밑에까지 숨이 찼다. 그럴 때마다 나는 어디론가 도망치고 싶었다. 정처 없이 떠돌면서 술을 마시고 바다와 산과 강을 보면서 세상의 혼란으로부터 벗어나고 싶었다.

세상을 바꾸자는 글을 쓰는 것도 싫증이 나서 내 안으로 숨어들어 무언의 침묵 속으로 가라앉고 싶었다. 그런 기분이 미친 듯이 날뛸 때마다 나는 바람처럼 달아났다 돌아왔다.

광풍이 가라앉으면 현실은 부릅뜬 눈으로 나를 몰아세웠다. 삶의 고통의 뿌리들이 내 정신을 칭칭 감고 올라왔다. 철탑 위 고공 농성을 하는 노동자들, 현장에서 자결한 사람들, 해고자들의 분노와 가족들의 눈물, 폐지를 리어카에 싣고 생의 막바지를 힘겹게 걸어가는 노인네의 비틀거리는 걸음처럼 하루하루 살아가는 비정규직들의 절망스러운 몸부림, 내 눈엔 온통 그들의 그림자만 일렁거렸다.

앞산이 푸릇푸릇한 빛을 내뿜었다. 새순이 올라와 잎을 펼치려고 안간힘을 쓰고 있었다. 나무 밑에 수북이 쌓인 채 얼어붙어 있던 마른 나뭇잎들도 안개처럼 따뜻한 김을 피워올렸다. 개울을 뒤

덮어 물고기들의 이불이 돼주었던 얼음도 녹아내려 남한강으로 흘러들었다. 완연한 봄기운 속에서 새들이 묵은 먼지를 털어내듯 활기찬 날갯짓을 하며 노래를 불렀다.

한적한 시골집 마당에서 하늘과 산과 나무와 강물을 바라보노라면 마음이 평온했다. 문밖 세상을 생각하지도 않고 듣지도 않고 바라보지도 않으면 마음은 하늘이 되고 강이 되고 나무가 되고 산이 됐다. 하지만 나는 다시 공장의 현실과 시대의 깊은 어둠을 보았다. 김성은 목사 역시 여전히 수감된 상태에서 재판을 받고 있었고 나 역시 국정원 출두 명령을 두번이나 받았다. 소설을 썼을 뿐인데도 그들은 나를 공격했다. 우리 쪽 변호인단들은 무시하라고 했다. 국정원이 선거 때문에 붙잡고 있는 것이라고 했다. 북풍을 일으킬 단서를 만들려고 기를 쓰지만 더이상 털어도 아무것도 나올 게 없으니 대응하지 말라고 했다.

나는 모든 것을 제쳐두고 글에만 몰두했다. 나 자신을 강제하기 위해 공장에 출근하듯 읍내 도서관에 가서 글을 썼다. 공교롭게도 도서관은 공장에서 걸어서 십분 거리에 있었다. 도서관에 갈 때마다 공장을 지나치다보니 많은 것들이 떠올랐다. 점심시간에 읍내 식당에서 밥을 사 먹고 담배를 태우다보면 탈의실에 모여 커피를 앞에 놓고 수다를 떠는 아주머니들의 모습이 생생하게 보였다. 두 달에 한번 하는 계모임도 멀었는데 느닷없이 명섭 언니가 걱정스러운 한숨을 매달고 전화를 했다.

2월이 지나자 공장의 다급했던 공급물량은 다 마무리가 되었다. 일용직들도 나가고 불법체류자들도 내보내졌다. 사장은 공장을 새

롭게 단장했다. 해썹을 통과하지 못하면 영업정지를 당할 판이었
다. 사장은 열흘 동안 노동자들에게 무급휴가를 주고 업자들을 불
렀다. 실내를 도색함은 물론 청소 용역을 통해 모든 조리기구까지
말끔하게 씻었다.

"우리 공장 맞아?"

작업장에 들어선 아주머니들은 환풍기까지 반짝거리는 공장 내
부를 보며 감탄했다. 그녀들은 대차와 쟁반들을 뒤적거려보고 조
리기구들도 이리저리 살펴보면서 좋아했다.

이사가 포장실로 사람들을 모이게 했다. 그는 사장님 특별 지시
라고 하면서 굳은 표정을 지었다. 청소에 대한 지시가 먼저 내려
졌다. 앞으로는 퇴근시간 전까지 생산만 한다고 했다. 청소는 퇴근
후 삼십분 동안 조를 짜서 돌아가면서 한다고 했다. 물론 삼십분은
연장근로로 쳐준다고 했다. 오후 세시에 십오분 쉬는 휴식시간을
다시 부활시킨다고 했다. 단 예전처럼 십오분은 무급으로 한다고
했다.

몇몇 사람들이 무슨 의도냐는 듯 서로를 쳐다보며 웅성거렸지만
이사는 입막음을 하며 말을 이었다. 해썹이 언제 나올지 모르니 청
소를 맡은 조는 책임지고 공장을 현 수준으로 유지하라고 했다. 만
일 해썹이 나와 지적당하는 게 있으면 전날 청소조에게 무한 책임
을 지게 하겠다고 했다.

다음으로 작업 지시에 대한 말을 꺼냈다. 작업 시작시간은 호떡
에 설탕을 넣어 기름 철판에 떨어뜨리는 때부터라고 했다.

"뭐야, 그 말은?"

아주머니 몇분이 즉각 반응했다.

"그럼 작업 준비는 언제 하라는 거야?"

"미리 와서 하셔야죠."

"현장에 제시간에만 들어오면 되는 거지, 왜 작업 준비시간을 빼는 건데?"

아주머니들이 언성을 높였다.

"아, 나도 몰라. 사장이 그러라는데 어떡해?"

"우린 못해."

"그럼 아줌마들이 사장한테 가서 따져!"

아주머니들은 상기된 얼굴로 해도 너무한다며 웅성거렸다.

"사장님은 사무실에 있어요?"

왕언니의 말에 모두의 시선이 모아졌다.

"에이, 왕언니까지 왜 그러세요. 그냥 좀 따라주세요. 사장 성질 몰라서 그래요?"

"이사님, 이건 아니잖아요. 이사님이 봐도 아니죠?"

"난 대답 안할래요. 그냥 좀 따라주세요. 하다보면 다시 조정될 수도 있을 거예요. 조금만 참고 지내면 다 제자리 찾아갈 거라니까요."

"사무실에 사장님 있어요?"

왕언니가 재차 물었다.

"없어요. 오늘은 안 나오실 거예요. 제발 그냥 좀 넘어갑시다, 예?"

작업이 시작됐다. 아주머니들은 분통을 터뜨리면서도 손을 기계처럼 움직였다. 그네들의 상한 기분은 점심때가 돼도 수그러들지 않았다. 식사를 마친 그네들은 탈의실에 모여 사장의 의도를 파헤쳤다.

결론은 하나였다. 연장근로로 쳐준다던 작업 후 청소시간을 다른 시간으로 땜질해 돈을 절약하겠다는 심보였다. 오후 휴식시간 십오분을 부활시키는 것도 생산량 변화에 별로 영향을 주지 않는다고 판단한 것이었다. 바쁘면 바쁜 대로 생산자들은 더 빠르게 움직이게 돼 있다는 거였다. 결국 준비시간 십분에 휴식시간 십오분을 더하면 이십오분이니 오분 임금만 더 쳐주면 된다는 계산이었을 것이다. 게다가 청소에 대한 무한책임까지 물어서 청결을 유지할 수 있으니 사장에겐 일거양득이었다.

"내일 따져볼 거야!"

왕언니는 두 무릎을 곧추세우고 양팔로 감싸안은 채 침통한 표정으로 말했다.

"그래, 그냥 넘어가면 안돼. 언니가 따져봤으면 좋겠다."

"시끄러! 따지고 싶으면 니가 가서 따져. 저건 꼭 자기는 뒤로 숨고 다른 사람만 떠민다니까!"

팔베개를 하고 누워 있던 순남이가 인순이의 말을 자르며 일어났다.

"언니, 그냥 무시해버려. 사장한테 이길 수 있겠어? 절이 싫으면 중이 떠나는 거여. 그래봐야 십분 도둑맞는 것인데, 그냥 넘어갑시다. 똥이 무서워서 피하요, 더러워서 피하지."

"그래도 사람을 너무 무시하잖아."

"언니 맘 아는데 괜히 그래봐야 언니만 힘들어져. 사장이 언제 우리 말 들어준 적 있어? 힘든데다 맘만 더 상한다니까! 그냥 참으셔."

"그래, 억울하긴 한데 순남이 말이 맞아. 이사도 좀 지나면 예전처럼 되돌아갈 거라고 했으니까 참아봐요, 형."

명섭 언니가 왕언니의 어깨를 감싸안으며 참으라고 나직이 말했다. 왕언니는 고개를 들었다 내리면서 좁은 탈의실 안을 한숨으로 가득 채웠다. 불만으로 가득했던 아주머니들의 표정은 바람 빠진 풍선처럼 푸르르 떨다 맥없이 쪼그라들었다. 그네들은 다시 작업장으로 돌아가 부지런히 손을 놀렸다. 왕언니의 무릎은 더 꺾어지고 허리도 더 굽은 듯 기운이 없어 보였다. 그녀는 입을 꾹 잠근 채 호떡을 뒤집었다.

모든 것이 다시 일상으로 돌아갔다. 사장은 일주일에 서너번씩 공장에 와서 하수구까지 뒤적거리며 청소 상태를 점검했다. 작업 시작시간과 작업 종료시간 엄수에 대한 언질도 빠뜨리지 않았다. 그는 사십 중반쯤 되는 남자 두명도 새로 뽑았다. 반죽할 사람을 키우기 위해서였다. 그사이 해썹 검사가 있었고 통과가 됐다.

사장은 아주머니들에게 수고했다는 말 한마디도 하지 않았다. 해썹이 지나가자 공장에 자주 나오지도 않았다. 아주머니들은 여유로워졌다. 이사가 대신 모든 것을 꾸려가며 생산량에 대한 목소리를 높였다. 더이상 특별한 일 없이 비슷한 나날이 지속되고 있을 때 한 사건이 공장을 발칵 뒤집어놨다.

식당과 맞붙어 있는 기숙사에는 두쌍의 조선족 부부가 살고 있었다. 오년을 근무한 현석네 부부와 입사한 지 삼개월이 채 안된 부부였다. 갓 입사한 남자는 나에게 반죽을 배웠던 동갑내기였다. 그는 행동이 빠릿빠릿하지는 않았지만 열심히 배우려고 했다. 그가 퇴근 후 식당에서 지갑을 꺼내다가 한장의 종이를 흘렸다. 월급명세서였다. 식당 바닥에 떨어진 종이를 현석이 주웠다. 그는 두번 접혀 있는 종이를 무심코 펼쳐보고서 고개를 갸우뚱했다. 월급명세서에 있는 이름은 같은 기숙사에 있는 조선족 사내가 분명한데 월급 내역이 이해가 되지 않았다. 자신은 백사십만원을 받다가 작년부터 월급이 올라 백오십만원을 받고 있는데 그의 월급은 백칠십만원으로 적혀 있었던 것이다. 현석은 뭔가 어처구니없는 일이 벌어지고 있다는 걸 직감하고 읍내에 있는 술집으로 그를 데려갔다.

"얼마 받고 일하기로 했어요?"

현석은 이런저런 얘기를 나누다가 느닷없이 물었다. 갑작스러운 질문에 조선족 사내가 말을 얼버무렸다.

"다 똑같지, 뭐."

사내는 현석보다 나이가 많아 말을 놓고 있었다. 현석이 담배연기를 내뿜으며 씨익 웃었다.

"내 월급이 얼만지 알아요?"

"나보다 많겠지, 뭐."

"아저씨, 백칠십만원 받지요?"

"어, 그런가? 잘 모르겠어. 통장으로 들어오니까."

"그러지 말아요. 월급 들어왔는지 통장도 안 봐요? 백칠십만원 받는 거 다 알아요. 수습기간 끝나면 십만원 올려준다고 했죠? 이 공장은 수습기간 끝나면 십만원 올려주거든요."

사내는 현석을 보며 난감한 표정을 지었다. 그는 주머니를 뒤적거리다가 화장실에 간다며 자리에서 일어났다. 현석은 그의 뒷모습을 처다보면서 추궁할 말들을 생각했다. 그가 돌아와 자리에 앉자마자 다그쳤다.

"아저씨, 월급명세서 잃어버렸죠? 내가 주워서 다 봤으니까 솔직하게 말해보세요. 안 그러면 내가 직접 사장님에게 물어볼 거래요?"

"그러지 말게. 말 안하기로 약속했어. 같은 조선족끼리 그러지 말고 자네가 눈감아주게."

사내가 간청을 했다.

"그러니까 말을 해봐요. 백칠십만원 받고 삼개월 후부터 백팔십 받기로 했죠?"

"다 알면서 왜 자꾸 묻나?"

"아줌마는 얼마 받기로 했나요?"

"지금 백사십만원 받아."

"에이, 더러운 놈의 새끼들!"

현석은 술을 연거푸 서너잔 들이켠 다음 담배연기를 계속 내뿜었다. 자신의 아내는 시급으로 받고 있는데 하루 한시간씩 잔업을 해도 백사십만원이 안됐다. 그런데 한달 지나면 사내의 부인은 백오십만원을 받게 되는 것이다. 현석은 온몸에서 화가 들끓었다.

사내는 현석의 말과 행동 하나하나에 움찔하면서 모른 척해달라는 말만 비굴하게 남발했다. 현석은 기숙사로 돌아와 궁리를 했다. 자신이 섣불리 나섰다가는 쫓겨날지도 모른다는 판단이 들었다. 잘못해서 해고라도 당하게 되면 오년 동안 내 집처럼 익숙해진 곳을 떠나 직장을 다시 찾아야 할 판이었다.

현석은 다음날 창고 담당을 찾아갔다. 창고 담당은 오십대 중반의 사내였다. 그는 포장실 사람이 물건을 박스에 담아놓으면 냉동 창고로 옮겨 쌓는 일을 했다. 그래서 다른 생산직 아주머니들하고 말 섞을 일이 별로 없었다. 말도 많지 않은 그 우직한 사내는 늘 혼자 밀차에 박스를 쌓아올렸고 창고만 오락가락했다.

현석의 말을 들으면서 창고 담당의 얼굴이 일그러졌다. 내가 백육십만원을 받을 때 창고 담당은 일이 힘들다는 이유로 백칠십만원을 받았다. 그런데 새로 들어온 생산직이 백팔십만원을 받게 된다는 사실을 알자 그는 충격을 받았다. 창고 담당은 뒷골을 꾹꾹 눌러가면서 현석의 입에서 눈을 떼지 못했다. 현석은 월급을 올려받아야 한다고 창고 담당의 옆구리를 계속 찔러댔다. 화를 삭이지 못한 창고 담당은 새로 들어온 신참들에게 다가가서 다짜고짜 물었다.

"당신들 얼마 받기로 하고 들어왔어요?"

"모르겠는데요."

갑작스러운 질문에 신참들은 뒷걸음질 쳤다.

"월급도 모르고 일해? 수습 끝나면 백팔십 받기로 했구먼?"

"모른다니까요!"

"야, 이 사람들아. 같이 일하는 사람들끼리 그러지 말어. 얼굴에다 써져 있는데 뭐가 아냐? 씨발, 개판이구먼."

창고 담당은 곧장 발길을 돌려 명섭 언니를 찾아갔다. 명섭 언니는 창고 담당의 말에 어안이 벙벙하다는 표정을 지었다. 그녀는 아주머니들에게 점심을 먹고 나서 탈의실로 모이라고 귀엣말을 했다.

봄볕이 따뜻하게 내리쬐는 가운데 공장 안 사람들의 분노가 뜨겁게 달궈졌다. 탈의실에서 아주머니들이 빙 둘러앉아 고개를 모은 채 속닥거렸다. 창고 담당도 그 옆에 앉아 귀를 기울였다. 그네들은 명섭 언니와 창고 담당을 대표로 내세워 사무실에 따지러 올라갔다. 아주머니들은 식당 안에 앉아서 기다리기로 하고 두사람만 사무실로 들어갔다.

사무실에 있던 대리의 얼굴이 파랗게 질렸다. 그녀는 아주머니들에게 사정이 있어서 그랬다는 말만 되풀이하다가 아버지인 사장에게 전화했다. 사장이 세시쯤 도착해서 해명할 거라고 했지만 생산직 사람들은 일을 멈춘 채 기다렸다. 이사와 공장장은 사장님 올 때까지 일하자고 설득했지만 소용이 없었다.

"일 안 시키고 뭐하는 거야, 지금!"

사장은 공장이 멈춰 있자 이사에게 버럭 화를 냈다. 얼굴이 붉으락푸르락한 그는 씩씩거리며 이층 사무실로 올라가려다가 식당에 우르르 모여 있는 생산자들을 보았다.

"아줌마들, 일 안하실 겁니까? 일하기 싫으면 다들 가세요!"

사장은 식당에 있는 아주머니들에게 성큼성큼 다가가면서 소리쳤다.

"사장님, 말씀이 너무 지나치시네요. 우리가 무슨 일용직인가요?"

"아니, 작업시간에 일 안하고 있으니 가랄 수밖에 없지 않아요?"

"새로 온 사람이 우리보다 월급을 많이 받는데, 누가 일하고 싶나요?"

왕언니가 의자에서 일어나 따져 물었다. 사장은 머리를 툭툭 흔들며 안경을 고쳐 썼다.

"그건 잠깐 사정이 있었어요. 아줌마들도 알잖아요?"

사장은 불법체류자들이 잡혀가고 납품 기일을 맞추지 못해 힘들었던 얘기를 꺼냈다. 사람 구하기도 어려워 용역에게 비싼 값을 주고 일 시키는 바람에 지난해에는 오히려 적자를 냈다고 했다. 그때할 수 없이 일시적으로 그렇게 임금을 책정했던 거라고 하면서 나이 든 조선족을 찾았다. 기숙사에서 숨죽이고 있던 조선족이 나왔다. 사장은 그에게 사무실로 가 있으라고 지시했다. 사내가 죄지은 듯 종종걸음으로 사무실로 향했다.

"아줌마들은 이제 일하러 가요. 작년에 어쩔 수 없이 그랬던 거니까 오해들 하지 말고. 저 사람은 돌려보낼 거야."

"사장님 그러시면 안되죠. 지금 새로 온 남자들도 다 월급 올리셨잖아요? 우리가 모른다면 저 사람들을 쫓아내겠어요? 왜 우리를 그렇게 바보 멍충이로 보세요? 너무 심하신 거 아녜요?"

왕언니가 대꾸하자 사장이 그녀를 노려봤다.

"저 아줌마, 이상한 사람이네. 내가 지금까지 다 설명한 거 못 알아들었어요?"

"못 알아들었어요."

"저 아줌마가? 그만둬요, 당신! 당신, 칠십이 다 돼가죠? 머리가 그렇게 안 돌아가요?"

"막말하지 마세요, 사장님!"

"누가 막말해요? 당신이 사장인 나한테 지금 막말하잖아? 나이든 여자 일하게 해준 것만 해도 고맙다고 해야지 뭐가 잘났다고 대드는 거야? 나가봐, 누가 칠십이 다 된 여자를 일하게 해주는지. 나

같으니까 해주는 거야, 이 아줌마야!"

"사장님, 말씀이 너무 지나치시네요."

명섭 언니가 일어섰다.

"뭐야? 아줌마들 일하기 싫어? 싫으면 다 나가, 안 잡을 테니."

사장이 식당 문을 거칠게 닫고 사무실로 향했다.

"뭐야? 어쩌자는 거여, 도대체!"

"인순이 넌 앉아 있어."

"언닌 왜 자꾸 나만 가지고 그래?"

"그럼 니가 가서 따져!"

순남이가 탁자를 손바닥으로 치며 소리를 질렀다. 환하게 밝혀
놓은 형광등 불빛 아래에 있는 아주머니들의 얼굴이 어두워졌다.
그네들은 침울한 표정으로 가끔씩 긴 한숨을 내쉬었다. 조선족 사
내가 식당으로 들어왔다.

"아저씨, 뭐래요?"

"아줌마들 때문에 쫓겨나지 뭡니까!"

"그게 왜 우리 때문이에요?"

명섭 언니가 발끈했다.

"모릅니다. 우린 나갑니다! 우린 동포도 아니요!"

사내는 현석네 방문을 열고 사장이 부른다고 말한 뒤 자신의 방으
로 들어갔다. 현석이 사무실로 가자 식당은 다시 고요해졌다.

"싸웁시다, 언니. 최저임금을 올리려고 하진 않을 테니 이참에
추석하고 설날 보너스라도 달라고 합시다. 오십 프로씩 달라고 하
면 월급 십만원 올리는 것보다 낫잖아."

순남이가 말했다.

"저 지랄 떠는데 보너스를 주겠어?"

"싫으면 나 죽었소 하고 일하러 가든가."

순남이가 명섭 언니에게 가부간에 결단을 내리라는 듯 말했다.

"난 일 못해. 월급도 월급이지만 사과를 받아야지. 우린 사람 아니야? 왜 맨날 이런 취급 받아야 해. 우리가 지 머슴이야, 뭐야? 왜 맨날 이렇게 당해야만 하냐고?"

왕언니가 치를 떨자 인순이가 말을 보탰다.

"맞아. 그러니 그냥 일하러 가면 안돼. 얼마나 우릴 더 한심하게 보겠어. 이참에 보너스라도 받아내자고."

"아줌마들 생각은 어때?"

명섭 언니가 한마디 말도 없는 다른 아주머니들을 보며 물었다.

"우린 하자는 대로 할게. 다들 그럴 거지?"

왕언니와 나이가 똑같은 남단이 아주머니가 다른 사람들을 둘러보며 물었다. 나머지 사람들이 고개를 끄덕였다. 명섭 언니와 순남이가 사무실로 갔다. 그들이 사무실로 들어가자 현석이 밖으로 나왔다.

명섭 언니가 사장에게 모두의 생각을 전했다. 사장은 공장을 말아먹으려고 한다며 일언지하에 거절했다. 그 두사람이 식당으로 돌아오자 아주머니들이 모여들었다. 명섭이 사장의 말을 전하자 아주머니들이 분개했다.

"순남이 언니, 현석씨도 십만원 올려서 받기로 했대. 사람 차별해도 너무 심하게 차별하는 거 아냐? 여자는 사람도 아니라는 거야, 뭐야?"

현석의 방에 들어갔다 나온 인순이의 말에 순남이가 발끈했다.

"버텨! 무조건 버텨! 여기 오는 여편네들을 봐. 왔다가 다 그냥 가잖아. 우리 없으면 절대 생산이 안돼. 남자들은 더 구하기 어려우니까 할 수 없이 월급을 올려주는 거라고. 버텨! 우릴 깔보고 그런 거니까, 무조건 버티자구!"

"순남이 말이 맞아. 일할 사람이 없으니까 월급을 올린 거야. 김 공장에서 사람 뽑는다니까, 안되면 그리로 다 가자고, 어때?"

남자들의 월급이 모두 올라갔다는 말은 아주머니들을 자극했다. 그녀들은 흥분했다가 수다를 떨면서 웃기도 했다. 이사와 공장장이 번갈아가며 일하러 가자고 해도 들은 척도 안했다. 시간이 흘러 퇴근시간이 돼도 아주머니들은 모여서 잡담을 하며 이를 무시하는 것으로 일관했다.

"퇴근 안해?"

이사가 와서 말했다.

"답변 들을 때까지 안 나가기로 했으니까, 이사님도 그렇게 아셔."

"이러다가 공장 문이라도 닫으면 어쩌려고 그래?"

"닫으라고 해. 김공장에서 사람 구한다니까, 걱정하지 말고."

아주머니들이 입을 가리며 키득거렸다. 이사가 어이없다는 웃음을 흘리면서 알아서들 하라고 나직이 말하며 돌아갔다. 김공장에서 사람을 대거 뽑는다는 건 이사도 알고 있었다. 일할 때 아주머니들이 이곳은 회식도 없고 대우도 형편없어서 그쪽으로 다 가버릴 거라고 이사에게 농담을 한 적이 있었다.

퇴근시간이 지나고 한시간이 흘렀다. 이사가 다시 뛰어왔다. 명섭 언니와 순남이가 사무실로 갔다. 사장은 추석과 설날 보너스로 월급의 삼십 프로씩 지급하겠다고 했다. 그러면서 왕언니에게 사무실로 와서 허리 굽혀 사과하라고 했다. 아주머니들은 사장의 말을 전해 듣자 화색이 돌면서 박수를 치며 좋아했다. 하지만 왕언니의 얼굴은 창백하다 못해 싸늘하게 굳어졌다.

"아무도 못 말린다니까. 어휴, 왕언니 그런 모습 처음 봤다니까!"
명섭 언니의 목소리는 심각했다. 나는 그녀에게 일의 자초지종을 전해 들으면서 수많은 생각이 들었다. 합판공장의 최성태 과장이 임금문제로 공장을 그만둘 때만 해도 어떻게 이런 일이 벌어질 수 있는지 의아스러웠다. 월급을 서로 모르게 하고 차등 지급하는 것은 같은 현장에서 일하는 사람들끼리 서로를 믿지 못하게 만드는 방법이었다. 당장에 몇푼 아끼려 하다가 더 큰 화를 자초할 수도 있는 수작이면서 먼저 들어온 사람들이 나중 들어온 사람들을 잘 이끌어 생산품의 질을 높이고 생산량을 늘리는 길까지도 가로막는 어리석은 행위였다.
"오늘 아침 왕언니가 쓴 글인데, 들어봐. '사장님이 인간이듯 나도 인간입니다.' 박스 쪼가리에다 써서 꼼짝도 않고 앉아 있는데, 눈물이 다 나더라고."
왕언니는 그날 이후 호떡실 벽에 기대앉아 사장의 사과를 요구했다. 그녀는 아침마다 박스를 오려서 하고 싶은 말을 쓴 뒤 CCTV에 잘 보이도록 그 박스를 들어 보였으며 가슴에 안은 채 끄덕끄덕

줄기도 했다. 사장이 이사에게 들어내라고 했지만 왕언니는 철판 위 끓고 있는 기름 속에 손을 집어넣겠다고 위협을 하면서 아무도 곁에 오지 못하게 했다. 호떡실에서 작업을 못하게 되자 아주머니들은 모두 다른 라인에 배치됐다.

사흘이 지났을 때 사장은 이사를 통해 왕언니의 남편을 술집으로 불러냈다. 그는 공장의 어려움을 호소하면서 왕언니에게 잘못한 것을 남편에게 사과했다. 남편은 순한 사람이어서 사장이 자신에게 사과한 만큼 아내를 설득해야 한다고 여겼다. 그는 공장을 찾아가 아내를 데리고 나오려 했으나 사장에게 술이나 얻어먹었다는 비난을 들으며 오히려 쫓겨나왔다.

남편이 차라리 공장을 그만두라며 다시 찾아갔지만 왕언니는 대꾸도 안한 채 눈을 감아버렸다. 사장은 CCTV로 그 모든 것을 보면서 애간장을 끓이고 화를 냈다. 왕언니는 생각나는 것을 박스에 계속 써가며 묵묵히 호떡실에 앉은 채 자리를 뜨지 않았다. 아주머니들은 일을 하면서도 왕언니의 서릿발에 눌려 하루 종일 심란하게 보냈다.

"아, 이제 사장이 다 알아먹었을 테니까 그만둬요! 그러다 쓰러지겠소!"

순남이와 몇몇 아주머니들이 말렸지만 왕언니는 들은 척도 안했다. 그녀는 사흘을 그렇게 보내고서 넷째날 장문의 편지를 썼다. 편지 안에는 그녀가 칠년 동안 공장에서 겪었던 일들이 파노라마처럼 펼쳐져 있었다. 공장의 잘못된 것들과 공장에서 지내면서 즐거웠던 일들이 상세하게 적혀 있었다.

'나는 살면서 누구를 무시하거나 욕하지 않았습니다. 그런데 사장님은 우리를 너무나 많이 무시했습니다. 우린 돈을 벌어야 했기 때문에 그 무시를 고스란히 받아들였습니다. 사장님이 나보다 나이가 많나요? 사장님이 많이 배우셔서 그런가요? 못 배운 사람을 이렇게 취급해도 되나요? 가난한 사람은 사람 취급도 받지 못해야 하나요? 무슨 권리로 그렇게 막말을 하시는지 도저히 참을 수가 없어요. 이 나이에 왜 내가 무시를 당해야 합니까. 나는 죽는 한이 있어도 사장님의 사과를 반드시 받아야겠습니다.'

"이 일을 어찌해야 좋을지 모르겠어. 더이상 지켜볼 수만도 없고 말이야. 박 선생님, 어떻게 해야 될까?"

다시 전화를 걸어온 명섭 언니의 목소리는 물기에 젖어 있었다.

"그러면 같이 해보세요."

"나야 그러고 싶지만 사람들 생각이 다 제각각이잖아. 그까짓 무시를 좀 당하면 어떠냔 식이야. 늘 당했던 거 별스럽지도 않다고 생각하는 거지."

"그럼 명섭 언니라도 같이 해보세요. 그러다보면 다 같이 할 수도 있을걸요?"

"나? 나도 사실 싸우기 싫어. 어제오늘 일도 아니고⋯⋯"

그녀는 이러지도 저러지도 못하겠다며 목소리 맥을 놓았다. 나는 아주머니들에게 힘이 되고 싶었다. 왕언니의 싸움에 그녀가 합세한다면 틀림없이 사장을 굴복시킬 수 있을 것 같았다. 명섭 언니의 마음만 돌려세우면 충분히 가능한 일이었다.

나는 저녁에 그녀의 집에서 만나기로 약속을 하고 전화를 끊었다. 내가 써놓은 공장 비리에 대한 글을 보여주며 그녀의 마음을 움직이고 싶었다. 저녁에 오분 거리에 있는 그녀의 집으로 가서 공장에 관해 써놓은 글을 보여줬다. 명섭 언니는 언제 이런 걸 다 만들었느냐며 감탄을 하며 왕언니의 편지를 꺼내놓았다. 그녀는 편지를 써놓고 사장에게 보내야 할지 판단을 못해 내게 물어봐달라고 해서 가져왔다고 했다. 왕언니는 여자고등학교까지 나왔다고 했다. 그런데 싸인펜으로 꾹꾹 눌러 쓴 글자들은 삐뚤빼뚤했고 표기도 많이 잘못돼 있었다. 아마도 오랜 세월 노동에 시달리면서 글을 읽을 필요도 글을 쓸 시간도 없었기 때문일 것이다. 결혼을 하고 아이를 낳고 먹고살기 위해 버둥거릴 때마다 자음과 모음이 하나둘 머릿속에서 떨어져나갔을 것이다.

나는 가슴이 먹먹해져 명섭 언니에게 사장은 납품 기일을 절대 어길 수 없는 처지라고 적극적으로 설득했다. 자기 자존심보다는 생산량에 차질이 생기는 걸 더 못 견뎌하는 사람이라는 걸 일깨워줬다. 명섭 언니는 고개를 끄덕이며 계속 공감한다는 표시를 보냈다. 나는 아주머니들이 모두 일손을 놓으면 돈도 안 들어가는 사과 요구를 사장이 받아들이지 않을 수 없을 거라며 동참하라고 권유했다.

내가 써놓은 글을 토대로 공장의 문제점들을 직접 쓰라고 했다. 내 글을 그대로 보여주면 불순세력에 물들어서 그런 것이라는 말을 들을 수 있으니 반드시 명섭 언니의 말투로 직접 새로 쓰라고 했다. 그리고 아주머니들에게 보여주면서 그들이 함께할 수 있도록 해보라고 권유했다. 명섭 언니는 심각한 눈빛으로 곰곰이 생각하더니 고개를 끄덕였다.

"해볼게. 안되면 왕언니 데리고 김공장이나 가지, 뭐."

명섭 언니는 확신에 차 있지는 않았지만 마음의 결단을 하는 것
같았다. 왕언니에 대한 걱정이 커서 뭐라도 해야겠다는 생각을 하
고 있었기 때문일 것이다. 나는 편지를 쓰게 되면 똑같이 하나 더
적어두고 왕언니가 쓴 편지도 사장에게 보내기 전에 베껴놓으라고
했다. 그녀는 다음날 출근하자마자 아주머니들을 불러 모았다.

"나는 오늘부터 일 안할 거야. 왕언니 저러는 것도 못 보겠고, 도
저히 자존심이 상해서 못 견디겠어. 아줌마들은 알아서들 해."

"언니까지 왜 그러는 겨?"

순남이가 발끈했지만 명섭 언니는 자신이 써온 편지를 읽어준
뒤 왕언니 곁에 가서 앉았다.

"뭐 때문에 그래? 이건 내 문제야. 이러다가 명섭씨까지 화를 입
으면 미안해서 안돼. 가! 빨리 가!"

"형아, 하다가 안되면 김공장이나 갑시다."

명섭 언니가 웃으면서 자신을 밀어내는 왕언니를 끌어안았다.
왕언니는 명섭이 끌어안자 가슴에 뭉쳐져 있던 설움을 눈물로 떨
구었다. 이사와 공장장이 난감해하며 명섭을 만류했다. 명섭 언니
는 이사에게 두통의 편지를 사장에게 전해달라고 하고 왕언니가
써놓은 박스 조각을 들었다. 아주머니들은 난감한 표정으로 그 두
사람을 지켜보다가 작업장으로 흩어졌다.

무겁고 침울한 기운이 작업장을 떠다녔다. 두사람이 한조를 이
루어 감자떡을 만들던 아주머니들은 계속 수군거렸다. 작업이 시

작된 지 한시간도 채 지나지 않아서 아주머니들이 기계를 하나씩 꺼버렸다. 그녀들은 앞치마에 묻은 밀가루를 툭툭 털어내며 호떡 실로 향했다. 삼년 이상 한솥밥을 먹어온 동료들이었다. 그네들은 호떡실로 들어가면서 한마디씩 던졌다.

"늘그막에 쌈박질하게 생겼네. 언니가 이겼수!"

순남이였다.

"다 쫓겨나면 언니가 먹여살려!"

인순이였다.

"김공장이나 가자고!"

아주머니들이 깔깔거리며 웃었다.

사장은 두 아주머니가 보낸 두통의 편지를 받고 나서 그녀들을 압박하기 시작했다. 두 아주머니에게 자진퇴사를 권유했다. 그녀 들은 사직할 뜻이 없다고 전했다. 그러자 사장은 해고 통지서를 보 냈다. 아주머니들은 이유 없는 해고를 받아들일 수 없다고 응수하 면서 한술 더 떴다. 그네들은 CCTV를 없애고 더이상 자신들을 무 시하지 말라고 요구했다. 명섭 언니는 따로 마련해둔 두통의 편지 에 우표를 붙여가면서 근로감독관과 거래처에 보낼 거라고 CCTV 앞에 내보였다. 하루 종일 골머리를 썩으며 두사람의 기를 꺾으려 던 사장이 마침내 현장으로 부리나케 달려 내려왔다. 그는 가슴에 서 펄펄 끓는 화를 삭이며 담담한 어조로 말했지만 불쾌한 얼굴 표 정을 감출 수는 없었다.

"아주머니들, 다들 우리 공장 망하게 하고 싶어서 이러는 겁니 까? 도대체 왜 그러는 겁니까?"

"아직도 우리가 왜 그러는지 모르신다니 사장님이 너무하시네요. 아줌마들 그거 다 들어보세요."

왕언니의 말에 아주머니들은 박스 조각을 들어 사장에게 내보였다. 사장이 혀끝을 차며 웃었다.

"아줌마들 더이상 공장 안 다니셔도 되는가본데, 그럽시다. 그러지 않아도 이 공장이 안동하고 거리가 멀어서 골치 아팠는데 자알 됐수다. 이사, 일루 와봐."

옆에 있던 이사가 사장 곁으로 바짝 다가가 섰다.

"당장 폐업신고 하고 다들 퇴근해. 그리고 아줌마들, 내일 임금 정산해드릴 테니까 잘 받아가서. 어이, 얼른 올라가서 폐업 서류 준비 안하고 뭐해."

이사는 사장의 목소리에 화들짝 놀라며 이층 사무실로 빠르게 올라갔고 사장은 주차장으로 향했다.

사장과 이사가 퇴근하자 아주머니들은 CCTV에 종이를 붙여 가리고 기숙사로 올라갔다. 그녀들은 현석네 옆방에 들어가 중국집 음식과 맥주를 시켜 노닥거렸다. 그네들은 사장이 공장을 폐업하지 않을 거라고 떠들었다. 칠년 전 사장이 반죽을 직접 손으로 해가면서 시작한 공장은 일손이 달릴 정도로 생산을 하는 공장으로 컸다. 돈이라면 사족을 못 쓰는 사장이 돈 잘 벌어들이는 공장을 절대 폐업할 리 없다고 확신하며 밤을 보냈다.

다음날 아주머니들은 출근시간 전에 세수도 하지 않은 얼굴로 호떡실로 내려갔다. 밤새도록 호떡실에서 있었던 것처럼 위장한 그녀들은 벽에 나란히 붙어 앉고서 CCTV를 가려놨던 종이를 떼어냈다. 손에는 박스 조각을 하나씩 들고 있었다.

남자 작업자들이 출근해 눈짓으로 응원을 보내면서 창고 정리를 했다. 아주머니들은 빵과 우유를 사와서 먹고 난 뒤 박스를 오렸다. 왕언니가 하고 싶은 말을 다 써보자고 제안했다. 그네들은 글을 쓰면서 장난을 치며 재미있어했다. 두려움이 군데군데 붙어 있던 아주머니들의 얼굴이 점점 환하게 펴졌다. 점심시간이 되자 이사가 활짝 웃으며 아주머니들에게 달려왔다.

"아줌마들 그만 끝내고 홍가네갈비집으로 갑시다! 사장님이 그리로 다 모이래."

"웬 갈비집?"

아주머니들이 콧방귀를 꼈다.

"아줌마들이 이겼어. 사장이 사과한다니까, 그리로 가자고."

"뭐야, 이거. 가서 딴소리하는 거 아냐?"

"아니라니까. 사과하지 않을 거면 왜 갈비집으로 모이라고 하겠어. 가봐. 가서 보면 알 거 아냐."

아주머니들은 술렁거리며 우왕좌왕했다.

"어물쩍 넘어가려나본데, 사과 먼저 하라고 하세요, 이사님."

"왕언니, 내가 아줌마들 편인 거 알지? 사장한테도 명분을 줘. 그렇게 맞부닥치기만 하면 어떡해? 가봐. 완전히 풀이 죽었다니까."

"왕언니, 가봅시다. 가서 딴소리하면 다시 오면 되지, 안 그려?"

"그래, 뭔 소리 하는지 가서 들어나봅시다."

순남이의 말에 인순이가 동조하고 나섰다. 박스를 깔고 있던 아주머니들이 엉덩이를 조금씩 들어올렸다. 남자들도 아주머니들에게 일단 만나보라고 설득했다. 직원 모두가 갈비집으로 향했다.

대리와 실장이 갈비집 앞에서 아주머니들을 기다리고 있었다. 그들은 아주머니들에게 고생하셨다는 말을 건네면서 안으로 안내했다. 방에 들어가자 상이 다 차려져 있었다. 모두 자리에 앉으니 사장이 나타나 안으로 들어왔다. 몇몇 직원들이 일어섰지만 사장은 손사래로 그들을 앉히면서 고기도 굽고 술도 한잔씩 따르라며 너스레를 떨었다.

"일단 먹고 봅시다."

순남이가 입맛을 다시며 고기를 불판에 올리자 다른 직원들이 서로의 잔에 술을 따랐다. 고기 굽는 냄새가 진동을 하면서 술잔이 채워졌다.

"자, 술이 채워졌으면 다 같이 한잔합시다."

"사장님, 우리 술 마시러 여기 온 게 아니라 사과받으러 온 겁니다."

왕언니가 자리에서 일어났다.

"차암, 대단하시네. 사과할게요. 사과하려고 오시라고 한 겁니다. 난 여러분하고 여러해 같이 일했어요. 내 말투가 그래서 그랬지, 아줌마들을 무시한 적 없어요. 늘 고마워했지만 성격상 그런 표현을 못하는 거 아시잖아요? 자, 다들 오해를 풉시다. 다 내 부덕의 소치로 벌어진 일이니 사과하죠."

"사장님, 그런 식의 사과는 못 받아들이겠네요."

왕언니의 말에 고기 냄새처럼 풀어지던 사람들의 표정이 굳어졌다.

"아니, 그럼 내가 어떻게 사과해야 됩니까? 거참."

"아줌마들을 더이상 무시하지 않겠다고 허리 숙여 정중하게 사과해주세요."

사장이 눈을 크게 뜨고 왕언니를 바라보았다. 그는 머리를 심하게 툭툭 흔들며 냉랭해진 기운을 휘저었다. 잠시 무언가를 생각하는 듯 뒷짐을 지고 걷다가 술잔을 들어올렸다. 그는 술잔을 비운 뒤 헛기침을 몇번 하고 나서 입을 열었다.

"나이 많으신 분들이 내 부덕의 소치 때문에 고생했으니 사과드려야죠. 아줌마들 모두에게 사과드립니다."

사장은 허리를 굽혀 인사를 했다. 왕언니는 그가 고개를 들어올리자 담담한 목소리로 사장을 재차 몰아붙였다.

"CCTV도 없애주세요. 걱정돼서 그러신가본데, 그거 없어도 꾀부리는 아줌마들 아무도 없어요. 생산 나오는 거 보시면 다 알 수 있잖아요?"

"아니, 그게……"

사장이 말을 하려 하자 왕언니가 끊어버렸다.

"사장님, 그거 불법인 거 우리도 다 알아요. 하루 종일 감시당하는 기분 사장님은 모르실 겁니다. 없애주세요."

"맞아요, 사장님. 그거 신경 쓰다보면 기분만 나빠지고 오히려 생산성이 떨어져요."

명섭 언니가 왕언니의 말을 거들었다. 사장의 볼이 씰룩거렸다. 그는 안경테를 올려 쓰며 아주머니들을 빙 둘러 훑어보다 또다시 헛기침을 해댔다.

"거참, 사장이 체면까지 꺾고 사과를 했는데 너무들 하시네. 좋아요. 오늘 화합하는 자리니까 약속합니다. CCTV 없앨 테니까 정해진 생산량은 꼭 달성하기로!"

"기계가 속 썩이면 안되죠, 사장님."

순남이가 고기를 씹던 입을 가리며 말했다.

"그건 어쩔 수 없으니 이해합니다. 됐습니까?"

아주머니들이 박수를 쳤고 여기저기서 "좋아요!"라는 응답이 터져나왔다. 왕언니는 사람들의 반응을 보면서 잔뜩 긴장돼 있던 몸을 늘어뜨렸다.

"우리 부탁을 들어주셔서 고맙습니다. 저는 사장님이 약속을 꼭지킬 거라고 믿습니다."

"지킬 테니까 걱정하지 마세요. 대신 열흘 동안만 잔업을 한시간 씩 더 연장합시다. 물건이 지금 바닥이 났어요. 괜찮으시죠? 납품을 해야 우리도 먹고살잖아, 안 그래요?"

아주머니들이 서로를 쳐다보며 고개를 끄덕였다. 명섭 언니가 대표로 좋다고 화답했다. 왕언니가 자리에 앉자 옆에 있던 순남이가 그녀의 어깨를 감싸며 등을 토닥였다.

사장이 건배 제의를 했다. 이사가 "공장을 위하여!"를 선창했다. 사람들이 일제히 우렁차게 외치며 술잔을 비웠다. 대리가 직원들에게 일일이 술을 한잔씩 따랐다. 사람들의 얼굴이 활짝 밝아졌다. 이사가 그 틈을 타서 한마디 늘어놓았다. 사장님이 넓은 마음으로 많이 이해하고 양보한 거니 직원들도 더 열심히 일해서 보답하자는 말이었다. 이사의 말이 끝나자 사장은 약속 때문에 먼저 간다며 자리를 떠났다. 왕언니도 사장이 나간 지 삼십분쯤 지나서 피곤하다며 일어났다. 명섭 언니가 따라나섰다. 그녀들은 공장에 들러 짐을 챙긴 뒤 나에게 전화를 했다.

나는 차를 몰고 왕언니 동네에 있는 소머리국밥집으로 향했다. 이길 거라고 예상은 했지만 생각보다 빨리 끝났다 싶었다. 사장은 시간을 계속 끌어봤자 손해만 커질 거라고 판단했을 것이다. 내가 이년 가까이 지켜본 사장은 오직 손익으로만 세상을 보는 사람이었다. 사장은 납품 기일을 못 맞추면 거래처와 문제가 생기니 임금을 현실화해 사람을 뽑을 수밖에 없을 것이다. 설사 문제가 생겨도 별 탈 없이 억누를 수 있을 거라고 가볍게 생각했을 것이다. 그는 일터가 있는 것만으로도 고맙게 여기며 한번도 대든 적이 없는 아주머니들을 하찮게 봤을 것이 분명했다.

많은 일들이 생각처럼 흘러가지 않는 법이다. 사장은 아주머니들이 그렇게까지 나설 줄은 상상도 못했을 것이다. 그는 지금 어디서 무슨 생각을 하고 있을까. 그가 분통을 터뜨리는 모습이 잘 그려지지 않았다. 아마도 그는 생산량을 어떻게 더 높일 수 있을까 궁리하면서 아주머니들을 어떻게 다스릴까 생각하고 있을 것이다. 그는 자본주의라는 외투를 목까지 꼭꼭 단추를 채워 입는 사람이었다.

"박 선생님이 사장 표정을 봤어야 했는데."

명섭 언니는 그간의 이야기들을 펼쳐놓았다. 나는 그녀의 얘기를 들으면서 왕언니를 간간이 쳐다봤다. 걱정했던 것과는 달리 그녀의 얼굴은 편해 보였다. 명섭 언니의 말을 담담하게 듣다가 무용

담 같은 얘기가 나오면 슬며시 웃음을 매단 채 잔을 내게 내밀었다. 그렇게 몇잔을 들이켜고 났을 때 내가 물었다.

"그렇게 대들면서 무섭지 않았어요?"

"무섭기보다는 두려웠죠. 근데 하루 지나니까 아무렇지도 않데요. 기껏 당해봐야 쫓겨나는 건데, 이왕 쫓겨날 거 한번 해보자고 했죠. 해운씨한테 물든 것 같애."

왕언니가 붉은 입술에 웃음을 담았다. 그녀는 내가 쓴 소설들을 보며 많이 생각했다고 했다. 자식과 남편을 위해 열심히 살아왔다고 자부하지만 무엇인가 잃어버렸다는 허전함에 자다가도 일어나서 거울을 한참 동안 들여다보기까지 했다고 말했다.

"내가 누구일까? 사는 게 뭘까? 그런 생각 처음 해본 거 같아요. 휴우, 대답도 없는 그놈의 생각 때문에 밤을 꼬박 새웠다니까요. 명섭씨도 그런 적 있어?"

"형아, 그런 생각하면 늙어. 청승 떠는 거라니까! 하하, 농담이고. 형아, 문학소녀 같다."

우리 셋은 소리 내어 웃으면서 술잔을 나눴다.

"이거 볼래요? 나 이거 쓰면서 엄청 통쾌했어요. 한번 쓰고 나니까 하고 싶었던 말이 자꾸 튀어나오는 거야."

왕언니는 옆에 쌓아놓은 박스 조각을 하나하나 집어들었다.

우리를 무시하지 말아주세요.

카메라로 감시하지 말아주세요.

우리도 집에 가면 사랑받는 부모랍니다.

"어때요? 재밌죠?"

왕언니가 소녀처럼 화사하게 웃으며 마음속에서 나온 말들을 계속 보여줬다. 나는 고개를 끄덕였다. 그녀의 글씨들이 창끝처럼 가슴을 찔렀다. 마음 저편에서 자책의 소리가 들려왔다.

나는 소설 속에서 두번이나 아주머니들을 멋대로 해석했다. 「공장의 불빛」에서는 돈 몇푼에 목을 매며 죽은 듯이 지내는 사람들로 묘사했고, 「폐허를 보다」에서는 한 여인이 절망적인 세상을 봤음에도 다시 공장으로 쉽게 돌아갈 수 없을 거라는 생각을 하면서 썼다. 나의 주관적인 오만한 생각이 그들을 나약하고 무력한 존재로 규정했던 것이다. 나는 미안한 마음이 들어 술 한잔을 단숨에 들이켰다.

왕언니는 박스 조각을 방 벽에다 모두 붙여놓을 거라고 했다. 망령 들었느냐고 했던 남편과 공장을 그만두라고 다그쳤던 자식들에게 자신이 옳았다는 것을 보여주면서 자랑할 거라고 했다.

그녀에게 마음의 박수를 보냈다. 어떤 사람이라도 화석처럼 굳어버린 자신의 존재를 한순간에 깨고 나온다는 건 쉬운 일이 아니다. 그녀가 칠십년 가까이 자신을 가둔 테두리에서 벗어나 또다른 눈을 떴다는 게 대단스러웠다. 그녀에게 그건 알을 깨고 나오는 일이었을 것이다. 그녀는 죽을힘을 다해 껍질을 벗고 나와 생명의 눈을 떴을 때의 경이로움을 느꼈을 것이다. 비록 그녀가 사는 삶의 형태는 달라지지 않을지언정 그녀는 자신이 경험한 생의 빛을 따라 여생을 걸어갈 것이다.

돌아오는 길에 남한강에 차를 세운 채 한참 동안 강물을 들여다보았다. 물결처럼 흐르는 생의 결기들. 내 물결은 어떤 모습으로 흘러가고 있는지를 들여다봤다. 수많은 사람들과 인연을 맺고 풀어온 세월. 시골 낯선 곳으로 와서 다시 공장을 다니며 지나온 세월을 돌아보게 될 줄이야. 나는 여러 일로 중단된 소설 쓰기를 다시 이어나갈 생각을 했다.

해가 뉘엿뉘엿 저물면서 하늘과 강을 붉게 물들이고 있었다. 날이 어두워지면서 자연스럽게 번져드는 저 붉은 빛깔의 노을처럼 글이 흘러가기를 기대했다. 바람처럼 떠도는 흩어진 이야기들을 불러 모으고 싶었다. 서화연도 만나고 하태산도 찾고 싶은 마음이 붉어지는 노을처럼 깊어졌다.

바람은 어디서부터 불어오는 것일까. 밤새도록 비를 몰고 와 강을 뒤집어놓고 올라온 바람이 온 산을 뒤흔들었다. 계곡들이 울부짖고 나무들이 뿌리째 뽑혀나갈 듯 온몸을 떨었다. 뒷집 비닐하우스 문이 쉼 없이 흔들리며 우리집 뒷문을 두들겨댔다. 아침에 눈을 뜨니 앞집 비닐하우스가 철골만 남긴 채 발가벗겨져 있었다.

바람은 노여움을 완전히 풀지는 못했다. 고삐 풀린 황소처럼 길길이 날뛰다가 지쳐버린 듯했다. 힘이 빠져 주저앉은 채 콧김을 푹푹 내쉴 때처럼 간헐적으로 쉿소리를 내며 바람은 산으로 달려갔다. 앞산 위로 해가 짱짱하게 올라왔지만 강 건너 겹쳐 있는 산 위에는 옅은 회색 구름이 우산 모양으로 남아 있었다.

나는 아내의 배웅을 받으며 차를 몰고 나섰다. 밤새도록 바람의 횡포에 시달린 강물은 별일 없었다는 듯 푸른빛으로 잔물결을 치며 힘차게 흘렀다. 거센 바람 뒤끝에도 봄은 지난해 바싹 마른 채 검고 누렇게 변해버린 풀숲에서 연초록 새순을 툭툭 틔우며 얼굴을 내밀었다. 강변 위에 드넓게 갈아놓은 옥수수밭은 황토 흙빛이 성성한 기운을 내뿜으며 사람의 손길을 기다리고 있었다.

"CCTV 떼어내면 그다음 날 공장 그만둘 거예요."

소머리국밥집에서 왕언니가 말했다.

"왜요?"

"사람은 잘 안 변해요. 사장이 나쁜 짓 하면 또 싸워야 할 텐데 애끓는 짓은 더이상 하고 싶지 않네요."

"일 안하면 죽는다면서요?"

"일은 해야죠. 나이 들어서 그런지 다시 농사를 짓고 싶어요. 우리 가족이 먹고살 만큼만 지어보려고요. 친환경으로 깨끗하게 지어서 자식들에게 반찬을 만들어주고는 용돈 얼마씩 받으려고요."

왕언니는 딸 둘에 아들 하나를 슬하에 두었는데 손자 손녀까지 합하면 여덟이라고 했다. 먹거리를 사다 먹는 그들에게 좋은 음식을 먹이면서 살고 싶다고 했다.

엊그제 공장을 그만뒀다고 왕언니가 전화를 했다. 사장은 닷새 지나서 CCTV를 떼어냈다고 했다. 아주머니들이 환호성을 지르며 엄청 좋아했다고 왕언니는 신이 나서 말했다. 그녀는 여름에 수박 농사도 지을 거라며 놀러 오라고 했다. 음색이 밝고 힘찼다. 세상으로부터, 억압당해온 것들로부터 빠져나오면서 또다른 눈과 힘을 얻은 그녀의 목소리였다.

습관 하나 바꾸기 어려운 게 삶이다. 홍수처럼 쏟아지는 정보와 말들 속에서 스스로 생각해 행동하는 것을 용납하지 않는 세상이다. 그런 세상의 울타리 속에서 스스로 생각해 실천으로 옮기는 것은 크든 작든 굉장한 용기가 필요한 일이다. 왕언니는 나이 칠십에 그녀를 가두고 있던 울타리 밖으로 걸어나온 사람이었다.

맞춤법도 틀리면서 그녀가 공장 사장에게 써 보였던 글들이 내 가슴에서 돋아나자 오래전 전태일이 썼던 글들이 떠올랐다. 전태일은 검정고시를 보기 위해 잠시 고등공민학교에 다닌 적은 있지만 최종 학력이 초등학교 중퇴이다. 그는 청계천 창신동 근처에 있는 봉제공장에서 재단사로 일했다. 허리도 못 펴는 다락방 작업실에서 어린 여공들이 코피를 쏟아가며 하루 열네시간씩 힘겹게 일하는 모습을 보며 그는 괴로워했다. 여공들의 지친 삶을 자신의 고통으로 받아안은 그는 비인간적인 작업 실태를 바꾸려고 온갖 노력을 기울였다. 정부에 탄원서도 내고 언론에 호소도 했다. 그러나 기대는 늘 절망으로 바뀌며 그를 세상 밖으로 내쳤다.

그러다 그는 봉제공장을 떠나서 공사판으로 들어갔고 자신의 눈을 한동안 닫았다. 힘겨운 노동으로 자신을 학대하며 모든 기억을 지우려고 애를 썼지만 소용없었다. 가슴에 오롯이 아로새겨진 여공들의 눈물은 긴긴 시간이 흘러도 감은 그의 눈 속에서 요동을 치며 그를 부르고 있었다. 그는 스물두살의 나이에 결코 쓸 수 없을 것 같은 글을 남기고 여공들 곁으로 돌아갔다.

이 결단을 두고 얼마나 오랜 시간을 망설이고 괴로워했던가?

지금 이 시각, 완전에 가까운 결단을 내렸다.

나는 돌아가야 한다.

불쌍한 내 형제의 곁으로. 내 마음의 고향으로. 내 이상의 전부인 평화시장의 어린 동심 곁으로. 내가 돌보지 않으면 아니 될 나약한 생명체들.

나를 버리고, 나를 죽이고 가마. 조금만 참고 견디어라. 너희들은 내 마음의 고향이로다.

그리고 마지막 죽음 앞에서 그는 이렇게 썼다.

그대들이 아는, 그대들의 전체의 일부인 나.

힘에 겨워 힘에 겨워 굴리다 다 못 굴린, 그리고 또 굴려야 할 덩이를 나의 나인 그대들에게 맡긴 채 잠시 다니러 간다네. 잠시 쉬러 간다네. 어쩌면 반지의 무게와 총칼의 질타에 구애되지 않을지도 모르는, 않기를 바라는 이 순간 이후의 세계에서 내 생애 다 못 굴린 덩이를, 덩이를 목적지까지 굴리려 하네. 이 순간 이후의 세계에서 또다시 추방당한다 하더라도 굴리는 데, 굴리는 데 도울 수만 있다면, 이룰 수만 있다면……

그의 글은 수많은 사람들에게 영혼의 울림을 주었다. 배움도 짧은데 어디에서 사람의 가슴을 흔드는 언어가 나왔을까. 간절함이 있을 것이다. 한없는 절망 속에서도 끝내 버릴 수 없는 간절함이 문장에 스며들어 생생하게 전달된 것이다. 문장은 숙련을 통해 멋지게 만들 순 있지만 영혼이 깃든 글은 쉽게 나올 수 없다.

소설도 마찬가지지 않을까. 절실하게 쓰고 싶은 이야기가 있어야만 글이 솟구치면서 소설 속 인물과 사건도 진짜보다 더 진짜 같은 모습으로 사람들에게 다가가지 않을까.

나는 아내가 병을 이겨냈을 때, 그것만으로도 고맙다고 생각하며 공장에 취직했다. 아내의 병을 고치기 위해 진 빚을 갚기 위해서였다. 다시는 글을 못 쓰고 수많은 사람들과의 관계가 끊기더라도 괜찮다고 여기며 공장을 다녔다. 그런데 몸과 마음이 병들기 시작했다. 그 병은 혼자 중얼거리는 일로 시작해 점점 막연한 분노를 타인에게 휘두르는 형태로 드러났다. 그럴 때마다 아무도 없는 곳에서 끝 모를 슬픔에 눈물을 흘리며 괴로워했다.

마음의 병을 이겨내기 위해 공장일기를 썼다. 그러자 가슴 깊이 묻어버렸던 말들이 꿈틀거렸다. 문장에 마음이 얹히면서 글이 걸어나오자 나는 살아나기 시작했다. 세상과 사람들의 삶이 달라지기를 소망했던 나의 간절함이 꾸역꾸역 밀려나왔다.

소설을 쓰기에 아직도 많은 것들이 부족하지만 화려하게 꾸민 문장보다는 생명의 숨결이 파도치는 그런 문장을 쓰고 싶다. 나의 아픔을 느끼는 것처럼 너의 아픔을 느끼고 나와 너를 아프게 하는 이 세상의 모든 것들에 저항하는 글을 쓰고 싶다.

생의 길처럼 문학의 길도 아득하다. 글을 쓰면서 수많은 질문들을 나에게 던지곤 한다. 왜 나는 이 이야기를 쓰고 싶은가. 왜 나는 이런 인물을 내세우고 있는가. 소설로 옮겨놓은 사람들과 마주 보며 묻는다. 왜 당신은 그런 말을 하고 그런 삶을 사는가. 이는 그들을 통해서 내 삶의 철학을 세워가려는 몸부림 같은 질문이었다.

많은 것들을 눈앞에 펼쳐진 현실에서 배우게 된다. 책에서 지식을 얻는 것 외에도 현실을 내 눈으로 해석하고 이해하려고 애를 쓴다. 문학은 현실의 반영이다. 현실을 제대로 글로 옮겨내려면 미시적인 섬세함도 필요하지만 거시적 안목이 살아 있어야 되겠지. 거시적인 관점 속에서 삶의 구체적인 모습들이 살아나는 문학, 그런 문학을 하고 싶다. 그래서 문학은 생명의 빛을 찾아가는 것으로 내게 다가온다. 그 빛은 무슨 빛이고 어디로 뻗어나가는 것일까.

문학에 대한 생각을 따라가다 전주로 들어섰다. 도시는 많이 변모했지만 서화연의 집으로 가는 길은 별다른 변화가 없었다. 마을 끝 돌담집도 그대로였다. 나는 막다른 길목에 차를 세우고 내렸다. 숲 사이의 오솔길이 산 위로 뻗어 있었다. 길가에 삐죽 튀어나온 연두색 새순들이 아기 손처럼 꼬물거렸다. 잎사귀를 펼쳤다 놓으니 도르르 말린다. 사람 둘 다니기도 어려운 좁은 오솔길. 아마도 그녀와 그녀의 친구들이나 밟았을 길이다. 정겨운 마음으로 걷다 보니 집이 보였다. 오래전 보았던 옛집이 빙긋이 웃고 있었다.

감나무밭을 따라서 사랑방 모퉁이를 돌자 앞마당이 눈에 들어왔다. 마당 한가운데 있는 꽃밭도 옛 모습 그대로였다. 처마 밑 빨랫줄에서 나부끼고 있는 색색의 천이 햇살을 끌어안은 채 제 빛깔을 우려내고 있었다. 고요한 평온이 사랑방 섬돌과 안채 기와지붕에 내려앉아 있었다.

나는 사랑방 문을 열었다. 대나무 걸이와 서랍장이 반갑게 웃었다. 황토벽 냄새도 코끝에 몰려와 알은체를 했다. 하얀 고무신이 섬돌 위에 가지런히 앉아 나를 불렀다. 구두를 벗고 양말을 벗은 뒤 고무신 속에 발을 넣었다. 착 감기는 산뜻한 느낌이 좋았다. 하늘을 올려다보니 뭉게구름이 뻥 뚫린 하늘 위에서 눈꽃 송이처럼 피어나고 있었다.

나는 개울 쪽으로 걸어갔다. 이십년 가까운 시간이 흘렀지만 얼마 전에 본 곳 같았다. 또랑또랑 물 흐르는 소리가 크게 들리더니 웅덩이가 나타났다. 바닥에 깔려 있는 모래까지도 보이는 투명한 물속에서 피라미들이 유영하고 있었다.

나로 하여금 눈물을 흘리게 만든 웅덩이였다. 그 옆에 가만히 쭈그려 앉아 물고기들을 바라봤다. 주인을 잘 만나 천수를 누릴 수 있는 물고기들의 세계는 평화로웠다. 어쩌면 이십년 전에 봤던 물고기가 있을지도 모르는 일이었다. 나는 검지를 세워 가만히 물속으로 밀어넣었다. 여전히 물고기들이 우르르 몰려들어 손가락을 툭툭 치며 물 위로 뛰어올랐다.

수면 위로 번지는 파문처럼 회한이 밀려왔다. 잡지를 만들거나 거리를 뛰어다니면서 수없이 외쳤던 소리들이 가슴을 비집고 나왔다. 전태일, 박영진, 이용석 등등 셀 수 없이 많은 사람들의 목숨을 밟고 온 시간이 내게 묻는다. 그들의 죽음이 덧없던 것이었느냐고.

타인의 삶을 위해서 목숨을 던진 일은 예수의 죽음과 다를 바 없었다. 사람들이 전태일을 한국의 예수라 했듯이 많은 이들이 그의 죽음을 예수의 죽음으로 받아들였다. 뼈와 살이 너덜너덜해지는 고난의 가시밭길에 온몸을 던진 그들의 숭고한 죽음을 자본과 권력은 온갖 수단을 동원해 은폐하고 그 의미를 축소했다. 나 역시 자본주의 사회는 다수의 인간을 파괴하는 무서운 사회라고 하면서 변화를 부르짖었다. 나는 내 입을 닫게 하려고 나에게 행해진 폭력들을 기억하고 있다.

나는 사람들과 다정하게 살고 싶었다. 사람들이 고통받는 것은 보고 싶지 않았고 사람들과 평온한 웃음을 나누고 싶었다. 가난은 늘 그런 희망을 묵살했다. 평생 동안 최저생계비라는 목걸이를 목에 건 채 산다는 것은 형벌이었다. 육십이 다 된 나이에 공장에서 다시 본 노동자의 현실은 암울함 그 자체였다.

나는 긴 한숨을 물결에 풀어놓으며 손가락을 물에서 꺼냈다. 안채에서 막걸리 한잔하며 마음을 삭이고 싶은데 술이 없었다. 마을로 내려가 막걸리 다섯병을 사들고 올라왔다. 서화연은 어둠이 숲속으로 스며들 때쯤 나타나 손을 흔들었다.

"생각보다 일찍 오셨네?"

"이번에도 올 줄 알았나요?"

"책을 읽으면서 한번쯤 올 것 같다고 느꼈죠."

그녀는 안채로 들어가 들고 온 물건들을 정리하고는 다시 툇마루로 나왔다. 머리카락에 하얀 세월이 간간이 섞여 있었지만 여전히 얼굴은 곱고 눈빛은 따뜻했다. 막걸리를 휘휘 흔든 다음 그녀의 잔에 따랐다.

"많이 늙었네! 공장 다니느라고 힘들었나봐요? 참, 아내는 어때요?"

"아주 건강해졌어요."

"오, 다행이에요. 남편 역할 제대로 한번 하셨네요. 무슨 병이었는데 칠년이나 고생을 했을까?"

나는 아내와 겪었던 일들을 꺼내놓았다. 서화연은 깊은 탄식을 해가며 귀를 기울였다. 새들도 감나무 사이를 날아다니면서 엿듣다가 어둠이 짙어지자 둥지로 돌아갔다. 서화연은 처마 밑 외등에 불을 켜고 안채에 장작불을 넣었다. 나도 사랑방에 불을 넣고 나서 뒷마루로 돌아왔다.

"태산이 형은 어디 있나요?"

나는 느닷없는 질문을 통해 그녀의 허를 찌르고 싶었다. 당혹스러운 눈빛을 보고 싶었는데 그녀가 웃었다.

"그걸 왜 내게 묻는데요?"

"가슴속에 간직하고 있는 분이잖아요?"

서화연이 입을 가리고 웃었다.

"어떻게 알았어요?"

"태산이 형님 냄새가 이 집 곳곳에서 진동하는데 어떻게 모를 수 있어요? 어디 살고 있대요?"

그녀는 나와 하태산이 함께 활동했던 지난 일들을 다 알고 있었다. 인터넷이나 신문으로 우리의 행적을 늘 보고 있었다고 했다.

"아무에게도 알려주지 말라고 했어요."

"연락은 하고 사세요?"

"한달에 한번 정도. 작년엔 내가 다리를 분질러서 몇개월 있다가 가셨어요."

"왜 사라지신 겁니까?"

"그런 건 직접 물어보세요."

우리는 차가운 밤공기를 피해 아궁이로 자리를 옮겼다. 그사이에 그녀는 전화를 하고서 자리에 앉았다. 아궁이가 벌건 불길을 빨아들이며 뜨거워지고 있었다.

"왜 찾느냐고 묻네요."

"오지 말래요?"

"마음대로 하래요."

하태산이 말없이 웃던 모습이 떠올랐다. 그는 크게 웃는 법이 없었다. 사람들이 박장대소할 때도 슬며시 웃음을 얼굴에 담기만 했다. 그가 노래 부르는 모습이 보고 싶었다. 서화연이 내 마음을 읽기라도 한 듯 방으로 들어가더니 하태산의 노래를 틀었다.

　밤새도록 우짖는 새야
　어둠을 가르려고 부리에 피 흘리는 새야
　무엇을 잃어버렸니 무엇을 기다리는 거니
　바람도 네 슬픔을 피해가는 이 밤
　생을 다한 유성이 빛을 뿌리며 사라지고
　우리 또한 그렇게 사라질 것을
　노래를 불러주리 내 노래를 들어보렴
　아무도 듣지 않는 내 노래를 들어보렴

하태산의 나직한 목소리가 외등 불빛 너머 어둠속으로 스며들었다. 처음 듣는 그의 노래는 무서리가 눈처럼 내린 겨울 초입으로 나를 이끌고 갔다.

그의 노래에는 쓸쓸함만 있지 않았다. 열네 곡을 담은 CD 안에는 자연과 생명, 적막과 고요, 삶과 죽음, 환희와 비탄이 담겨 있었다. 아름답고 느릿한 서정적 멜로디가 흐르다가 격정적으로 리듬을 올려치기도 했다. 가슴을 서늘하게 하기도 했고 불길에 손을 집어넣어 나를 다 태워버리고 싶게 마음의 격동을 일으키기도 했다.

서화연이 자리에 누우러 방에 들어가고 나서도 나는 노래에서 벗어나지 못했다. 노랫말에 묻어 있는 아련함이 잉걸불로 일렁거렸다. 태백산 어디쯤에 있다는 말을 듣고 나서부터 지난 시절이 상처로 얼룩진 꿈처럼 떠돌았다. 나는 남아 있던 술을 다 비우고 시체처럼 사랑채에 가서 누웠다.

아침에 눈을 뜨자 추모사업회 실무자 박제민에게서 문자가 와 있었다.

'명운이 형 병원에 입원, 전화 요망.'

나는 문자를 보고 벌떡 일어나 앉았다. 시간이 오전 열시를 넘어서고 있었다. 놀란 마음을 누르며 제민이에게 전화를 걸었다.

김명운은 엊저녁 몸이 이상해지자 119에 전화를 한 뒤 집에서 쓰러졌다고 했다. 다행히 응급조치로 죽음은 면했으나 중환자실에서 의식을 회복하지 못하고 있다고 했다. 나는 마음이 급해져 병원으로 달려가고 싶었지만 제민이가 만류했다. 며칠 동안은 면회도 안 될 거라고 했다. 생명엔 지장이 없느냐고 물었다. 고비는 넘겼다는 말을 전해 들은 나는 화가 치밀어올랐다.

김명운은 평생을 죽은 자들을 위해 살아온 사람이다. 억울하고 비통하게 죽은 사람을 찾아다니며 험난한 길을 걸어왔다. 그의 아내도 명운의 길을 막을 수 없었다. 그녀는 이름만 대면 알 수 있는 다국적 기업 부사장까지 올라간 인물이었다. 나이 들면서 한적한 시골을 택해 남편과 노후를 보내고 싶어했지만 김명운은 받아들이지 않았다. 그는 자신이 걷는 이 길이 자신의 삶이고 걸어가야 할 길이라고 말했다. 결국 아내는 몇년에 걸친 설득이 소용없자 그와의 이혼을 결정했다.

자기보다 타인을 먼저 사랑한 사람, 나를 따뜻하게 품어준 사람, 어두운 세상에 한줄기 작은 빛이라도 되고 싶어했던 사람. 그는 친구였지만 내 인생의 스승과도 같은 사람이었다. 그가 아프다는 사실이 나를 가슴 아프게 했다.

가슴에 꽉 차오른 화를 터뜨리고 싶었는데 풀 대상이 없었다. 그때 뜬금없이 지난 시절 낯빛을 바꿨던 많은 인간들이 떠올랐다. 전날 먹은 술이 얼굴을 붉게 물들이며 올라왔다. 나는 그들을 비난하는 원색적인 욕을 해댔다. 서화연이 술기운으로 달아오른 나를 진정시키며 물었다.

"그렇게 욕하고 나면 화가 더 나지 않나요?"

"참을 수 없으니까요!"

"세상이 나빠서 그런 거지, 그 사람들 잘못만은 아니잖아요? 그런 사람들이 어디 한둘인가요?"

서화연은 가마솥에서 끓고 있는 시래깃국을 주걱으로 저으며 말을 이었다.

"다 무시하고 가고 싶은 길을 가세요. 해운씬 활화산 같아요. 소설 안에서도 분노가 들끓고 있어요. 화는 독이 돼서 몸을 다치게 해요. 마음을 자꾸 내려놓는 연습을 해보는 것이 좋아요."

"생긴 대로 살다 죽을 겁니다."

"안 그럴걸요?"

그녀는 흘러내린 머리카락을 걷어올리며 환하게 웃었다. 티끌 한 점 보이지 않는 깨끗한 그녀의 웃음이 펄펄 끓던 나를 가라앉혔다. 나는 긴 한숨을 내쉬며 담배를 태웠다. 눈동자에 덧씌워진 화가 누그러지자 눈에서 벗어나 있던 것들이 다시 보였다. 새들이 반들반들 윤기 흐르는 연초록 나뭇잎 사이를 휙휙 날아다니며 재잘거렸다.

나는 꽃밭과 감나무 사이를 걸었다. 그녀 말처럼 의미 없는 화를 시도 때도 없이 터뜨리는 내가 싫었다.

무엇이 나를 이렇게 짓누르며 분노하게 만드는 것일까.

나는 서화연이 차려준 밥을 먹고 일어섰다. 그녀는 아내에게 전해주라며 선물을 건네줬다. 천연물감을 들인 스카프였다. 내 목에도 하늘빛 색깔에 감물을 들인 스카프를 감아줬다. 그녀의 따뜻한 마음을 받고서 나는 오솔길 위에서 춤을 추고 있는 햇살을 밟으며 마을로 내려갔다.

김명운은 삼일이 지나서 의식을 회복했다. 그후로도 이틀 동안 말문을 열지 못하다가 빠르게 회복하기 시작했다. 나는 제민이의 연락을 받고 엿새 만에 병원으로 달려갔다. 병원에 들어서서 김명운을 보니 만감이 교차했다. 나는 울컥거리는 마음을 진정시키고 그에게 다가갔다.

"살았네?"

"아직 몰라."

나는 그가 누워 있는 자리 옆에 앉았다. 제민이가 침대를 삼십도 높이로 올렸다. 거무죽죽한 빛으로 퉁퉁하게 부은 듯했던 그의 얼굴은 말쑥해 보였다. 젊은 날 그를 처음 봤을 때 보았던 맑은 이미지가 되살아나 있었다.

"의사가 뭐래?"

"이렇게 몸이 망가질 때까지 몰랐느냐고 하더라."

"내 말이! 참 너도 어지간하다."

"살아 있는 게 기적이래요."

옆에 있던 제민이가 설명하길, 심혈관 여섯군데가 막히고 쓸개에는 염증이 차서 부을 대로 부어 있다고 했다. 폐혈 증세까지 있어서 그게 잡히고 몸이 회복돼야 수술도 할 수 있다고 했다.

"살 거니까 걱정 마. 죽을 팔자면 병원 문턱도 못 넘었을 거야."

"죽은 자들이 너를 지켜주는가보다."

김명운의 회복을 바라며 그가 걱정이 될 때마다 먼저 간 사람들을 불러 묻곤 했다. 당신들을 위해 평생을 살아온 김명운은 살려내야 하지 않겠느냐고. 김명운의 밝아져 있는 얼굴을 보면서 그들의 맑은 기운이 그의 몸을 일으켜세웠는지도 모르겠다는 생각을 했다. 고마웠다. 천진난만한 얼굴로 명운이가 웃는 모습도 고마웠고, 여유가 감도는 그의 표정도 고마웠다.

우리는 많은 이야기를 나눌 수 없었다. 삼십분쯤 이야기하자 그의 이마에 땀이 맺혔다. 그가 힘들다면서 쉬고 싶다고 했다. 사람들 출입을 자제시키라는 의사의 권고가 있었다고 제민이가 말했다. 난 명운의 손을 잡았다. 험한 세월을 함께 건너온 친구. 많은 말들이 입안에 가득했지만 수술이 잘돼 좋아질 거라는 한마디만 남기고 돌아섰다.

"김성은 목사님은 어떠셔?"

나는 병원을 나서면서 제민이에게 물었다.

"이번 총선에서 여권이 이기면 감옥에 더 계셔야 하고 야권이 이기면 집행유예로 나올 가능성이 높죠."

명운이 상태도 버거운데 김성은 목사까지 한치 앞을 내다볼 수 없는 상황이어서 가슴이 답답했다.

"명운이 수술은 어떨 것 같대?"

"쉬운 수술이 아니래요. 워낙 상태가 안 좋아 위험할 수도 있다고 했거든요."

나는 제민이의 말을 듣자 마음이 무거워졌다. 최소한 보름 안에 그의 몸이 회복돼서 폐혈 증세가 잡혀야 했다. 의사가 수술할 수 없을지도 모른다고 했다는 말이 자꾸만 마음에 걸렸다.

한 사람의 생이 한 사회의 폭력에 의해 좌지우지되는 것은 예전과 다를 바 없었다. 차를 몰고 서울대병원 입구를 나오는데 백남기 씨를 지키고 있는 텐트들이 수많은 플래카드를 매달고 있었다. 지난해 민중총궐기 시위 때 물대포를 맞은 농민 백남기 씨는 오개월 동안 의식을 찾지 못하고 있었다. '살인진압 책임자 처벌과 재발 방지를 위한 국회 청문회를 실시하라'는 글귀와 정권 퇴진을 요구하는 문구들이 만국기처럼 붙어 있었다.

나는 신호등에 붙들려 차 안에서 그것들을 바라보다가 횡단보도를 건너가고 있는 사람들을 쳐다봤다. 플래카드에 눈길조차 주지 않고 무심히 흘러가는 사람들. 하태산의 「92년 장마, 종로에서」의 한 구절이 떠올랐다. '우산을 쓰고 횡단보도를 지나는 사람들 (…) 고가차도에 매달린 신호등 위의 비둘기 한마리.' 깃발이 쓰러진 집회장에서 비를 맞으며 노래하던 그의 일그러진 얼굴이 선명하게 눈앞에 나타났다.

자동차 방향을 강원도 태백으로 돌렸다. 김명운이 회복되는 걸 본 뒤 하태산을 만나려고 했지만 쓸쓸한 마음에 핸들을 꺾었다. 복잡한 서울 시내를 빠져나와 양평 가는 길로 접어들었다. 팔당대교를 건너 두물머리를 지나갔다. 나는 차 안에 넣어둔 하태산의 CD를 틀었다.

몇시일까, 겨울비 내리는데 썰물처럼 가로등 불빛 꺼지고

아무도 떠나가지 않을 정류장 시내버스 모두 돌아오고

그 얼마나 먼 곳으로 헤매었니 이제 여기 변두리 잠시 닻을 내리고

아무도 돌아오지 않을 종점역 그리움에 병들었을 너

모든 시계들이 깊은 잠에 빠져도 네 먼바다는 아직 일렁이고 있겠지

여기 끝 모를 어둠 깊어진대도 누군가 또 거기 작은 배를 띄우고

며칠일까, 오늘과 내일 사이 겨울비 그치고 별이 뜰 텐데
다시 떠날 차가운 아침 조용히 너의 바다 또 널 기다릴 텐데

「바다로 가는 시내버스」가 경포대 바닷가를 떠돌던 어린 시절로
나를 데려갔다. 정신적 방황이 심할 때 두번이나 찾아갔던 바다. 그
바다에서 삶의 빛을 보고 싶었지만 끝내 찾지 못한 채 돌아온 나.
나는 그때 아무것도 얻은 것 없이 돌아왔지만 하태산의 노래에서
는 여전히 바다 저편에서 포기하지 않는 자의 꿈이 일렁거리고 있
었다. 하태산이 신념처럼 지녀왔을 수많은 꿈의 언어들을 지금은
어떻게 품고 있을지 사뭇 궁금했다.

　나는 세시간 넘게 달려서 태백에 이르렀다. 첫 장편『활화산』을
썼을 때와는 딴판으로 태백시는 많이 변해 있었다. 스키장과 콘도
들이 들어서고 빌딩들도 많이 세워져 탄광과 먼지 뒤덮인 사택들
만이 즐비하던 모습과 많이 달랐다. 도로도 사차선으로 휑하니 뚫
려 있었다.

　나는 내비게이션 음성에 따라 대로에서 빠져나가 차선이 없는
도로로 차를 몰았다. 산길을 따라 몇채의 집을 지나가자 산 위로
꺾어지는 길이 나타났다. 내비게이션 음성이 그곳으로 올라가라고
지시했다. 나는 잠시 차를 멈추고 산 위쪽을 바라봤다. 콘크리트가
입혀진 길 어귀에 큰 느티나무가 키 큰 초병처럼 서 있었다. 나는
좁은 길로 천천히 차를 몰았다. 열린 창문 밖으로 개울이 따라 올
라왔다. 폭이 일 미터가 채 안되는 좁은 계곡이었다.

　강원도의 산답게 나무가 울창했다. 나뭇잎들이 술렁거리면서 하

늘을 가려 길 위에서는 햇살이 몸살을 앓듯 뒤척거렸다. 그래도 몇 십 미터 간격으로 탁 트인 하늘이 나타났다. 물소리조차 크게 들리지 않는 계곡에서는 이끼 낀 오래된 바위들이 작은 폭포를 만들어 하얗게 물을 떨어뜨렸다.

오분쯤 지나자 차량 서너대 주차할 만한 공간이 나타났다. 내비게이션이 목적지 도착을 알렸다. 나는 은색 코란도 옆에 차를 댄 뒤 어깨에 가방을 메고 내렸다. 나무숲 사이로 비포장도로가 산 위쪽으로 이어졌다. 그 길을 따라 삼분쯤 올라가자 막다른 길 끝에 뾰족한 창을 이어 만든 철문이 나타났다. 대문 앞으로 다가서자 하얀 진돗개 두마리가 컹컹 산을 울리며 뛰어왔다. 대문 옆으로 녹색 펜스가 담장처럼 둘러져 있어 사람들이 더이상 진입할 수 없게 돼 있었다.

챙모자를 쓰고 장화를 신은 한 사내가 걸어왔다. 개들이 그에게 꼬리를 흔들더니 나를 보고 다시 짖었다. 사내가 손짓을 하자 개들이 그에게 달려갔다. 오랜 시간이 지났지만 걷는 모습만 보아도 하태산이라는 걸 단번에 알 수 있었다. 대문 앞으로 다가오면서 그가 모자를 머리 뒤로 넘겼다. 반백의 머리카락을 쓸어넘기며 얼굴에 굵직한 주름살을 잡고 나를 보면서 웃었다.

"참 깊숙이도 숨으셨네."

"뭐하러 여기까지 왔어?"

하태산이 대문을 열며 내 어깨를 툭툭 쳤다. 안으로 들어가서 보니 산 중턱인데도 사오백평은 됨직한 넓은 평지가 형성돼 있었다.

"여권도 없이 여기 오면 안돼."

"뭔 여권?"

"여긴 대한민국이 아니야. 우리나라거든."

나는 그와 나란히 걸으며 웃음을 터뜨렸다. 조립식 주택 한채와 컨테이너 박스 두개가 나란히 붙어 있는 곳을 향해 걸었다. 숲을 걷어낸 평지 위로 밝은 햇빛이 쏟아져내렸다. 집 앞에 세워놓은 빨간 파라솔 아래에는 탁자와 긴 의자 두개가 놓여 있었다. 길 옆에는 거칠게 삽으로 파놓은 밭이 있었다.

"밭을 좀더 손봐야 되니 여기서 쉬고 있어. 물은 저 물 떠서 마시면 돼."

그가 가리키는 쪽에는 조그만 웅덩이 위에 받침대를 세워 올려놓은 호스가 보였다. 그는 감자를 심을 밭이라고 하면서 미처 파지 못한 데를 삽으로 파 뒤집었다. 나는 웅덩이 쪽으로 걸어갔다. 호스 끝에 파이프를 박아놓은 곳에서 물이 콸콸 흘러 웅덩이로 떨어지고 있었다. 파이프에 조롱박이 고무줄에 대롱대롱 매달려 있었다.

물이 달고 시원했다. 죽 이어진 호스를 보니 계곡의 물을 끌어오는 것 같았다. 앞쪽에만 펜스가 있을 뿐 평지를 빙 둘러 나무들이 빽빽이 들어차 울타리 역할을 하고 있었다. 어떻게 이런 곳이 있을까 싶었다. 바람소리와 새소리밖에 없는 이곳은 사람의 왕래를 완벽하게 차단하고 있었다.

무엇이 그를 여기까지 오게 만들었을까.

하태산은 대중가수로서 이름을 날릴 때 공연윤리심의위원회의 사전심의제도를 수년간의 법정 싸움 끝에 무너뜨린 장본인이었다. 약자와 강자로 구분된 세상을 변화시키기 위해, 자유와 평등과 평화를 노래하기 위해 모든 것을 스스로 내려놓은 그가 밭을 일구고 있는 모습이 낯설었다.

나는 마음을 스산하게 만드는 지난 기억들을 털어내면서 집 뒤편으로 돌아갔다. 닭장 안에 일곱마리의 닭이 구구거리고 있었다. 달걀을 얻기 위해 키우는 것 같았다. 집 주위를 한바퀴 돈 다음 컨테이너 박스를 열어봤다. 첫번째엔 농기구들과 잡다한 것들이 쌓여 있었다. 두번째 컨테이너의 문을 열자 두꺼운 스티로폼으로 벽을 대고 장판까지 깔아 만든 방이 있었다. 그 안에 기타를 비롯한 여러 악기들이 세워져 있었고 작곡을 위한 컴퓨터 기기들이 복잡한 선을 단 채 긴 책상 위에 여러대 올려져 있었다.

하태산과 함께 수많은 거리를 돌아다녔을 그 악기들은 깨끗하게 손질돼 있었다. 나는 문을 닫고 하태산이 있는 곳으로 걸어갔다. 경계를 푼 진돗개 두마리가 마당에 엎드린 채 졸고 있었다. 해가 넘어가면서 숲 그림자가 평지를 넓게 뒤덮었다.

"손님을 이렇게 대할 겁니까?"

"그러길래 뭐하러 왔어? 가, 차 한잔 줄게."

나는 파라솔 밑의 의자에 앉았다. 하태산이 방에서 다기세트와 끓는 물 주전자를 갖고 나왔다.

"소설 썼다며?"

하태산이 녹차를 우리며 물었다. 나는 가방 안에서 책을 꺼내 그에게 내밀었다.

"무슨 폐허를 봤기에 제목이 이렇게 거창해?"

하태산이 책표지를 보면서 말했다. 나는 아내가 아팠던 얘기와

늘그막에 다시 경험한 공장 이야기를 꺼냈다. 우리 사회가 점점 자본의 폐허 속에 갇혀 인간의 삶이 황폐해지고 있다는 말도 했다. 세상이 점점 어두워져가는 것 같아서 쓴 소설들이라고 했다.

"새삼스럽게 뭔 그런 얘기를…… 누가 읽나? 책은 좀 팔린대?"

"써져서 쓰긴 했는데, 안 팔리더라고요."

"나무한테 죄짓지 마."

하태산이 나를 쳐다보며 씨익 웃었다. 오른쪽 코밑으로 굵은 주름이 입까지 이어져 있었다. 그는 나이가 들어 보이기는 했어도 피부가 탄력 있고 혈색이 좋아 보였다. 맑은 눈빛을 담은 표정도 부드러웠다. 그가 따라준 녹차를 한모금 들이켜며 숲 그림자를 향해 고개를 돌렸다.

"자본주의를 사람의 힘으로 무너뜨릴 수는 없는 시대야. 그냥 놔둬. 그러다보면 저절로 무너질 때가 오겠지."

"평생 걸어온 길 끝에서 본 게 폐허고, 폐허의 끝은 파멸일 텐데 보고 있을 수만은 없죠. 형님이 더 잘 알잖아요? 자본과 권력이 인간을 어떻게 황폐화시켜왔는지. 자본주의 체제가 자체 붕괴를 할지 어떨지는 모르겠지만 사람들에게 공동체 의식이 넓게 퍼져 있지 않다면 그다음 사회체제도 어두울 겁니다. 게다가 자본과 권력을 움켜쥔 기득권자들이 자신들의 무기를 가만히 내려놓겠어요? 계속 사회의 주인이 되려고 무슨 짓이든지 하겠죠. 나는 공동체 의식이 넓게 퍼지도록 무슨 일이든지 할 겁니다."

"아직 힘이 있군. 근데 사람들 마음이나 이 세계는 그리 단순하지가 않아. 해운이 생각대로 잘 풀리지 않더라도 너무 힘들어하지는 마."

하태산의 얼굴에 여유로운 웃음이 번졌다. 바람이 산 밑으로 흘러내렸다. 나는 내 목소리가 불현듯 커졌다는 사실을 알아채고서 민망스러워했다. 나는 언제부터인지 편하게 말해도 될 것을 언성을 높이며 상대방에게 내 생각을 가르치려고 들었다.

하태산의 깊은 심중을 알 수는 없지만 그가 말하는 바를 전혀 이해 못할 건 아니었다. 인간, 그 얼마나 복잡하고 어려운 존재인가. 나는 말의 무게를 덜어내고 싶어 말길을 돌렸다.

"흐흐, 산중에 갇혀 살면서 나보다 세상을 더 많이 아는 척하시깁니까?"

"산속에 있으면 내가 있는 산을 볼 수 없어. 마찬가지로 바깥세상에 있다고 그곳을 꼭 잘 볼 수 있는 것은 아니지."

"그럴 수도 있겠죠. 근데 어쩌자고 여기까지 온 겁니까?"

"바깥세상이 싫어서지 뭐겠어?"

"왜 싫은데요?"

"자넨 좋나?"

우리는 서로를 바라보며 웃었다. 숲 그림자가 조금씩 밭을 점령해 들어왔다. 바람이 나무숲을 흔들어 찬 기운을 마당 위로 풀어놓았다.

"술도 한잔 안 줍니까?"

"술 끊었어. 담배도 끊고."

"어디 아팠어요?"

"아니. 술과 담배에 휘둘려 사는 것이 싫더라고."

둘 사이에 말이 끊겼다. 날이 어둑해지자 사물이 흐릿해지면서 마음도 어둡게 물들었다. 나는 술을 사갖고 오겠다며 일어섰다. 하태산이 동네 어귀의 가게가 있는 곳을 알려주었다. 내가 술을 사갖고 다시 돌아오자 사방은 이미 어둠에 싸여 있었다. 하태산이 주차장까지 나와 손전등을 켜고 기다리고 있었다.

"저녁은 안 먹어요?"

"응. 저녁은 몸에 안 좋아. 저녁을 먹으면 몸이 스스로를 회복할 수 없어. 먹은 거 소화시키느라고 피가 위로 다 몰리거든. 하루 종일 온몸 구석구석에 쌓인 피로와 독소를 풀어야 하는데, 그 힘이 모두 위로 몰리면 다른 곳은 풀어지지 못해서 나빠져."

나는 파라솔 탁자 위에 막걸리와 과자 봉지를 뜯어놓다가 그를 쳐다봤다. 그의 입에서 나오는 소리들이 낯설기만 했다.

"도사 되려고 하세요?"

"도사는 뭐? 그냥 밥하기 싫어서 대체 음식을 찾다가 안 거지. 난 밥 대신 '볶은 곡식'이라는 걸 먹어. 현미찹쌀과 멥쌀을 섞어서 왕창 밥을 하는 거야. 그런 다음 햇볕에 말려가지고 며칠 숙성시킨 뒤 프라이팬에 볶아. 그럼 바삭바삭하고 쌀과자처럼 고소해져. 현미밥 먹어본 적 있나?"

"씹기가 힘들어서 싫어해요."

"현미 같은 통곡물에는 미네랄이 많아. 탄수화물을 소화시킬 수 있는 게 침뿐인데 현미밥은 잘 못 씹잖아? 꼭꼭 씹어서 먹어도 이십 프로 이상 소화시키긴 어렵지. 근데 이건 볶은 상태라 씹기가 좋아. 씹어서 죽처럼 침으로 녹여 먹으면 그 영양을 고스란히 얻을 수 있거든. 한번만 애쓰면 한달은 밥 안해도 되고 말이야. 한달만 먹으면 몸이 확 달라지는 걸 느낄 수 있지. 대단한 음식이라니까.”

“형님이나 드시고 오래 사세요. 근데 여긴 어떻게 알고 들어왔어요? 전기 끌어오기도 어려웠을 텐데.”

“원래 여긴 암자가 있던 곳이야.”

하태산은 집을 구하러 다닌 이야기를 했다. 일 때문에 태백에 왔다가 외진 곳으로 차를 몰아 구석구석 둘러봤다고 했다. 그러다 길 초입에 있는 느티나무가 좋아 보여 차를 멈췄다고 했다. 나무 옆에 조그만 물도 흐르고 산으로 오르는 길도 닦여 있어 올라갔다가 허름한 암자를 보는 순간 마음에 들어 오게 되었다고 했다.

그는 이동식 주택을 들여놓고 풀이 무성한 집 주변을 일년 이상 정리했다고 했다. 그는 집도 인연이 있어야 만난다고 했다. 나는 그의 이야기를 들으며 십년 가까이 만나면서도 못 봤던 그의 다른 모습을 봤다.

“밖엔 안 나가세요?”

“필요한 거 살 때만 나가.”

“노랜 안하실 겁니까?”

막걸리 잔을 채우며 물었다.

“노래?”

어둠속에서 휘이 하는 소리가 들렸다. 집에서도 들었던 휘파람새 소리였다. 하태산은 웃기만 했다. 그는 방으로 들어가 잠바 두 벌을 갖고 나오더니 옷 하나를 입으라고 주었다. 그는 다시 방으로 들어가 찻물을 끓여서 갖고 나왔다. 현관 앞의 불빛이 비추는 곳

외에는 온통 어둠으로 들어차 아무것도 보이지 않았다. 캄캄한 하늘 위로 수많은 별들이 몰려와 반짝거렸다.

"나도 한잔만 마셔볼까?"

그가 빈 잔에 막걸리를 채워 한모금 마셨다.

"크, 좋은데?"

그가 입술을 손바닥으로 훔치며 물었다.

"소설 쓰니까 좋던가?"

"좋다기보다는 글이 써져서 다행이라고 생각하고 있어요."

"그럼 정말 다행이군. 난 말이야, 어느날 눈을 떴는데 입술이 붙어버리더군."

그가 다시 막걸리 잔을 입에 대었다 내려놓았다. 입술이 붙어버렸다는 말이 순식간에 내 몸을 어두운 허공 속에 얼어붙게 했다.

"말이 목구멍 속으로 사라져버린 느낌이었지. 말문이 닫히니 노래도 할 수 없고 세상도 싫어지더군. 그래서 떠났어."

그가 웃는데 내 가슴이 바람구멍처럼 뚫려버렸다. 물소리도 새소리도 나뭇가지가 서로 부딪치는 소리도 들리지 않았다. 바람에 미친 듯이 몸을 흔들어대는 갈대의 몸부림처럼 지난 세월의 소리들이 귓속을 긁어댔다. 펑펑 터지던 최루탄 소리와 부러진 깃발의 비명이 그와 함께 걷던 시간들을 정신없이 끄집어냈다. 그가 불렀던 수많은 노래들이 귓전을 울려댔다.

하태산이 흙구덩이 속에서 '더이상 사람들을 죽이지 마라!' 하며 눈을 부릅뜨던 모습이 생생하게 눈앞에 떠올랐다. 평택 미군기지 반대 싸움을 할 때 공권력은 사람들이 모여들지 못하도록 포클

레인을 동원해 논과 밭에 커다란 구멍을 여러개 팠다. 하태산과 몇 몇 사람들은 구덩이 속으로 들어가 '이 땅에 봄은 언제 오는가'라는 플래카드를 펼쳐들고 구호를 외쳤다. 수십명의 전투경찰들이 달려들어 그들을 끌어내려 하자 하태산은 플래카드를 몸에 두른 채 발버둥을 치며 마지막까지 남아 구호를 외쳤다. 경찰들이 플래카드를 잡아당기자 하태산은 이마에 핏줄을 세우며 버티다가 결국 쓰러진 채 질질 끌려나갔다.

막걸리 한사발을 단숨에 들이켰다. 입술이 붙어버렸다는 그의 말이 내 안에서 슬픔을 불러일으켰다. 무슨 말이라도 해서 감정을 누그러뜨리고 싶은데 입이 열리지 않았다.

"살면서 누구나 한번쯤 겪는 일을 나도 겪은 것이지."

하태산이 웃음을 띤 채 컨테이너 쪽으로 걸어갔다. 그의 증발은 상처를 내포하고 있을 거라는 걸 모르지 않았지만 마음이 먹먹해졌다. 자신의 정신세계를 이루어온 말들과 노래들이 해체되면서 그는 한줄기의 빛도 들어오지 않는 심연에 갇혀 제대로 숨도 쉬지 못했을 것이다.

칠년 동안 아팠던 아내가 마지막 고비를 넘기려 할 때 내가 그랬다. 아내를 돌보면서 한번도 고치지 못할 거라는 생각을 하지 않았던 나는 마음이 한번 무너지자 걷잡을 수 없게 깊은 수렁으로 빠져버렸다. 방법이 더이상 없을 거라는 불안감이 모든 이성적 판단과 생각을 빼앗아가버렸다. 아내가 자포자기하고 있는 나를 보며 살려달라고 했다. 무슨 일이 있어도 이겨낼 것이니 힘을 내자고 했다. 그때 그녀가 나를 일으켜세우지 않았더라면 지금의 우리 부부는 없었을 것이다.

하태산이 기타를 갖고 나와 컨테이너 문턱에 걸터앉았다. 기타를 몇번 조율하더니 고요한 어둠속으로 리듬을 풀어내기 시작했다. 기타 소리가 내 몸에 진동을 일으켰다. 나는 막걸리를 마셔가며 눈물을 감췄지만 그의 노랫말과 기타 소리는 칼날처럼 가슴을 긋고 다녔다. 일그러진 모습을 보이기 싫어 나는 어둠속으로 걸어들어갔다.

담배를 태우며 쏟아지는 별빛들을 올려다봤다. 하태산의 나직한 목소리가 기타 리듬을 타고 등 뒤에서 들려왔다. 먼 기억에서 불어온 바람이 내 안에서 광풍으로 몰아치다가 잦아들었다. 나는 어둠속에서 그를 보았다. 불빛 아래 앉아 있는 그의 모습 어디에도 고통은 보이지 않았다. 고요한 그의 몸짓이 오히려 나를 평온하게 만들었다.

"어때? 들을 만해?"

"아주 좋아요. 근데 노래는 안할 겁니까?"

"했잖아, 지금."

"나 말고, 사람들 앞에서 안할 거냐고요?"

"부르고 있어. 지금은 이곳에서 같이 사는 모든 생명들에게만 들려주고 있을 뿐이지."

나는 그가 하는 말의 의미를 알 것 같아 고개를 끄덕였다. 무심한 듯한 그의 표정에는 고행의 길을 걸어온 수도승의 평정심 같은 것이 들어차 있었다. 사랑하는 여자까지 멀리 둔 채 여전히 힘겹게 살 거라고 생각했는데 오히려 오랜 풍파를 겪어낸 바위처럼 견고

298

해 보였다.

"모악산 서 시인은 어쩌시려고요?"

"뭘 어째? 세월이 흐르다보면 알게 되겠지."

우린 서로를 바라보며 웃었다.

밤이 깊어지자 하태산은 다른 사람하고 같이 못 잔다며 컨테이너 방으로 들어갔다. 나는 술병을 들고 조립식 주택의 방으로 들어갔다. 책상 하나와 옷장 하나만 있는 단출한 방이었다. 텔레비전은 물론 라디오도 없고 사진 한장 벽에 걸려 있지 않았다. 한쪽 벽면에 침대 하나만 달랑 붙어 있었다.

나는 아무도 없는 산중생활에 그가 익숙해지기까지 많이 힘들었겠다고 생각했다. 제대로 사람들과 말도 섞지 않고 노래도 안하면서 어떻게 살았나 싶었다. 그는 그 어려운 시기를 어떤 힘으로 건너왔을까. 나는 계속 하태산의 노래들을 불러대면서 술을 마셨다.

새벽에 눈을 뜨니 창밖이 푸르스름했다. 쪽창 밖으로 산과 산이 이어져 있었다. 나는 창문을 열고 담배를 태웠다. 간밤의 일들이 여운처럼 남아 많은 생각을 불러일으켰다. 떠나고 싶었다. 새벽 공기를 마시며 차를 몰고 어디론가 가고 싶었다. 현관문을 열고 밖으로 나서자 한기가 몰아닥쳤다. 나는 파라솔 위에 있는 가방을 집어들었다.

"왜? 가려고?"

컨테이너에서 하태산이 책을 든 채 걸어나왔다.

"해장국도 없어 잡진 못하겠는데, 잠깐 앉아봐."

하태산이 파라솔 아래로 와서 앉았다. 여명이 밝아오는 새벽 숲에서 새들의 우짖는 소리가 아침을 열고 있었다.

"소설 잘 봤어. 전부 죽은 사람들 이야기더군."

하태산이 내 책을 탁자 위에 놓았다. 내가 담배를 물고 앉자 그가 이마에 주름을 잡으며 말문을 열었다.

"왜 이 시점에 나를 찾아왔는지 물어봐도 돼?"

"보고 싶어서 왔는데, 뭐 문제 있어요?"

"그러지 말고 솔직히 말해봐."

그가 나를 쳐다보는 눈빛이 진지했다. 나는 웃음을 흘리다가 담배연기와 함께 긴 한숨을 내쉬었다.

"답답해서요. 형을 통해서 뭔가 볼 수 있지 않을까 해서 온 거죠."

"답은 얻었어?"

"몰라. 그냥 형이 좋아 보이고 그 기운만 얻고 갑니다."

하태산이 고개를 끄덕이다가 허공을 응시했다. 어스름했던 푸른 빛들이 빠르게 걷히고 있었다.

"내 입술이 붙어버린 건 절망했기 때문이야. 더이상 사람들이 현실을 바꾸려 하지 않는다는 절망, 더이상 내 노래를 들으려 하지 않는다는 절망 말이야. 들으려 하지 않는 노래는 부르지도 않을 거라고 다짐했고, 들려주고 싶지도 않았어. 들으려 하지 않는 노래를 왜 부르려 하나…… 그 상실감과 무력감에서 벗어나는 데 오랜 시간이 걸렸지."

그는 내 책을 손가락으로 툭툭 치며 말을 이어갔다.

"해운이 글 기저엔 분노가 깔려 있더군. 아마 분노의 힘으로 글을 썼겠지. 하지만 분노가 분노로만 치달으면 증오가 생겨. 해운이 얼굴에 그런 것이 보여. 분노로 쓴 글에 갇혀서 힘들어하는 모습이 잔뜩 있어. 분노로 쓴 소설 속 이야기들이 자네에게 상처를 입히고 있는 거야. 내가 노래를 더이상 부르지 못하게 될 즈음 내 노래에 내가 상처를 입는 걸 봤어. 사람들의 관심조차 받지 못하는 노래가 의미를 잃어버리면서 나를 후려친 거지. 내가 왜 이런 노래를 부르고 있어야 하나…… 나중에는 모든 노랫말들이 의미 없게 흩어지면서 나를 비웃더군. 그런 노랫말을 만든 나를 죽이고 싶을 정도로 말이야. 분노가 극에 치닫자 사람들까지 증오하게 되더라고. 그러다 모든 게 암담해지면서 어느날 입이 붙고 절망하게 된 거야. 내가 걸었던 길을 되밟을까봐 노파심에 하는 말이네.”

하태산의 목소리가 새벽 공기를 가르며 서글픔을 몰고 왔다. 나는 지난 이년 동안 공장을 다니면서 소설을 썼고 그 이후 분노와 허탈에 휩싸인 채 술을 마셔댔다.

어쩌면 그의 말대로 내가 쓴 글에 내가 상처 입은 게 아닌가 싶었다. 여전히 고단한 나의 일상과 주변의 지친 모습들, 세상을 바꾸기 위한 험난했던 여정에서의 힘겨워했던 눈길들, 더욱 견고해진 자본의 횡포와 무력해진 인간 군상들, 탄압과 억압 속에서 죽어간 친구들에 대한 부채의식, 그런 모든 것이 등을 떠밀어 쓴 글들이 세상 밖으로 나왔지만 기쁨을 느끼기보다는 점점 슬프고 울화가 치밀어 견딜 수가 없었다.

네가 본 게 폐허인데 뭐하고 있어. 왜 사람들은 폐허에 갇혀 나오려 하지 않는 거지. 왜 내가 본 폐허를 같이 보려고 하지 않지. 폐허를 보지 못하는 운동에 희망이 있기나 한 것인지. 나는 폐허를 붙든 채 술을 마시고 화를 쌓고 증오를 가슴에 새겼다.

"분노를 내려놓는 일은 그 누구도 도와줄 수 없어. 스스로를 끊임없이 돌아보며 내려놓을 수밖에 없어."

나는 먼 산을 바라보다가 고개를 돌렸다. 하태산이 걱정스러운 눈길로 나를 보고 있었다.

"새겨들을게요. 그나저나 언제쯤 사람들에게 노래를 들려줄 겁니까?"

"언젠가 그런 날이 오겠지. 방송 같은 건 싫고, 그냥 내가 부르고 싶은 노래 부르고, 듣고 싶은 사람은 듣고, 그러면 되지 않겠어?"

하태산이 넉넉한 웃음을 지으며 팔로 내 어깨를 감쌌다. 절망으로 얼어붙었던 그의 모습은 흔적도 찾아볼 수 없었다. 그가 험난한 시간을 지나 또다른 세계로 나아가고 있다는 느낌이 들었다. 내가 자리에서 일어나자 하태산이 따라나섰다. 산골짜기마다 물안개가 아침밥을 짓는 연기처럼 피어오르고 있었다. 새들이 고요를 깨며 사방에서 지저귀고 있었다. 나는 하태산과 나란히 대문 밖으로 나섰다. 진돗개 두마리가 주차장까지 배웅을 했다. 차에 타기 전에 그와 포옹을 나눴다.

"답답하면 와. 문 열어줄게."

나는 차에 올라탄 뒤 창문을 내리고 손을 흔들었다. 차를 돌려서 내려가는데 백미러 속에서 하태산이 나를 지켜보고 있는 게 보였다. 천천히 산을 내려와 바깥세상으로 향했다. 마음을 가볍게 만드는 연초록빛들이 바람에 넘실거렸다.

대로로 차가 올라서자 내 생에 빛이 돼준 사람이 차창 너머로 떠올랐다. 박영진이 구로공단 뒷골목에서 걸어나오고 있다. 그가 자취방에서 내가 부르는 노래를 따라 부르며 나를 쳐다보고 있다. 어린 여공들과 국화빵을 나눠 먹으며 환하게 웃고 있다. 공장에서 지친 몸으로 퇴근한 뒤 침침한 전등 불빛 아래서 학습을 하다가 끄덕끄덕 졸고 있다. 세상은 변해야 한다, 노동자도 인간이다,라고 외치다가 3월 햇볕 따사로운 봄날에 불길로 훨훨 타올라 하늘로 올라가고 있다.

나는 그가 보고 싶었다. 그의 장례식 때 눈물로 심었던 돌비석도 만져보고 싶었다. 나는 그 비석을 끌어안은 채 그의 죽음을 영원히 기억하겠다고 했다. 나는 늦은 나이에 공장을 다시 다니면서 그의 마음을 또다시 만났고 그가 걸었던 길을 또다시 찾아 걸어가려고 했다.

아침 햇살이 환하게 번져온다. 그가 잠들어 있는 모란공원 묘지를 향해 텅 빈 도로 위를 달리기 시작했다.

산과 들에서 시작된 생명의 기운이 빠르게 번져나갔다. 손톱만한 새순은 둘둘 말렸던 몸을 펴면서 도시까지 초록빛으로 물들였다. 도시에서도 세상을 환히 밝힐 것 같은 말들이 우후죽순처럼 솟아났다. 국회의원 총선거에는 온갖 달콤하고 유혹적인 말들이 넘쳐났다.

온갖 말들이 떠다니는 허공 아래에서 자동차 바퀴들은 무심히 굴러갔다. 뒷골목에서는 더는 물러설 곳이 없는 허기진 탄식들이 애를 끓이고 있었다. 거대한 자본의 울타리 후미진 곳에서 한 노동자가 스스로 목숨을 끊었다. 노동조합을 파괴하려는 기업의 협박과 폭행을 견디다 못해 우울증까지 걸린 황광옥이라는 노동자가 죽음을 선택했다. 물대포에 맞아 의식불명인 백남기 농민에 대해 정부는 여전히 사과도 없었다. 김성은 목사도 국가보안법이라는 사슬에 묶인 채 불투명한 앞날에 자신의 자유를 내맡기고 있었다.

많은 정치인들이 불의를 몰아내자고 소리쳤다. 자신만이 지역구 주민의 삶을 희망차게 만들고 나라를 개혁할 수 있다고 열변을 토했다. 그들은 노동자 농민은 물론이고 소상인과 중산층을 살려내겠다며 지지를 호소했다. 야당은 집권당과 정권의 만행을 지적하며 목소리를 높였고, 여당은 그런 야당의 말들을 거짓이라고 일축하면서 그들이 정권을 잡으면 국가 위기와 경제 파탄을 야기할 거라며 국민의 불안감을 조장했다.

"누구 뽑을 거야?"

아내가 물었지만 대답하기 어려웠다. 삼십년 동안 겪어본 선거는 늘 허망하게 끝났다. 혹시나 했다가 역시로 끝나는 선거판은 흙탕물만 튀기는 미꾸라지들의 난장판이었다. 그렇다고 선거로 민의를 표출하는 행위 자체를 나 몰라라 할 수도 없었다. 찍고 싶은 사람은 없어도 수구세력이 국회를 또다시 장악하도록 방관할 수 없다는 현실이 은근한 협박을 가하며 나를 투표장으로 내몰았다. 인물도 보지 않은 채 야당을 찍는 어정쩡한 투표 행위를 했다.

선거는 야당의 승리로 끝났다. 언론은 현정권이 보여준 정치적 행위에 대해 국민들이 심판을 내린 것이라고 떠들었다. 세월호 진상파악과 해법에 대한 의지 결여, 친재벌 정책을 위한 노동법 개악, 남북 대결을 선언하면서 전쟁 위기를 고조시킨 개성공단 폐쇄, 동북아의 군사적 균형을 허물고 핵전쟁 위협을 드높이는 사드(THAAD) 배치, 청년 고용창출 실패, 일방적인 위안부 문제 타결, 전국민을 사찰할 수 있고 집회 시위를 테러 행위로 몰 수 있는 테러방지법 도입, 국정교과서 도입, 파산으로 내달리고 있는 가계 부채와 국가 부채 등 정부와 집권당의 계속되는 불도저식 강압정치에 대한 강력한 우려와 불만의 표시라고 했다.

집권당은 고개를 숙였다. 대통령도 국민의 뜻을 겸허히 받아들이겠다고 하며 머리를 숙였다. 하지만 정부 정책은 하나도 바뀌지 않았고 실패로 심판받은 정부 시책을 시급한 과제라며 국회에 빠른 통과를 요구했다. 다수가 된 야당은 그것을 막고만 있을 뿐 체감할 수 있는 새로운 사회 변화를 끌어내지 못하고 있었다.

야당이 승리하면 김성은 목사가 석방될 줄 알았지만 그는 십오년 형을 언도받았다. 백남기 농민에 대한 사죄도 이어지지 않았고 세월호참사 특별진상조사위원회조차도 중단됐다. 무엇인가 달라질 줄 알고 가졌던 기대감이 무너져내리던 그 무렵 셋째 형수에게서 전화가 왔다.

"이번엔 오래가지 못할 것 같네요."

가슴이 철렁 내려앉게 하는 형수의 목소리는 맥없이 들려왔다. 이십여년을 고엽제에 시달리며 버텨왔던 형의 생명이 꺼져간다는 소식이었다. 오랜 시간 동안 삶과 죽음을 넘나들었던 터라 절절한 슬픔은 느껴지지 않았다. 긴긴 병마에 시달려온 형을 지켜보면서 그에 대한 걱정이 일상처럼 익숙해져버렸다. 전화를 끊고 나서 오히려 남아 있는 사람들을 위해 다행한 일일지도 모른다는 생각까지 들었다.

서울시립병원에 누워 있는 형을 만나기 위해서 집을 나섰다. 고속버스를 타자 기억 저편에 있는 형의 얼굴이 자꾸만 차창 너머에서 아른거렸다. 함성이 들끓는 초등학교 운동장에서 유난히 키가 큰 형이 긴 다리를 쭉쭉 뻗으며 달리기 골인 지점을 일등으로 통과하고 있다. 독고탁과 이근철의 만화책을 옆에 낀 채 군고구마 봉지를 손에 들고 방문을 열고 있다. 새총을 만들어주면서 새 잡는 방법을 가르쳐주는 그가 내 손을 잡고 있다.

마음 깊숙이 어딘가에 묻혀 있던 추억들이 실타래처럼 풀어지며 슬픔을 몰고 왔다. 월남에서 돌아온 형과 함께 야학 등록을 마쳤을 때였다. 형이 말했다.

"점심 먹자. 뭐 먹고 싶니?"

그때 나는 주저하지 않고 짜장면이 먹고 싶다고 했다. 초등학교 졸업식을 앞두었을 때 아이들 대부분은 그날 짜장면을 먹을 거라고 앞다퉈 자랑했었다. 공부를 다시 할 수 있다는 기쁨으로 마음이 들뜨자 그때의 부러워하던 마음이 눈을 반짝 뜨고 대답한 것이었다.

김이 모락모락 올라오는 짜장면을 비벼 한젓가락 크게 감아서 입안에 넣던 장면을 떠올리니 눈과 코로 눈물이 몰려들었다. 나는 창밖으로 고개를 돌리고 눈을 감으면서 눈물을 삼켰다. 군대 가기 전에 훤칠하던 형의 모습이 내 앞에 우뚝 서서 웃고 있다. 그는 내가 어찌할 수 없는 절망에 사로잡혀 있을 때 한줄기 빛이 돼준 사람이었다.

병실 안에는 이십여명의 환자들이 나란히 누워 있었다. 대부분의 환자들은 산소호흡기를 끼고 있었다. 환자들 머리 위에선 생명선을 체크하는 기계들이 숫자와 부호들을 깜빡거리고 있었다. 칸막이도 없는 긴 병동은 마치 포로수용소 같았다. 나는 간호사의 안내를 받아 형에게로 갔다. 보호자는 저녁시간에 한번씩만 들를 수 있다고 했다.

예상은 했지만 병실에 누워 있는 형의 모습에서는 사람의 형상이 지워지고 있었다. 머리칼은 다 뽑히고 몸에 붙어 있는 살은 풍장이 진행되는 것처럼 침식당해 있었다. 광대뼈가 살을 뚫고 나올 듯 튀어나와 있었고 마른 나뭇가지 같은 손과 발은 뼈만 남아 있었다. 손목과 무릎뼈가 옹이처럼 반들거렸고 쩍 벌리고 있는 입속의 이들도 다 빠져 있었다. 눈을 감지 못하는지 검은 눈동자는 희멀겋게 시들어 허공에 시선을 박고 있었다.

"하느님!"

내 입에서 탄식이 저절로 흘러나왔다.

나는 떨리는 손을 내밀어 형의 얼굴을 더듬었다. 얼굴의 살비듬이 쓸려나와 손바닥에 이끼처럼 묻었다.

"형, 나 왔어. 내 얼굴 보여?"

그의 눈을 쓰다듬고 그의 귀를 만지작거리고 그의 뺨을 툭툭 건드렸지만 허공에 박힌 눈동자는 미동조차 없었다. 나는 죽은 나뭇등걸처럼 거칠거칠한 그의 손등을 비벼도 보고 그의 발등을 문질러보기도 했다. 환자복 안으로 손을 넣어 그의 가슴에 손을 얹어

보기도 했다. 금방이라도 먼지가 되어 바스러질 것같이 튀어나온 갈비뼈 밑에서 그의 심장이 싸늘하게 식어가고 있었다.

형의 눈은 세상으로 향한 문을 완전히 닫아버렸다. 내 눈물이 형의 가슴 위로 뚝뚝 떨어져내렸다. 온몸 구석구석에서 가시처럼 비명이 돋아났다.

한달 후 형의 몸에 남아 있던 생명이 완전히 빠져나갔다. 형의 유해는 국립묘지에 안장됐지만 병은 형수에게로 이어졌다. 형이 떠난 지 얼마 안돼서 형수가 한밤중에 전화를 걸어 말했다.

"삼촌, 내일 청와대에 쳐들어갈 거예요. 수백명이 청와대 앞에 모이기로 했어요."

형수는 박정희를 원망하면서 대통령 박근혜를 찢어죽이겠다는 원색적인 말을 퍼부었다. 나는 처음에 고엽제 환자 가족들이 청와대로 항의하러 가는 줄 알았다. 하지만 그런 일은 일어나지 않았고 형수의 한밤중 전화는 다음날도 이어졌다.

"청와대를 몰래 들어갈 수 있는 방법을 찾았어요. 총도 하나 마련했다니까요, 삼촌!"

형수의 목소리는 은밀한 모의를 하는 사람처럼 나직했고 흥분으로 들떠 있었다. 그녀는 청와대로 들어가 대통령을 암살할 거라고 했다. 나는 그녀에게 정신적인 문제가 생겼구나 싶어 조카에게 전화를 걸었다. 조카는 형이 떠난 후부터 형수가 거의 잠을 못 이루며 환청과 환영에 시달린다고 했다. 결국 형수는 정신병원에 입원했다.

먼 이국땅에서 벌어진 전쟁의 폐해가 수십년을 건너와 한 가족을 파탄으로 몰아넣었다. 그가 목숨값을 벌기 위해 자신과 상관없는 월남전에 참전했을 때 이런 미래를 떠올리기나 했을까.

도대체 이 세계에 존재하면서 나와 관계없는 것은 무엇이 있을까. 삶과 삶이 이어지는 길 위에서, 더욱이 통신망까지 거미줄처럼 이어져 있는 지금의 세계에서 나와 관계가 없는 것은 거의 없다. 어느날 나하고 전혀 상관없다고 여긴 예상치도 않았던 어떤 일들이 느닷없이 나를 어디론가 끌고 갈 수 있는 것이 이 세계이고 현실이었다.

10월 중순을 지나면서 흉흉한 소문이 대한민국 구석구석을 헤집고 다녔다. 믿기 어려워 설마했던 상상할 수조차 없었던 일들이 사실로 드러나면서 우리 사회는 공황상태에 빠져들었다. '네이처리퍼블릭'이라는 기업의 대표였던 정운호의 백억대 도박사건으로부터 껍질이 벗겨지기 시작한 이 사건은 '최순실·박근혜 게이트'라는 몸통을 드러냈다. 일부 언론과 방송이 대한민국 권력 일순위가 최순실이고 그다음이 정윤회, 그리고 대통령은 삼순위라는 소문을 거론했을 때만 해도 아무도 믿으려 하지 않았다. 하지만 한 종편 방송이 태블릿 PC를 입수해 최순실이 문고리 삼인방인 청와대 수석비서관들을 통해 국정을 쥐고 흔들었다는 증거를 뉴스로 내보내자 국민들은 충격에 휩싸였다.

대통령은 다음날 서둘러 사과문을 발표해 국민들의 분노를 가라앉히려 했지만 모든 언론과 방송들은 일제히 진정성이 없는 사과였다는 논평을 내놓았고 국민들은 대통령이 온통 거짓으로 일관하고 있다며 분노를 내질렀다. 그러자 기다렸다는 듯이 언론과 방송은 미르재단과 K스포츠재단에 대한 재벌의 자금출연과 최순실의 딸 정유라에 대한 이해되지 않는 특혜, 청와대의 의심스러운 행적들을 낱낱이 파헤치기 시작했다. 상상조차 할 수 없었던 기괴한 소문들이 퍼즐 조각처럼 맞춰지는 것을 지켜보면서 국민들은 경악했다.

전국 천육백여개 시민단체들은 '비상시국회의국민행동'이라는 결사체를 구성하고 정권에 대한 저항을 선포했다. 그들은 "이게 나라냐"라는 국민들의 비통에 찬 음성에 힘입어 광화문에서 촛불을 들었다. 정치권은 우왕좌왕하며 권력 장악에 초점을 맞춘 채 야당은 정치적 틀 안에서 우위를 점하려 했고 집권당은 야당의 공세를 검증되지 않은 음해로 축소하려고 안간힘을 썼다.

처음 일차에서 이만여명이 들었던 촛불은 정치권의 비열한 행태를 후려치려는 듯 이차 집회 때는 이십만개의 촛불로 타올랐다. 그들은 광화문 광장에서 청와대를 향해 박근혜 대통령 퇴진과 하야를 외쳤다. 유모차를 끌고 나온 주부들, 젊은 연인들, 늙수그레한 아저씨들과 노부부들, 초중고 학생들과 대학생들, 노동자들과 직장인들 모두 촛불을 들고 목소리를 드높였다.

"국가의 주인은 국민이다!"

뒷골목에서 숨죽이던 분노가 광장으로 모여들었다. 촛불의 불길이 심상치 않게 번지자 정치권은 바짝 긴장했고 대통령은 서둘러 이차 사과문을 발표했다. 하지만 사과문을 발표하는 대통령은 일말의 반성도 없는 얼굴로 변명만 늘어놓았다.

분노로 들끓던 국민들의 목소리가 전국 방방곡곡에서 용암처럼 분출했다. 직장에서, 공사판에서, 식당에서, 다방에서, 열차 대합실에서, 심지어는 초등학교 교실 안에서까지 대통령을 비난하는 목소리가 거침없이 쏟아져나왔다. 청소년들이 대학생들이 교수들이 시국선언문을 발표하며 대통령의 즉각 퇴진을 요구했다.

나는 더이상 시골 방구석에서 뉴스만 보고 있을 수 없었다. 우리 사회에서 다시는 볼 수 없을 거라고 믿었던 촛불이 민주주의의 무덤을 열어젖혔다. 눈과 귀와 입을 닫고 죽어버린 줄만 알았던 민주주의는 숨이 터지자 걷잡을 수 없이 대한민국 하늘을 쩡쩡 울려댔다. 나는 삼차 촛불대회에 참가하기 위해 서울로 향했다.

어둠이 밀려오는 광화문 광장에는 이미 수많은 사람들이 들어차 있었다. 남녀노소 할 것 없이 모여든 그들의 손에는 탄핵과 하야를 주장하는 종이가 들려 있었다. 광장 곳곳에선 끼리끼리 준비해온 '퇴진 이벤트'를 깜짝파티처럼 열고, 문화예술인들은 장구를 치면서 춤을 추고, 붓을 들어 내려치고, 만화를 그리고, 시를 낭송하고, 노래를 하면서 민주주의 만세를 외치고 있었다.

탑골공원에서 청소년들이 시국집회를 마치고 광장으로 몰려왔다. 그들이 전면에 내세운 플래카드를 보자 만감이 교차했다.

'내가 어른이었을 땐 사람이고 싶다!'

수장당한 세월호 304분의 영정이 새겨져 있는 플래카드가 눈앞에 나타났을 땐 눈물이 고였다. 80년대에 민주주의를 외치던 사람들이 막다른 골목에서 최루탄과 곤봉에 난타당하던 모습이 선명하게 떠올랐다. 그들은 피를 흘리며 끌려가면서도 마지막까지 민주주의를 외쳤다.

사람들은 광화문을 메웠고 시청, 청계천, 을지로, 숭례문까지 빼곡히 들어찼다. 백만 군중은 광장에서 촛불을 들고 소리치기 시작했다.

　"대한민국의 주권은 국민에게 있고, 모든 권력은 국민으로부터 나온다!"

　광장은 민주주의의 산실로 변했다. 돈으로도 살 수 없고 교실에서도 알 수 없는 민주주의에 대한 소중한 인식이 돈오돈수, 한순간에 깨우침을 얻은 것처럼 광장에 있던 사람들의 의식을 단번에 바꿔냈다. 촛불로 환하게 밝혀진 광장의 무대 위에서는 시국에 대한 열띤 발언과 가수들의 노래가 이어졌다. 그리고 일곱시가 되자 촛불을 일제히 껐다. 세월호 일곱시간 동안의 대통령 행적을 어둠속에서 꺼내려는 촛불 파도가 일기 시작했다.

　'어둠은 빛을 이기지 못한다!'라는 메시지를 담아서 성난 파도가 치기 시작했다. 심장처럼 붉게 타오르던 촛불 물결은 분노의 함성을 외치며 청와대로, 정치권으로, 사법부로, 부패 재벌로 달려갔다. 그 함성이 가라앉을 즈음 내 또래로 보이는 누군가가 "하태산!" 하고 외쳤다.

　누군가가 무대 위에 올라가 마이크를 매만지고 있었다. 멀어서 누구인지 알기 어려웠으나 전광판에 드러난 얼굴은 하태산이었다. 나는 그를 가까이에서 보고 싶어 앞으로 나아가려고 했지만 틈새가 없어 사람들을 비집고 나아갈 수 없었다. 나는 멈춰 선 채 사람들의 어깨 너머로 전광판을 보았다. 하태산은 아무 말 없이 주머니에서 종이 몇장을 꺼내들었다. 얼굴에는 긴긴 어둠의 세월을 건너온 침통한 주름살이 굵게 파여 꿈틀거리고 있었다.

　내가 살고 있는 나라는 선이 악을 물리치고 염치가 파렴치를 이길 수 있는 나라여야 합니다. 그러나 그런 믿음은 언제나 조롱을 당해왔습니다.

하태산의 비장한 목소리가 광장에서 웅성거리던 사람들의 목소리를 가라앉히며 흘러나왔다. 인산인해로 운집해 있는 사람들 앞에 선 그의 모습을 보자 가슴이 벅찼다.

　거짓은 진실 앞에 고개 숙이고 많이 가진 자들은 못 가진 자들에게 미안해해야 하지만…… 그러나 내가 살고 있는 나라는 그러하지 못했습니다.
　내가 살고 있는 나라는 민의가 헌법보다 우선하고 서민의 분노가 정치적 계산보다 우선해야 합니다. 그러나 믿음은 언제나 좌절당해왔습니다.

기타 줄을 튕기면서 전주가 시작됐다. 죽을 것같이 힘겨워하면서 희망을 끌어내려고 했던 바로 그 노래 「92년 장마, 종로에서」였다. 하태산을 알고 있는 사람들의 눈물 섞인 탄식이 흘러나왔다. 내 몸에서도 격한 감정이 소름처럼 울컥울컥 돋아났다. 다시는 노래를 부르지 않겠다며 세상에 마지막으로 남겨놓은 노래가 광장에 다시 울려퍼졌다.

다시는, 다시는 종로에서 깃발 군중을 기다리지 마라
기자들을 기다리지 마라
비에 젖은 이 거리 위로 사람들이 그저 흘러간다
흐르는 것이 어디 사람뿐이냐
우리들의 한 시대도 거기 묻혀 흘러간다

노래가 잠시 멈추고 다시 하태산의 말이 이어졌다.

지금 우리는 분노하고 있습니다. 그 분노는 우리의 염치와 정의감, 자존심으로부터 나옵니다. 다시는 조롱당하지도, 좌절하지도 않을 것입니다. 끝까지……
여기, 내가 살고 있는 나라, 그 이름이 무엇이든……

십수년 전 하태산 앞에서 끊겼던 길을 촛불이 이어주고 있었다. 생명을 다시 얻은 그의 노래가 힘차게 사람들 속으로 다시 들어가고 있었다.

다시는, 다시는 시청 광장에서 눈물을 흘리지 말자
물대포에 쓰러지지도 말자
절망으로 무너진 가슴들 이제 다시 일어서고 있구나
보라 저 비둘기들 문득 큰 박수소리로
후여 깃을 치며 다시 날아오른다

촛불이 백만마리의 비둘기로 변해 불꽃으로 허공을 날아다녔다. 광장에 던져놓은 그의 말들이 불꽃을 타고 내 가슴으로 흘러와 속삭였다.

'내가 살고 있는 나라, 그 이름이 무엇이든……' 나는 그의 이 말이 어떤 의미를 내포하고 있는지 알고 있다. 하지만 헌법보다 우선하는 민의가 넘치는 사회를 어떻게 만들 것인가. 저 희망에 가득 찬 불꽃들이 언제까지 타오를 수 있을 것인가.

"예술가가 꿈과 이상이 없다면 무얼 노래하지? 그런 것 하나쯤 가슴에 품고 살면 기쁘지 않나?"

하태산이 평생 가슴에 품고 있던 말이다. 그는 이 길을 걸으면서 모든 기득권을 내려놨었다. 물살을 거슬러올라가 생명을 잉태시키는 연어처럼 불의의 장벽을 넘어 세상을 밝히는 불씨 하나 심고 싶어했던 그. 끝내 그 벽을 넘어서지 못하고 노래까지 버렸던 그가 광장에서 다시 사람들을 만나며 새롭게 마음의 불을 지피고 있었다.

세상이 평화로운 적이 없었던 것처럼 세상을 변화시키고자 하는 움직임 역시 한번도 멈춘 적이 없었다. 내가 폐허 속을 떠돌았던 것도 희망을 찾기 위한 간절함 때문이었을 것이다.

바람의 길은 알 수 없다. 지금은 불길을 뜨겁게 일으켜주고 있지만 어느 순간 거세게 변해 눈앞을 분간할 수조차 없게 만들지도 모른다. 촛불 역시 정치적 야합으로 인해 꺼질 수도 있고 뜻밖의 변수로 사그라들 수도 있다. 하지만 나는 저 눈부신 불꽃들을 잊지 못할 것이다. 국민들 역시 유례없는 이 촛불의 의미를 쉽게 지우지 못할 것이다. 세상에서 가장 아름다운 거대한 촛불의 강을 어떻게 잊을 수 있겠는가.

사람이 사는 세상은 사람이 만들어간다. 흐르지 않는 물은 썩고 사람이 변하지 않으면 그 사회는 새로워지지 않는다. 사회 역시 변하지 않으면 공동체의 미래를 열어갈 사람들을 만들어낼 수 없다. 사람이 만들어가는 사회, 그 모습은 인간에게 달려 있지 않겠는가.

하태산의 노래가 강으로, 장엄한 촛불바다로 나아가고 있었다.

마음의 등불

이 소설이 나오게 된 건 가수 정태춘의 「92년 장마, 종로에서」라는 노래 덕분이었다. 아내의 병을 고치기 위해 칠년을 병마와 싸우면서 나는 모든 것과 단절을 했다. 다행히 아내는 기적처럼 나았지만 많은 친구들과 함께 소설 쓰기도 잃어버렸다. 안타깝고 슬펐으나 아내가 건강해진 것만으로도 충분하다고 생각했다. 그것만을 고맙게 여기며 그동안 진 빚을 갚기 위해 공장에 다녔다.

어느 휴일날 승용차를 몰고 햇살 좋은 산길을 넘어오다가 문득 정태춘의 CD를 열었다. 훈풍이 불던 봄날 「92년 장마, 종로에서」가 나오는 순간 가슴이 서늘해졌다. 무슨 이유였을까. 나는 그 노래를 들으면서 가슴이 찢기는 통증을 느꼈다. 눈가로 슬픔이 모여들어 끝내 눈물을 흘리다 통곡을 하고 말았다.

아무도 없는 산길에 차를 세운 뒤 한차례 눈물을 쏟고 나서 다시 차를 몰았지만 일분도 못가서 차를 멈추고 통곡을 했다. 내가 살아온 세월이, 그가 살아온 시간이, 내가 살면서 만난 사람들의 모습이 절망스러운 얼굴로 나를 쳐다보고 있었다.

언젠가 때가 오면 그 눈물 속에 숨어 있는 이야기를 쓰겠다는 생각을 하다가 고개를 저었다. 이미 내게서 소설은 달아나지 않았던가. 그러다가 공장을 몇년 다니면서 우리 사회의 모습들이 폐허가 되어 무너지는 걸 보았다. 그걸 소설로 써서 『폐허를 보다』라는 책으로 엮고 그후 만해문학상까지 받았지만 변하지 않는 세상에 대한 분노와 슬픔은 더 심해졌다. 삼십년이 지났어도 달라지지 않은 공장의 풍경, '헬조선' '흙수저'라는 상상 밖의 언어사슬에 묶인 비정규직 젊은 노동자들. 국가 경영은 친재벌 정책으로 가난한 사람들을 죽이고, 무덤에 들어갈 법이 됐다던 국가보안법이 유령처럼 살아나 서슴없이 날을 세우고 있었다. 그때 다시 정태춘의 「92년 장마, 종로에서」 노랫소리가 들려왔다.

나는 그 노래에 숨어 있던 내 탄식을 정태춘의 삶을 통해 드러내고 싶었지만 이내 접었다. 그는 내가 노력을 한다 해도 쉽게 쓸 수 있는 인물이 아니다. 그는 시대의 흐름에 거슬러 살아온 사람이다. 자신이 갖고 있는 모든 기득권을 내려놓고 민중의 삶이 나아지기를 바라며 노래를 불러온 사람이다. 음반 사전심의제도를 수년의 법정 싸움 끝에 폐지시키기도 했던 그는 진정 문화예술계의 존중을 한없이 받아도 모자란 예술가다.

이 소설에 나온 노래는 정태춘의 노래지만 그의 삶은 아니다. 또

소설 속 서화연의 집에서 들었다는 노래, '아무도 듣지 않는 내 노래를 들어주렴'이란 노래 역시 정태춘 노래의 가사가 아니다. 소설에 필요한 장치로 끌어온 것이니 오해 없기를 바란다. 소설에서 서화연의 시라고 했던 「겨울비 3」도 박남준 시인의 시임을 밝힌다. 나는 소설 속 서화연처럼 박남준 시인을 만났다. 그와 만난 기억들과 그의 모악산 집을 모델로 서화연이란 인물이 만들어졌다. 이렇게 이번 소설은 내가 좋아하는 두사람의 삶의 단면을 모셔다 썼다.

이번 소설에서 정태춘과의 인연은 각별했다. 나는 이 소설의 마지막 시점을 올해 봄으로 잡고 끝냈다. 소설 속에서 정태춘 역할을 했던 하태산이 세상 밖으로 나와 사람들 앞에서 다시 노래를 부를 거라는 암시를 남겨놓고 마침표를 찍은 것이다. 그런데 뜻밖에도 정태춘이 촛불집회 광장에 나왔다. 나는 그가 나오는 것도 모른 채 텔레비전을 보다가 깜짝 놀랐다. 그 순간 머릿속에선 광장에 선 정태춘의 모습을 소설에 그리고 있었다.

글을 쓰다보면 예기치 않은 일들이 일어난다. 생각조차도 못했던 에피소드가 느닷없이 튀어나오기도 하고 감도 못 잡았던 사건들이 떠오르기도 한다. 이번 소설을 「92년 장마, 종로에서」로 시작했는데, 소설의 끝을 그 노래로 마감할 줄이야. 마치 정태춘 선배가 소설의 결말을 알려주기 위해 광장에 나온 느낌이었다.

촛불, 얼마나 장엄한 불빛인가. 나는 소설에 그 눈부신 촛불집회 광장을 담을 수 있어서 기뻤다. 절대 잊어버려서는 안될 촛불의 의미를 조금이나마 역사적 기록으로 남길 수 있어서 고마웠다. 내 소설이 촛불을 좀더 밝힐 수 있는 힘으로 독자들에게 다가갔으면 좋겠다. 언젠가는 광장의 불빛이 꺼지겠지만 마음의 촛불이 사람들 가슴에 남아 밝은 사회로 민의가 끝없이 나아가기를 소망해본다.

이 책이 나오도록 애써준 평론가 강경석 님과 출판부장 강영규 님, 그리고 편집부에서 일하는 모든 분들에게 고마운 인사를 전한다. 그들의 따뜻하고 적극적인 관심과 노력 덕분에 소설이 많이 나아졌다. 그리고 같은 동네에서 살을 비비며 살고 있는 시인 용환신 선배와 소설가 원재길, 홍인기는 문학의 깊이를 더할 수 있게 해주는 힘이다. 견디기 어려운 힘든 세월을 이겨낸 아내와 딸 이혜운의 넘치는 사랑, 그 모든 따뜻한 배려 앞에 이 책을 내놓는다.

촛불이여, 영원한 마음의 등불로 타오르기를!

2017년 2월
이인휘

류연복 「촛불과 붉은 닭」 판화, 9×9cm, 2017.

참된 시작
어둠은 빛을 이기지 못한다

건너간다

초판 1쇄 발행 • 2017년 2월 28일
초판 4쇄 발행 • 2023년 4월 7일

지은이 / 이인휘
펴낸이 / 강일우
책임편집 / 박지영
조판 / 박아경
펴낸곳 / (주)창비
등록 / 1986년 8월 5일 제85호
주소 / 10881 경기도 파주시 회동길 184
전화 / 031-955-3333
팩시밀리 / 영업 031-955-3399 · 편집 031-955-3400
홈페이지 / www.changbi.com
전자우편 / lit@changbi.com

＊ 이 책은 원주문화재단 '2016년 문화예술지원사업'의 지원을 받아 발간되었습니다.